Georges Simenon

Gesammelte Erzählungen

Erste Folge

Deutsch von
Wolfram Schäfer

Diogenes

Die vorliegenden vierzehn Erzählungen erscheinen hier erstmals deutsch. Titel des französischen Sammelbandes:
›La rue aux trois poussins‹

Deutsche Erstausgabe

80/24/1
ISBN 3 257 00994/1

Inhalt

Die Straße zu den drei Küken 7
La rue aux trois poussins

Der Spaßvogel der »Saint-Antoine« 24
Le comique du »Saint-Antoine«

Mélies Mann 44
Le mari de Mélie

Der Kapitän der »Vasco« 61
Le capitaine du »Vasco«

Trauer um Fonsine 84
Le deuil de Fonsine

Das Verbrechen des Unliebenswürdigen 101
Le crime du malgracieux

Der Arzt von Kirkenes 123
Le docteur de Kirkenes

Die Fährte des Holländers 143
La piste du Hollandais

Die Fräuleins vom Ende der Welt 161
Les demoiselles de queue de vache

Der Morgen der drei Absolutionen 177
Le matin des trois absoutes

Der Schiffbruch des »Eisschranks« 199
Le naufrage de »l'armoire à glace«

Mit vollen Händen 217
Les mains pleines

Nicolas 224
Nicolas

Annette und die blonde Dame 238
Annette et la dame blonde

Die Straße zu den drei Küken

Vor kaum einer Viertelstunde hat Madame Romond, die Dicke mit dem Morgenrock, die zwei Stufen vor ihrer Tür und ihren Anteil des Bürgersteigs geschrubbt. So daß sich vor ihrem Haus deutlich das Rechteck des Pflasters abzeichnet, das schwarz erscheint und glänzt.

In der vergangenen Woche war der Polizist von Haus zu Haus gegangen, um die Leute daran zu erinnern, daß sie das Gras zwischen den Steinen zu entfernen hätten, und den ganzen Tag über war das Kratzen der Messer auf dem Pflaster zu hören gewesen.

Aus diesen beiden Ereignissen erwächst ein Spiel. Sie hocken da, den Kopf gesenkt, den Hintern in die Höh, die Beine gespreizt, wie drei Küken, die auf der sonnigen Seite der Straße Körner picken, und sie wissen so genau, daß diese Straße ihnen gehört, daß sie nichts von ihrer Arbeit abbringen könnte.

Der Lärm der Zehn-Uhr-Pause erstirbt plötzlich auf dem Schulhof in der Rue de la Loi. Doch sie gehen noch nicht zur Schule. Albert mit dem Mädchenhaar ist nicht ganz fünf; Renée, ein wirkliches Mädchen mit rotkarierter Schürze, wird erst vier, und Bilot, der eigentlich Charles heißt, aber schon immer Bilot gerufen wurde, ist das Nesthäkchen der drei.

Sie sehen nichts und hören nichts. Die Welt beschränkt sich auf dieses feuchte Rechteck, dessen Pflastersteine in der Junisonne dampfen, während es sich in der Mitte bereits aufzuhellen beginnt.

Im ersten Stock des gegenüberliegenden Hauses steht ein Schlafzimmerfenster offen. Über seine Brüstung quellen Federbetten und Laken, und hin und wieder taucht eine Frau aus dem bläulichen Halbdunkel auf, um einen Blick auf die Kinder zu werfen. Ein Stück weiter erteilt Monsieur Février Geigenunterricht.

Die drei Küken haben sich eine gewaltige Arbeit vorgenommen. Sie haben abgebrannte Streichhölzer mit schwarzer Spitze gefunden, und das sind ihre einzigen Werkzeuge. Wie die Erwachsenen es eine Woche zuvor mit ihren Messern getan haben, kratzen sie die Erde zwischen den Steinen auf.

Für sie sind es jedoch keine Pflastersteine: es ist eine gigantische Baustelle, denn was sie da graben, das sind Kanäle, ein kompliziertes Kanalisationsnetz, durch das sie das Putzwasser von Madame Romond bis zu einem tiefer gelegenen Stein leiten, über dem sich ein See bildet.

Eben, als sie das letzte Mal ans Fenster getreten war, hat Bilots Mutter gerufen:

»Du wirst dich schmutzig machen...«

Er hat es nicht gehört oder so getan, als hörte er es nicht. Er hat nicht einmal den Kopf gehoben, denn eine Ameise hat sich in die Strömung seiner Abflußrinne gewagt, und er schubst sie unbarmherzig mit seiner Streichholzspitze.

Und nun zeichnet sich unversehens ein Schatten auf dem Bürgersteig ab, der Schatten einer Person, eines »Großen«, der nicht weitergeht, sondern hinter den drei Küken verharrt. Einige Sekunden, vielleicht Minuten lang setzt Bilot, ohne sich umzudrehen, seine Arbeit fort, dann endlich, immer noch hingehockt und die Knie gespreizt, verfolgt er mit dem Blick den Schatten und entdeckt zunächst zwei ungleiche Füße, der eine ganz normal mit einem schwarzen Schuh bekleidet, der andere unförmig, fast rund, fünfzehn Zentimeter über dem Boden von einem eisernen Gestell gehalten.

Das ist Cendron. Cendron, der mit teuflischer Stimme kichert, denn er hat eine Teufelsstimme, wie er einen Pferdefuß hat.

»In einer Viertelstunde ist kein Wasser mehr da!«

Cendron ist neu in der Straße. Man hat gesehen, daß er mit seiner Mutter im zweiten Stock der Hausnummer 3 eingezogen ist, über dem Rentnerehepaar, das einen so schönen Hund hat, und man weiß nicht, woher sie gekommen sind.

Ist Cendron bereits ein Mann? Er ist so groß wie ein Mann. Er arbeitet nicht. Er besucht auch nicht die Schule. Er geht den ganzen Tag spazieren, und Bilot weiß nicht, daß er erst fünfzehn Jahre alt ist.

»Arme Frau!« hat seine Mutter gesagt, als die Neulinge sich hier angesiedelt haben. »Ihr Mann scheint...«

Dann hat sie geschwiegen, weil Bilot zuhörte. Warum ist sie eine arme Frau? Er hat keine Ahnung. Sie späht ebenfalls immer durchs Fenster, als sei Cendron noch ein Kind.

»Seht, wie ich das Wasser fließen lasse...«

Er zieht ein Taschenmesser aus seiner Tasche und kerbt eine Rinne in die Erde. Sein Taschenmesser mit sieben oder acht Klingen, einem Pfriem, einem Korkenzieher.

»Wozu dient diese Spitze?«

»Um Löcher in Wände zu bohren...«

»Warum?«

»Darum!«

»Wozu macht man Löcher in die Wände?«

»Damit man weiß, was auf der anderen Seite vorgeht...«

Cendron hat etwas Geheimnisvolles. Renée interessiert sich kaum für ihn, aber Bilot und Albert sind von dem Taschenmesser beeindruckt.

»Hast du schon Löcher in Wände gemacht?«

»Ja.«

»Und was hast du gesehen?«

»Das kann ich nicht sagen.«

Und er holt aus seiner Tasche einen noch kostbareren Gegenstand, eine in Metall eingefaßte Lupe.

»Wozu dient das?«

»Zum Feuermachen.«

Cendron ist das verwirrendste Wesen der Erde.

»Und die Streichhölzer?«

»Man hat nicht immer Streichhölzer... Man kann mal im Gefängnis sitzen... Oder sich in der Wüste verirrt haben...«

Die Rue Pasteur ist hundert Meter lang. Sie ist eine neue, weiträumige Straße mit hellroten Backsteinhäusern und breiten, ebenen Bürgersteigen, die für spielende Kinder wie geschaffen erscheinen, und an ihrem einen Ende sieht man das Laubwerk der Place du Congrès.

»Warst du schon mal im Gefängnis?«

»Das kann ich euch nicht sagen.«

»Warum?«

»Weil es verboten ist.«

Cendron wirkt dabei in seiner schwarzen Kleidung und mit seinem linken Fuß, der durch ein Eisengestell verlängert ist, noch größer und noch teuflischer.

Aus einer anderen Tasche hat er ein Stück Bindfaden gezogen.

»Und so mache ich in der Wüste Feuer.«

Er verläßt das feuchte Rechteck, kratzt zwischen zwei trockenen Steinen, legt das Ende des Bindfadens in die Höhlung.

»Das ist der Herd. Ihr werdet gleich sehen.«

Die Lupe bündelt die Sonnenstrahlen, und bald steigt ein leichter Rauch von der Schnur auf, verbunden mit Brandgeruch.

»Wer hat dir das beigebracht?«

»Bilot!« ruft seine Mutter. »Es ist Zeit!«

Zeit für seine Eiermilch. Er scheint nicht sehr kräftig zu sein. Jeden Morgen um halb elf muß er eine Tasse heißer, gezuckerter Milch trinken, in die seine Mutter ein Ei geschlagen hat.

»Ich komme...«

Aber er geht nicht.

»Wer hat dir das beigebracht?«

»Man bringt uns noch ganz andere Dinge bei.«

»Wem?«

»Denen von der Geheimpolizei.«

»Du bist bei der Geheimpolizei?«

»Das dürft ihr niemandem verraten. Das darf man nicht wissen.«

»Was muß man tun, wenn man bei der Geheimpolizei ist?«

»Überwachen.«

»Wen überwachen?«

»Alle. Von dir weiß ich zum Beispiel, daß du Bastien heißt. Dein Vater ist so ein Großer mit mahagonifarbenem Schnurrbart.«

Das stimmt. Bilots Vater heißt Charles Bastien. Er ist sehr groß und hat einen mahagonifarbenen Schnurrbart.

»Ich weiß sogar, wo er arbeitet.«

»Sag es!«

»In der Rue de la Liberté, in dem hohen Haus, das eine Loggia hat.«

»Das ist nicht wahr. Mein Vater arbeitet bei Ducatel in der Rue Saint-Léonard.«

Cendron läßt sich wegen einer solchen Kleinigkeit nicht aus dem Sattel werfen und spottet:

»Wie du meinst. Ich weiß, was ich weiß!«

»Und ich, ich weiß immer noch besser als du, wo mein Vater arbeitet. Der Beweis, ich habe ihn schon von seinem Büro abgeholt.«

»Wie du willst...«, spottet Cendron wieder. »Trotzdem...«

»Was?«

»Wann kommt dein Vater aus dem Büro?«

»Um halb sieben.«

»Na bitte, um diese Zeit, es war viertel nach sechs, hat er gestern das Haus mit der Loggia in der Rue de la Liberté verlassen.«

»Das ist nicht wahr!«

»Bilot!... Was ist?... Kommst du nun deine Eiermilch trinken?...«

»Ja, Mama...«

Und während er sich von dem teuflischen Cendron entfernt, der sich rühmt, bei der Geheimpolizei zu sein, wiederholt er:

»Ich weiß besser als du, was mein Vater macht...«

Es wird in der Küche gegessen. Die Wohnung hat nur zwei Zimmer, aber sie sind hell, und das Fenster steht weit offen. Die Mutter hat rote Johannisbeeren auf den Tisch gestellt. Monsieur Bastien hat seine Jacke ausgezogen, und seine weißen Hemdsärmel strahlen in der Sonne.

»Cendron ist ein Lügner!«

Man hört ihm nicht zu; trotzdem fährt er fort, während er die kleinen Beeren zerbeißt, aus denen blutroter Saft spritzt:

»Er hat uns weismachen wollen, daß er bei der Geheimpolizei ist.«

»Was erzählst du da?«

»Der Beweis dafür, daß das nicht stimmt, liegt darin, daß er glaubt, daß du in der Rue de la Liberté arbeitest.«

Bilot ist es gleichgültig, ob man ihm zuhört oder nicht.

»Er bohrt Löcher in die Wände, um die Leute zu beobachten. Er sagt, daß er Papa gesehen hat, wie er aus dem Haus gekommen ist, das eine Loggia hat...«

»Iß!« befiehlt ihm sein Vater.

Doch seine Mutter fragt weiter.

»Was erzählst du da? Er hat deinen Vater aus welchem Haus herauskommen sehen?«

»Dem Haus, das eine Loggia hat. Du weißt doch, Mama, wo die Frau wohnt in dem blauen...«

Wieder ein Thema, das man nie in seiner Gegenwart anschneidet. Die Rue de la Liberté ist eine Parallelstraße zur Rue Pasteur, der sie ähnelt. Aber während in der Rue Pasteur ein Richter, ein Geigenlehrer, Rentner, also ordentliche Leute wohnen, gibt es in der Rue de la Liberté ein Haus mit einer Loggia, von dem man wegen der Frau in dem himmelblauen Morgenrock nur durch die Blume spricht.

Sie lebt in diesem großen Haus allein. Sie hat ein Dienstmädchen. Nachmittags um vier kann man sie noch im Negligé und mit Pantoffeln an den nackten Füßen sehen.

Es wird gemunkelt, daß sie von einem Rechtsanwalt aus dem Viertel von Saint-Denis ausgehalten wird. Es wird auch behauptet, daß sie andere Männer empfängt.

»Wiederhole mir genau, Bilot, was dieser Cendron...«

»Hélène!«

»Was denn?«

»Schämst du dich nicht...«

»Du scheinst auf einmal arg verlegen... Sag mir, Bilot, wann hat Cendron deinen Vater aus diesem Haus kommen sehen?«

»Gestern.«

»Um wieviel Uhr?«

»Hélène, ich bitte dich!...«

»Schweig!... Ich rede mit deinem Sohn...«

»Um viertel nach sechs... Ich habe ihm gesagt, das ist nicht möglich, weil...«

»Charles... Stimmt das?«

»Was?... Wie kannst du glauben...«

»Bist du direkt aus dem Büro gekommen?«

»Aber… natürlich…«

»Warum sollte dieser Junge gelogen haben?«

»Woher soll ich das wissen? Er kennt mich nicht einmal…«

Bilot mischt sich ein:

»Er hat zu mir gesagt, du bist ein Großer mit einem mahagonifarbenen Schnurrbart…«

»Was hast du darauf zu antworten?«

»Sieh mal, Hélène… Du wirst doch nicht wegen eines dummen Jungen, der den Polizisten spielt…«

»Bist du sicher, daß du vom Büro direkt nach Hause gekommen bist? Seit wann gehst du durch die Rue de la Liberté?«

»Das ist der kürzeste Weg…«

»Du gibst also zu, durch die Rue de la Liberté gegangen zu sein?«

Jetzt ißt nur noch Bilot. Und Bilot folgt diesem Gespräch lediglich durch einen Sonnennebel, der den sauren Geschmack nach roten Johannisbeeren hat. Er vernimmt undeutlich:

»Welchen Tag haben wir heute?«

»Mittwoch. Warum fragst du danach?«

»Aber den wievielten? Schau auf den Kalender. Heute ist der 24. Hörst du, Charles? Gestern war der 23. Juni…«

»Nun habe ich aber genug… Worauf willst du hinaus?«

Er ist aufgestanden. Mechanisch stopft er seine Pfeife und wendet sich dem Fenster zu.

Da bringt Madame Bastien schluchzend hervor:

»Gestern war der Tag des heiligen Felix. Begreifst du jetzt? Und du bist wie gewohnt um halb sieben nach

Hause gekommen! Und du hast nichts mitgebracht! Wenn ich bedenke, daß du es gewagt hast...«

Sie stürzt ins Schlafzimmer und schließt die Tür hinter sich zu.

Charles rüttelt an der Klinke.

»Mach auf!«

»Niemals!«

»Sieh mal, Hélène... Vor dem Kind...«

Er hat wieder in sein Büro gemußt. Madame Bastien und Bilot sind spazierengegangen und wiederholt an dem Haus mit der Loggia in der Rue de la Liberté vorbeigekommen.

Beim Abendessen ist kein Wort gesprochen worden. Um acht Uhr wurde der Junge ins Bett gebracht. Wie immer ist die Tür angelehnt geblieben, da Bilot manchmal Alpträume hat. Er scheint auch zuweilen Nachtwandler zu sein.

Drückende Stille. Ein Lichtstrahl fällt aus der Küche und zeichnet ein gelbliches Dreieck an die Zimmerdecke. Das Bett der Eltern ist leer.

Die Zeit vergeht, und erst als man glaubt, das Kind sei eingeschlafen, erheben sich Stimmen, zunächst gedämpft, gleichsam verschämt.

»Hör zu, Hélène... Ich schwöre dir...«

»Schwör lieber nicht... Das ist noch abscheulicher...«

»Einfach, weil so ein Bengel glaubt...«

»Und der heilige Felix? Soll ich deinen Chef aufsuchen?«

Monsieur Ducatel, ein Versicherungsagent, heißt mit Vornamen Felix. Jedes Jahr legen seine vier Angestellten zusammen, um ihm zu seinem Namenstag einen Kunstgegenstand zu überreichen. Die kleine Zeremonie findet stets pünktlich um drei Uhr statt. Portwein und Zigarren stehen auf dem Kaminaufsatz des Büros bereit.

Monsieur Ducatel bedankt sich. Jeder Angestellte erhält drei Zigarren, niemand weiß, warum, aber das ist Tradition. Jeder verheiratete Mitarbeiter bekommt eine Tafel Schokolade.

Und regelmäßig verkündet Monsieur Ducatel:

»Meine Freunde, ich mache es mir zur Pflicht, Ihnen für den Rest des Tages freizugeben.«

Bilot, der dämmernd in seinem Klappbett liegt und den Blick auf das leuchtende Dreieck gerichtet hat, vernimmt nun:

»Wenn ich daran denke, daß du dieser Frau die für deinen Sohn bestimmte Schokolade geschenkt hast... Weißt du, das werde ich dir nie verzeihen, und sollte ich hundert Jahre alt werden! Und du besitzt noch die Frechheit zu lügen, zu behaupten, du seiest im Büro geblieben, du...«

»Hör zu, Hélène... Ich bitte dich um Verzeihung... Ich...«

»Nach sechs Jahren Ehe!... Eine Frau, die jeden Kerl empfängt, die vielleicht krank ist... Niemals, nein, niemals werde ich...«

Bilot schläft.

Madame Bastien hat sich angewöhnt, grundlos zu schniefen und gerötete Augen zu haben. Die Mahlzeiten verlaufen schweigend, während Charles mit verlegener

Miene manchmal versucht, eine Unterhaltung in Gang zu bringen.

Früher hat er jeden Morgen seine Schnurrbartenden mit der Brennschere aufgedreht. Jetzt trägt er sie herabfallend. Abends vergißt er zuweilen, seinem Sohn einen Kuß auf die Stirn zu geben, wie er es immer gemacht hat. Er liest seine Zeitung. Seine Frau näht oder putzt seufzend Gemüse.

Eines Morgens hält ein riesiger gelb-roter Wagen vor dem Haus. In blaue Arbeitsanzüge gekleidete Männer bemächtigen sich der Möbel und des gesamten Hausrats.

Man zieht aus. Man wird in einem anderen Viertel wohnen, nicht weit vom Büro von Monsieur Ducatel, in einer engen Straße, durch die unaufhörlich Straßenbahnen rattern und wo man nicht spielen kann.

Nie wieder wird Bilot wie ein Küken mit anderen Küken auf einem menschenleeren Bürgersteig hocken.

»Übrigens, wir werden dich in die Schule stecken...«

Einst sang sein Vater, wenn er sich anzog. Abends faßte er Bilot an den Schultern, ahmte eine Trommel nach und tanzte mit ihm durch die Küche.

Das ist vorbei.

Früher ging er jeden Freitag zu seinen Freunden Plumier, um mit ihnen Whist zu spielen.

Er geht nicht mehr aus. Er liest seine Zeitung von der ersten bis zur letzten Zeile und läßt seine Pfeife erlöschen. Und wenn ein flüchtiges Gespräch aufkommt, wirft Madame Bastien schnell ein:

»Ich frage mich, wie du dir noch erlauben kannst, die Stimme zu erheben...«

Auch andere Sätze kehren häufig wieder.

»Wenn man sich so betragen hat wie du nach sechs Ehejahren...«

Oder:

»Muß ich dich vor deinem Sohn an die Geschichte mit der Schokolade von Monsieur Ducatel erinnern?«

Bilot versucht nicht, das zu verstehen. Er gewöhnt sich an das neue Bild seines Vaters. Es gleicht ein wenig schlecht gerahmten Fotografien, die mit der Zeit vergilben. Man könnte meinen, die Umrisse Charles Bastiens würden von Jahr zu Jahr konturloser. Er lebt von einem unwägbaren Nebel umgeben. Er geht weiterhin in sein Büro, kehrt zur festgesetzten Stunde heim, ißt, setzt sich in seinen Korbstuhl und liest die Zeitung.

Doch seine Gesichtszüge lassen es an Klarheit und Deutlichkeit fehlen. Er ärgert sich nicht mehr, singt nicht mehr, und wenn er lächelt, ist es ein blasses, innerliches Lächeln, das melancholische Lächeln eines Mannes, der allein lebt.

Früher nahm Bastien sonntagsmorgens nach der Messe seinen Sohn an die Hand, und beide setzten sich, zusammen mit Kameraden, ins Café de la Renaissance, wo Bilot Anspruch auf ein Glas Granatapfelsaft hatte.

»Nein, mein Freund... Ich dulde nicht, daß du meinen Sohn Gott weiß wohin führst...«

Madame Bastien hat die Bekanntschaft einer Nachbarin gemacht, einer ehemaligen Eier- und Käsehändlerin, die einen hübschen, ganz mit Marmor ausgestatteten Laden hatte. Sie hat noch heute eine milchfrische Haut und verbreitet einen faden Stallgeruch, doch ihre Augen sind immer gerötet.

Nachmittagelang sitzen sie gemeinsam am Fenster und nähen oder schauen den vorüberfahrenden Straßenbahnen zu. Um vier Uhr bereiten sie sich eine Tasse Kaffee und holen sich Kuchen. Während der ganzen Zeit, die sie zusammen sind, seufzen sie, und manchmal weinen sie auch ein paar Tränen.

»Sie wissen, was das bedeutet, Madame Rorive… Aber ich, nach sechs Jahren Ehe…«

»Und können von Glück sagen, daß er Sie nicht verlassen und das Geld mitgenommen hat…«

»Das hätte ich erleben mögen!«

Wenn Monsieur Bastien heimkommt, schweigen sie plötzlich. Madame Rorive grüßt ihn nicht, sammelt ihr Nähzeug ein und verläßt würdevoll die Wohnung, nachdem sie ihre Freundin wie am Ausgang des Friedhofs geküßt hat.

»Mir scheint, du kommst recht spät…«

»Ich versichere dir… Die Post war noch zu unterzeichnen und…«

»Oh! Ich verlange nichts von dir… An dem Punkt, wo wir angelangt sind…«

Man hatte es so gut in der Rue Pasteur, mit den Nachbarn, die man kannte, den Bürgersteigen, wo einem jeder Pflasterstein vertraut war, den jede Woche frisch gescheuerten Türschwellen.

Im Stadtzentrum, wo man jetzt wohnt, kennt man außer Madame Rorive niemanden, und sobald man das Haus verläßt, ist man mitten im Gedränge. Man kann nicht einmal das Fenster öffnen, ohne daß ein ohrenbetäubender Lärm in die Wohnung dringt.

Erinnert sich Bilot auch nur an Cendron und dessen

Klumpfuß, an das Taschenmesser mit den vielen Klingen, die Lupe und das Stück Bindfaden?

Er wächst heran. Ist im Stimmwechsel. Er geht aufs Gymnasium. Eines Tages ist er Renée begegnet, die ein großes langbeiniges Mädchen mit flachsfarbenen Haarflechten geworden ist.

Sie siezen sich zuerst, finden allmählich zum Du zurück.

»Übrigens die Rue Pasteur… Armer Cendron!… Erinnerst du dich?… Er ist ganz klein geworden, zusammengeschrumpft, und seine Mutter fährt ihn in einem Rollstuhl spazieren… Und wir haben ihn für einen Teufel gehalten!«

Er wird immer noch Bilot genannt, obwohl er siebzehn ist. Er hat sich von Freunden in ein Café schleppen lassen, in dem Damen verkehren. Sie haben einen ausgegeben. Nicht alle. Am Ende hatten sie nicht genug Geld, und Bilot hat seine Uhr als Pfand dalassen müssen.

Eine abscheuliche Nacht. Tanzende Zahlen, die ebenso bedrohliche Formen annehmen wie einst Cendron.

Bilot wartet auf seinen Vater gegenüber den Büros von Monsieur Ducatel. Die Angestellten kommen heraus.

»Was machst du hier, mein Sohn?«

»Sieh mal, Papa… Das ist schwer zu sagen… Ich bin in einer schrecklichen Situation…«

»Eine Frau?«

Sie gehen nebeneinander die Straße entlang. Bilot rechnet mit Vorhaltungen, Vorwürfen.

»Ich versichere dir, Papa... Ich weiß nicht, wie es dazu kommen konnte...«

»Wieviel?«

»Hundertfünfzig Francs... Verzeih bitte... Ich verspreche dir...«

Sein Vater gibt ihm die hundertfünfzig Francs.

»Sag aber nichts deiner Mutter.«

»Danke, Papa.«

»Sie hat kein Verständnis dafür.«

Sie sind zum erstenmal unter sich, unter Männern.

»Man darf ihr das nicht übelnehmen... Eines Tages... Du warst noch ganz klein... Erinnerst du dich an Cendron?«

Bilot errötet, ohne recht zu wissen, warum.

»Nun, ich schwöre dir, aber deine Mutter hat es nie glauben wollen, daß es das erste Mal war... Ich kam vorbei... Ich war mit der Tafel Schokolade auf dem Heimweg, der berühmten Tafel Schokolade von Monsieur Ducatel... *Sie* stand vor ihrem Haus, und der Wind hatte *ihre* Tür zugeschlagen... *Sie* hat mich gebeten...«

Bilot weiß nicht, wo er hinschauen soll, und hat den Bürgersteig verlassen.

»Vorsicht, die Straßenbahn... Ich habe es mit unserem Schlüssel probiert, und es gelang mir, sie zu öffnen... *Sie* hat mich gebeten, einen Augenblick hereinzukommen... *Sie* wollte mir zum Dank ein Glas Likör anbieten... Später wirst du das verstehen... Deine Mutter...«

Sie sind vor ihrem Haus angelangt. Man sieht die fürchterliche Madame Rorive mit ihrem Nähzeug herauskommen.

Der Schleier um Monsieur Bastien wird immer dichter. Der Mann erscheint verschwommener, demütiger, doch er findet Zeit zu murmeln:

»Deine arme Mutter wird sterben, ohne zu begreifen…«

Er hat noch etwas mitzuteilen, verstohlen, nach einem ängstlichen Blick auf das Fenster, dessen Gardine sich bewegt hat.

»Wenn du weitere Schwierigkeiten hast, besuch mich im Büro…«

Auf der Treppe riecht es nach Lauchsuppe. Der Tisch ist gedeckt. Madame Bastien sieht die beiden Männer mit jener Schärfe an, die manchmal an den zweiten Blick denken läßt. Während sie die Suppenschüssel füllt, äußert sie:

»Was gibst du deinem Sohn für schlechte Ratschläge?«

Hat Monsieur Bastien Bilot tatsächlich zugezwinkert? Er entfaltet seine Serviette und murmelt mit seiner gedämpften Stimme:

»Wir haben uns zufällig getroffen… Nicht wahr, Bilot?… Er hat mir von seiner Lateinarbeit erzählt…«

Der Spaßvogel der »Saint-Antoine«

Man hätte mit der Morgenflut einlaufen müssen. Aber trotz der steifen Brise glitt die »Saint-Antoine« nun Schlag acht Uhr ruhig zwischen den Schiffen und an den hölzernen Anlegestegen vorbei in den Hafen von Fécamp hinein. Petit-Louis war bereits angezogen, fix und fertig wie Reisende, die eine Viertelstunde, bevor der Zug in den Bahnhof einfährt, die Hand am Türgriff haben.

Er hatte seine Koje unterm Vorderdeck, bei der Backbordmannschaft. Der Schiffsjunge hatte kaum den Morgenkaffee zubereitet, als er sich einen Kesselvoll Wasser auf dem Ofen heiß machen ließ, da man jetzt an Land ging und mit dem Süßwasser nicht mehr zu sparen brauchte.

»Du willst dich um diese Zeit an Bord abschrubben?«

»Und warum sollte ich mich nicht an Bord reinigen? Für den Fall, daß sie in Fécamp ist, um mich an Land kommen zu sehen…«

Und inmitten der Männer, die gerade frühstückten oder ihre Sachen packten, hatte sich Petit-Louis so sauber gewaschen, wie es samstags seine Mutter in der Küche getan hatte, als er ein Kind war. Länger als fünfzehn Minuten hatte er seine Füße in das warme und schaumige Wasser gehalten. Ungeachtet des Schlingerns hatte er sich vor einer Spiegelscherbe rasiert, wobei er sich jedoch am Adamsapfel geschnitten hatte, der bei ihm spitz und vorspringend war.

Nun war er sauber, er roch nach Seife mit dem Duft von Kölnischwasser, er hatte seinen neuen Sweater übergezogen, seine zweireihige Matrosenbluse, und an den Füßen trug er schöne grünlich-gelbe Gummistiefel, kanadische Stiefel mit einem blauen Bison als Markenzeichen, die er in Saint-Pierre dem Besatzungsmitglied eines norwegischen Fischdampfers abgekauft hatte.

Wenn alles gut ging, würde er kurz nach acht an Land sein und zehn vor neun den Zug nach Bréauté erreichen, wo er Anschluß haben würde, und am Abend, nachdem er noch zweimal umgestiegen war, wäre er in Concarneau.

Was war geschehen? War der Wind tatsächlich abgeflaut, wie der Steuermann behauptet hatte? Oder hatte der Mann die Fahrzeit falsch berechnet? Auf jeden Fall war es passiert, daß sie die Flut verpaßten, so daß sie mit flatternden Segeln auf die nächste hatten warten müssen, so nah vor dem Hafen, daß man die kleinen schwarzen Punkte am Landekai sehen konnte, die Kapelle über der Steilküste und die langgestreckte weiße Linie des Casinos unterhalb der südlichen Felswand.

Die verheirateten Seeleute, vor allem die aus der Umgebung von Fécamp, waren es zufrieden, weil damit ihre Frauen und Kinder Zeit hatten, zum Hafen zu kommen. Natürlich hatte man die »Saint-Antoine« erblickt! Monsieur Poussard, der Reeder, mit seinen schwarzen Holzschuhen, seinem Mantel mit dem Biberpelzkragen und seiner ständig laufenden Nase, mußte sich wohl eifrig zu schaffen machen, und in den Dörfern, in Yport, Bénouville, Etretat, wurden die Gören angezogen, man rannte zum Bahnhof oder zum Autobus.

Nach sieben Monaten Neufundland freute man sich, wenn alle Leute auf der Mole standen und mit den Taschentüchern winkten. Nur Petit-Louis schien besorgt zu sein, er wußte von den Tücken, die das Schicksal für ihn bereithielt. Er wagte nicht, sich hinzusetzen oder auf die Reling zu stützen oder irgend etwas zu tun, da er Angst hatte, sich schmutzig zu machen. Man hörte ihn nicht einmal Geschichten erzählen, weil er sich schon nicht mehr als an Bord betrachtete. Er hatte hinsichtlich der Abfahrtszeit seines Zuges lediglich geäußert:

»Pest!«

Alles verlief wie gewöhnlich. Die Lichter und die Gaslaternen um die Hafenbecken waren an, als die »Saint-Antoine«, von den Wogen hochgehoben, zwischen das Pfahlwerk glitt, alle Männer standen auf der Brücke oder auf dem Vorderdeck, sahen zu den Frauen und Kindern hinüber, die auf der Mole neben dem Schiff herliefen. Man rief sich Neuigkeiten zu. Die Mütter trugen ihre Jüngstgeborenen auf den Armen, und die in Wollzeug gehüllten Knirpse klammerten sich an ihre Röcke und stolperten hinterher.

Da waren auch die Spaßvögel, die Gelegenheitsarbeiter, die Belotespieler, die Kairatten; und alle, die Kumpel von ihm waren, sprachen ihn an.

»He, Petit-Louis! Wie geht's?«

Er blieb zum erstenmal in seinem Leben würdevoll und ernst. Das war komisch, denn er war für die Würde nicht geschaffen mit seinem kleinen, mageren und dennoch stämmigen Körper, seinem langen Hals, seinem schmalen Kopf und den unregelmäßigen Gesichtszügen, vor allem aber mit seinen gewaltigen Stiefeln, die für einen Riesen angefertigt schienen und die er wie die Musketiere hatte umkrempeln müssen.

Wie immer nieselte es. Die Kais waren glitschig, und der mit glitzernden Schuppen durchsetzte Schlamm stank nach Fisch.

»Nun, Petit-Louis, was wollen wir uns genehmigen?«

Doch er sprang vom Schiff, als es noch in der Schleuse lag, und bemerkte schlicht:

»Nichts! Ich heirate...«

Das komischste war, daß er es ernst meinte. Seinen Seesack in der Hand, sein Fäßchen auf einer Schulter, überquerte er den Kai und stieß die schwach beleuchtete Tür zu Léons Kneipe auf.

»Tag, Léon!« sagte er und stellte das Faß an der Theke ab. »Du mußt mir einen Gefallen tun...«

»Was trinkst du?«

»Gar nichts! Das ist es ja! Du mußt mir einen Freundschaftsdienst erweisen. In vier Tagen will ich heiraten, verstehst du?... Also... Wieviel zahlst du mir für die Zungen?«

Denn jeder Kabeljaufischer hat das Recht, sich ein Fäßchen mit Zungen und Wangen zu füllen.

»Na, wie immer!«

»Das ist nicht viel...«

»Bist du ein Geizhals geworden, Petit-Louis?«

Und er unbeirrt:

»Ich will heiraten, sage ich dir! Hier hast du meine Brieftasche. Da ist alles drin, was ich verdient habe:

tausendachthundert Francs... Wart... Ich nehm mir fünfzig Francs... Den Rest hebst du mir bis morgen auf... Verstehst du?... Selbst wenn ich dich um Geld bitte, darfst du mir keins geben... Wenn ich dich anflehe, wenn ich...«

»Verstanden!« erwiderte Léon und stopfte die Brieftasche in eine Schublade.

Unterdessen folgten die Männer in ihrem Ölzeug, ihren Stiefeln den Frauen durch die Straßen, trugen die Kleinkinder. Andere betraten die Cafés wie bei Léon und bestellten »Fil-en-six«.

»Du machst mir nur was zu essen... Warte! Zuerst ein großes Beefsteak... Ein dickes, hörst du... Dann...«

Wovon hatte er die letzten sieben Monate auf See noch geträumt?

»Ach ja... Kalbskopf in Essigsauce... Und hinterher Pfannkuchen. Und während du das Zeug zubereitest, sehe ich am Bahnhof nach, ob sich die Abfahrtszeiten nicht geändert haben... Vergiß nicht, was ich dir wegen des Geldes gesagt habe, klar?«

Draußen verschlang ihn die Dunkelheit, die um die Gaslaternen herum nur schwach durchbrochen wurde, während ein halbes Dutzend Fischer zu Léon hineindrängten. Dort war es warm. Es roch nach Calvados und »Fil-en-six«. Auf den Flaschen steckten winzige Zinngießer, um die kleinen Gläser leichter füllen zu können. Léon hatte auch einen Pensionsgast, Monsieur Jacques, einen Telegrafenbeamten, wie es hieß, der sich in etwa zehn Tagen einschiffen wollte.

»Möchten Sie heute ebenfalls Kalbskopf, Monsieur Jacques?«

Thérèse, das sechzehnjährige kleine Dienstmädchen, das schmutzig wie ein Kamm war, holte den Kalbskopf beim Fleischer. Sie glaubte, im Schatten einer Straße Petit-Louis zu sehen, wie er mit einer Frau sprach.

Es wurden zwei Gedecke auf die marmorne Tischplatte gelegt, eines für Monsieur Jacques und eines für Petit-Louis. Das dicke Beefsteak brutzelte in dem Abstellraum, der als Küche diente. Von Zeit zu Zeit warf der Wirt einen Blick auf die Reklameuhr über der Theke, und erst um halb neun ging die Tür auf, man erriet Petit-Louis draußen, doch er schob jemanden vor sich her, eine magere Frau ohne Hut, mit schmalem, blassem Gesicht, traurigen Augen, in einen abgetragenen Mantel gehüllt.

Petit-Louis trat, nicht sehr stolz, hinter ihr ein und näherte sich Léon.

»Laß dir erklären... Es ist nicht, wie du denkst... Ich hatte nur keine Lust, allein zu essen, und...«

»So! Und du sammelst den erstbesten Dreck auf, den du am Bahnhof findest...«

Léon mußte sie kennen, denn er fackelte nicht lange, beschränkte sich darauf, das Mädchen auf eine bestimmte Weise anzuschauen, ihr die Tür zu weisen und ohne sonderlichen Ärger zu murmeln:

»Raus!«

Sie suchte Petit-Louis mit den Augen. Petit-Louis wendete den Kopf ab, und sie entfernte sich rücklings. Einfach so.

»Du glaubst doch nicht, daß ich sowas hier reinlasse?«

»Schon gut... Schon gut...«, sagte Petit-Louis.

Und da seine Augen glänzten, fragte ihn Léon barsch:

»Was hast du getrunken?«

»Nichts...«

»Laß riechen...«

»Nur einen kleinen Pernod... Nein, zwei...«

»Zeig deine fünfzig Francs... Ist das alles, was übriggeblieben ist?... Du bittest mich, dir nichts zu trinken zu geben, und du schmeißt in anderen Kneipen ganze Runden...«

»Schimpf nicht mit mir, Léon... Ich sag dir doch, daß ich heiraten will...«

Und zu Monsieur Jacques gewendet, den man zu ihm an den Tisch gesetzt hat:

»Was bist du denn?... Telegrafenbeamter?... Bist du verheiratet?«

Er hatte schon keinen Hunger mehr. Er war nicht traurig, aber es lag ihm ein Stein im Magen.

»Ich, verstehst du... Frag Léon oder irgendeinen anderen... Jedesmal sage ich mir: Du mußt nach Concarneau, zwei oder drei Monate auf dem Land verbringen, wie alle Leute... Und dann finde ich mich morgens, ohne zu wissen, wie es geschehen ist, auf dem Revier wieder, wo die Polizisten mich alle kennen... Keinen Sou in der Tasche... Begreifst du?... Es sind die anderen, die mich verleiten... Diesmal hab ich Vorsichtsmaßnahmen getroffen, da ich nächste Woche heiraten will... Sieh her!«

Und über seinen Teller hinweg reichte er seinem Tischgenossen das Porträt einer jungen, steif dastehenden Frau, die eine Hand auf einen Säulenstumpf gelegt hat.

»Sie ist bei einem Arzt in Rennes in Stellung... Ihr Vater ist Fischer... Er hat in Concarneau eine kleine

Sloop… Er hat damit gerechnet, daß seine beiden Söhne ihm helfen, aber der eine ist zur Eisenbahn gegangen, und der andere ist in Paris auf die schiefe Bahn geraten… Er hat mir beiläufig gesagt:

›Petit-Louis, wenn du eines Tages vernünftig wirst…‹

Verstehst du? Ich muß mit meinem Geld da runter. Ich habe von Saint-Pierre-et-Miquelon aus das Aufgebot bestellt… So ist das Datum festgelegt, das Hochzeitsmahl und alles vorbereitet, und ich bin beruhigt…«

»Hast du keinen Hunger?« fragte Léon beunruhigt, da der andere mit seinem Beefsteak nicht fertig wurde… »Ist es nicht gut?«

»Doch, doch!«

Von der Besatzung ihres Schiffs waren einige bereits betrunken, und man hörte sie singend durch die Straßen wanken. Die Tür öffnete sich. Es waren Engländer, die von einem Kohlendampfer kamen und nun Whisky bestellten.

Nie in seinem Leben, zumindest an Land nicht, denn an Bord war er der seriöseste Junge der Welt, niemals war Petit-Louis so vernünftig gewesen.

»Verstehst du… Mein Schwiegervater und ich mit einer guten Sloop…«

Trotzdem schielte er zu den Engländern hinüber, vor allem, als Gradut, ein richtiger Schnorrer, sich zu ihnen setzte, um sich einen ausgeben zu lassen.

»Léon!« rief Gradut. »Reich mir mal die Karten rüber…«

Das war sein Trick. Er führte ihnen Kartenspiele vor, um sie zu unterhalten, und leerte dabei alle Gläser. Weil die anderen Engländer waren, glaubte er sich verpflichtet, radebrechen zu müssen.

»Seht Hände, Gentlemen... Nichts in Hände... Nehmen Karte... Sie! Ja! Nehmen Karte...«

Petit-Louis seufzte, murmelte etwas, das sich wieder anhörte wie:

»Pest!«

Zehn Minuten später, während Gradut mit seinen Spielchen beschäftigt war, hatte Petit-Louis glänzende Augen, obwohl er nichts als Apfelwein getrunken hatte.

»Du wirst sehen...«, verkündete er Monsieur Jacques.

Er erhob sich, trat zu den Engländern.

»Gib die Karten her, Gradut!« befahl er mit der Autorität eines Filmstars, der sich an einen bleichen Amateur wendet.

Er nahm das Kartenspiel und hielt es mit beiden Händen zwischen Daumen und Zeigefingern. Mit verächtlich herabgezogenen Mundwinkeln zerriß er wortlos und gleichsam ohne Anstrengung das Päckchen in zwei Stücke. Dann ließ er, zu den englischen Matrosen gewandt, fallen:

»Versuchen Sie es! Wenn es Ihnen gelingt, zahle ich eine Runde.«

Léon war bemüht, ihm einen Wink zu geben, aber es war zu spät. Petit-Louis hatte gerötete Wangen, und seine Augen funkelten.

»Reich mir ein Spiel mit zweiundfünfzig Karten, Léon... Ich bezahl es dir...«

Er erklärte den Engländern, indem er an den Fingern abzählte:

»Zweiundfünfzig... Klar?... Zweiundfünfzig...«

Es dauerte länger. Sein Adamsapfel hob sich unter der Anstrengung, und die Adern an seinen Schläfen schwollen an. Dennoch brach das Kartenspiel entzwei, und die anderen stießen ein Hurra aus und drückten ihm ein großes Glas Whisky in die Hand.

»Petit-Louis!« rief ihm Léon zu.

»Laß du mich in Ruhe...«

Und plötzlich vernahm man in dieser Männerrunde eine merkwürdige weibliche Stimme; sie piepste:

»Hör nicht auf das, was Léon sagt... Der ist ein Ar...!«

Man sah sich um. Man begriff. Petit-Louis triumphierte und fuhr mit seinen bauchrednerischen Kunststücken fort. Er setzte, immer noch mit dieser kreischenden Stimme, die unter der Bank hervorzukommen schien, zu dem Refrain von »Tipperary« an.

Kurz darauf saß er am Tisch der Engländer und bemühte sich, ihnen Erklärungen in deren Sprache abzugeben.

»Stark?... Sie stark?« fragte er einen Koloß mit roten Haaren.

»Léon, Streichhölzer...«

Léon seufzte, denn er kannte seit Jahren das Repertoire von Petit-Louis. Der nahm ein Streichholz zwischen Daumen und Zeigefinger, so daß die beiden Enden sich in die Fingerkuppen bohrten, und drückte so stark, bis das Hölzchen sich bog und entzweibrach.

»Versuch mal... Los! Wenn du es schaffst, Dicker, zahl ich ne Runde...«

Léon kam und neigte sich zu ihm:

»Du solltest lieber nicht trinken...«

Er hatte recht. Petit-Louis schien es auch zu empfinden, denn er warf dem Wirt einen schmerzvollen, resignierten Blick zu.

»Warte, ich zeig ihnen nur noch den Trick mit dem Pinnchen...«

»Du weißt genau, wie das endet... Vergiß nicht, daß du heiraten willst.«

Natürlich! Natürlich! Aber konnte er einen Kerl wie Gradut gewähren lassen?

»Aufgepaßt, Gentlemen!... Schwieriger...«

Er suchte Monsieur Jacques mit den Augen, zwinkerte ihm zu, griff nach dem Glas, das vor ihm stand, und begann es wie das selbstverständlichste von der Welt zu zerkauen.

Das brachte sie schier um den Verstand. Diese Männer, die einiges getrunken hatten, klatschten ihm Beifall, und es fehlte nicht viel, und sie hätten ihn im Triumph auf die Schultern gehoben. Er aber wollte seine Nummer bis zu Ende vorführen.

»Wer hat eine bronzene Zwei-Sous-Münze?...Léon!«

Der kleine Mann hatte Muskeln wie aus Stahl. Nach wenigen Sekunden war die Bronzemünze in zwei Stücke zerbrochen, und die Engländer bemühten sich lange vergeblich, es ihm gleichzutun.

»Herr Wirt, Whisky...«

»Nein! Für mich, wenn Sie nichts dagegen haben, Calvados... Ein großes Glas... Verstanden, Léon?... Einen Augenblick!... Versuchen Sie, diesen Stuhl mit einer Hand an einem Bein vom Boden aufzuheben... Ha! Ha! Ha!«

Fischer waren hereingekommen, doch Petit-Louis

sah sie nicht. Zitternd suchte er mit immer neuen Darbietungen die Gäste zu verblüffen, und der Alkohol war nur zu einem geringen Teil an seiner Trunkenheit schuld.

»Diese Runde bezahle ich... Champagner, Léon... Hast du gehört? Ich habe gesagt: Champagner... Habe ich Geld oder nicht?... Ich habe welches?... Und das ist doch ein Bistro, nicht wahr?... Wenn ich dir sage, du sollst Champagner bringen... Gib mir zuerst mal meine Brieftasche...«

»Vergißt du auch nicht, daß du heiraten willst?«

»Na und?... Das ist doch gerade ein Grund, das muß man ausnutzen... Gib mir meine Brieftasche, oder ich werfe meinen Stuhl in die Scheibe... Und du, Jacques, brauchst mich nicht so komisch anzusehen. Warte man ab, bis du sechs Monate weg bist, was sage ich, sechs Monate? Sieben Monate auf See, an Bord eines Pottes wie der ›Saint-Antoine‹... Verzeihen Sie bitte, meine Herren, daß ich kein Englisch spreche... Sehen Sie! Wenn Sie mir Nadeln geben und einen Faden... Léon! Reich mir einen Faden und Nadeln... Thérèse! Ist die Kröte nicht hier?... Thérèse!... Einen Faden und Nadeln, mein Schätzchen... Du hast mich nicht mal geküßt... Schauen Sie her... Ich nehme den Faden in meinen Mund. Ich verschlucke die Nadeln. Eine... zwei... fünf... acht Nadeln. Haben Sie gesehen?... Keine Vorbereitungen, keine Mogelei...«

Es gelang ihm nicht, er mußte seinen Trick in der Küche durchproben, und man vernahm Thérèse, die dagegen protestierte:

»Bleiben Sie ruhig, na also...«

Wo, wann, wie hat er sich von den Engländern getrennt? Das war zu schwer zu rekonstruieren. Er wußte nur noch, daß er sie, um Léon zu ärgern, zu Jeanne geführt hatte, in das Bistro nebenan, das weniger gut besucht war.

»Pardon!... Hier bin ich zu Hause... Ich bezahle, nicht wahr, meine alte Jeanne?«

Sie war tatsächlich alt, fett und gelblich, und hinter ihrer Theke panschte sie unaufhörlich und verdächtig mit ihren Flaschen herum.

»Hast du schon das Kunststück mit den Nadeln gesehen, Jeanne?«

Sie hatte bereits zehnmal zugeschaut, aber sie hütete sich, es zu sagen.

»Bring mir einen Faden und Nadeln... Warte... Gib mir das Glas dort...«

Er zerkaute es...

»Ich frage mich wirklich, ob das Schwein von Léon mir mein Faß mit Zungen bezahlt hat... Wie ich ihn kenne... Und Monsieur Jacques? Wo ist Monsieur Jacques?... Der ist ein Bruder...«

»Hier!« antwortete Monsieur Jacques, der ihm zögernd gefolgt war.

»Unter uns, findest du, daß das Beefsteak gut war? Weißt du, was Léon gemacht hat, bevor er sich in Fécamp als Wirt niederließ? Er war Chauffeur in einem großbürgerlichen Haus... Mit einer Livrée... Seine Frau war Köchin in demselben Haus... Zu ihrer Zeit aß man noch gut... Seit sie tot ist...«

Er beugte sich vor, sprach leiser.

»Genau!... Dieses alte Schwein und Thérèse... Deshalb ist er so wütend, wenn er sieht, daß ich die Küche betrete... Denn ich muß dir noch sagen... Als wir das letzte Mal in See gestochen sind...«

Eine Lücke. Dunkelheit. Regen. Gaslaternen und umherschlendernde Polizisten, denen Klein-Louis ein brummendes »Gute Nacht« zuwarf.

Und die Engländer?

»Bist du nie in der Nummer 36 gewesen?... Ich werde dich vorstellen... Freundinnen... Die Chefin ist eine Landsmännin...«

Monsieur Jacques war lang, mager, trug ein Binokel. Er sah aus wie ein strebsamer Student oder ein Bankangestellter. Die Trunkenheit nahm ihm nichts von seiner Würde, doch ein seliges Lächeln spielte um seine Lippen.

»Ich heirate, das ist klar, aber das ist kein Grund... Weißt du, das ist ein Mädchen, durch und durch seriös... Sie heißt Marguerite... Nun, zwischen ihr und mir...«

Petit-Louis schnippt mit dem Fingernagel gegen seine Zähne.

»Ich bin's, Chefin!... Lassen Sie was zu trinken bringen... Ich glaube, dieses Schwein von Léon hat uns vergiftet mit diesem Kalbskopf, der nicht mehr frisch war...«

Er machte einen Handstand und bewegte sich auf den Händen bis zur Mitte des Raumes, der überheizt war und in dem fast nackte Frauen saßen.

»Verdammt! Hat er mir wenigstens meine Brieftasche wiedergegeben?«

Und der Telegrafenbeamte, sehr ernst, weltmännisch:

»Sie haben sie in diese Tasche gesteckt...«

Um vier Uhr morgens, als Petit-Louis die Getränke bezahlen wollte, die er allen spendiert hatte, blieben ihm nur ein paar hundert Francs übrig. Da zog er unversehens seine Stiefel aus, seine schönen kanadischen, grünlich-gelben Stiefel, schwenkte sie umher und rief mit der Zungenfertigkeit eines Straßenhändlers:

»Wer möchte sie haben?... Eine Gelegenheit, meine Damen und Herren!... Eine Gelegenheit, wie sie sich Ihnen nie wieder bietet!... Zweihundert Francs für ein Paar neue Stiefel... Drüben, auf der anderen Seite des Atlantiks zahlen Sie für den gleichen Artikel ich weiß nicht wie viele Sterlings...«

Monsieur Jacques putzte seine Brillengläser und zeigte einen stumpfen Maulwurfsblick. Seit einer halben Stunde hielt ihn eine Frau, die mit einer rosa Schärpe bekleidet war, die ihre Hüften bis knapp unter den Nabel bedeckte, mechanisch am Arm.

Wer hat die Stiefel gekauft? Ein Geheimnis! Petit-Louis saß in Socken neben seinem Freund. Und als die Chefin das Etablissement schließen wollte, schrie er sie an:

»Wenn Sie mir das antun, zerschlage ich alles... Sie kennen mich... Sie wissen, daß die Polypen mich nicht beeindrucken... Schenken Sie uns ein...«

Wieder hielt er das Foto von Marguerite in der Hand. Jetzt war er es, der Monsieur Jacques am Arm hielt.

»Es ist aus, verstehst du?... Das ärgerlichste ist, daß alles bereitsteht, daß sie sich hat ihr Kleid nähen lassen... Selbst das Essen ist bestellt... Ich kann da nicht aufkreuzen ohne einen Sou... Es ist immer das gleiche... Wie heißt du?«

»Gloaguen...«

»Und ich Cloarec... Klingt so ähnlich... Woher stammst du?«

»Aus Quimper...«

»Das liegt ganz in der Nähe... Sag mal!... Es macht dir doch nichts, wenn ich dich duze?... Weißt du, was du tätest, wenn du ein prima Typ wärest? Du würdest an meiner Stelle dort runterfahren und Marguerite heiraten...«

Das merkwürdigste war, daß Monsieur Jacques mit verträumter Stimme antwortete:

»Glaubst du?«

»Aber ja!... Sieh mal, das arme Mädchen hat sich acht Tage frei genommen... Sie glaubt, sie würde heiraten... Sie hat das Kleid anfertigen lassen... Wie ich sie kenne, so seriös und alles, wird sie eine hübsche Aussteuer bekommen... Was wird sie nun für ein Gesicht machen?... Das Aufgebot ist bestellt... Du gehst hin und sagst, man habe sich im Namen geirrt, es sei nicht Cloarec, sondern Gloaguen... Die Leute werden nichts davon merken... Sie ist ein braves kleines Ding, weißt du!... Wenn ich daran denke, daß sie...«

Er weinte.

»Ich, ich habe nicht mal mehr meine Stiefel... Sag ehrlich...

Kann ich mich ohne Stiefel unter ihre Augen wagen?...«

Und triumphierend:

»Na also!«

Dann einschmeichelnd:

»Und was ich dir eben erzählt habe, das stimmt... Niemals das!... (Das Schnippen des Nagels zwischen den

Zähnen)... Küsse, ja... Nichts weiter... Du siehst, daß du keine Angst zu haben brauchst... Ganz zu schweigen davon, daß ihr Vater neben seinem Boot ein Haus besitzt... Kein großes Haus, aber es gehört ihm...«

Durch welches Wunder gelang es der Wirtin, sie vor die Tür zu setzen und ihr Etablissement zu schließen? Jedenfalls fanden sie sich draußen wieder und wandelten durch die verlassenen Straßen.

»Das wird sich schon alles ergeben, mein alter Cloarec... Nein! Gloaguen... Lieber würde ich Jacques sagen... Ich, ich muß mich wieder einschiffen... Das ist nicht schwer... Sie wissen gut, daß an Bord niemand seriöser ist als ich... Bin ich ein Mann, sag?... Nur, du verstehst... Nein! Du kannst das nicht begreifen... Der Gedanke, daß diese arme Marguerite... Ich war fest entschlossen, du weißt es... Wenn diese verdammte Ebbe nicht gewesen wäre... Soll ich dir was sagen?... Das machen die Alten extra!... Sie kommen lieber an, wenn ihre Frauen und die Blagen an der Mole stehen... Das ist gefühlvoller...«

Seine Füße patschten in den Schlamm und über das glitschige Pflaster, aber er merkte nicht mehr, daß er in Socken ging.

»Willst du bei dem Schwein von Léon übernachten?... Ich nicht... Ich begreife, daß du da hin mußt... Aber sicher!... Mach meinetwegen keine Umstände... Nur mußt du mir schwören, daß du und Marguerite... Hin und wieder denkt ihr an mich... Du kannst ihr ja sagen, daß Petit-Louis trotzdem ein prima Typ ist... Ich schenke sie dir, verstehst du?... Jetzt muß ich zusehen, daß ich irgendwo eine Ecke zum Schlafen finde... Du wirst schon sehen... Allerdings darfst du nicht zögern... Geh, hab keine Angst... Ich kenn mich da aus...«

Und schwankend sammelte er Steine zusammen. Er zielte zuerst auf eine Gaslaterne, ohne jedoch die Scheiben zu treffen. Dann wählte er ein Schaufenster ohne Läden. Es war eine Bäckerei. Der Lärm zerberstenden Glases erfüllte die Straße. Man hörte Schritte. Petit-Louis hob indes weitere Steine auf und warf sie ziellos auf die Häuser.

»Guten Morgen!« rief er den beiden Polizisten entgegen, die herbeigerannt kamen. »Sagen Sie, Sie haben nicht zufällig meine Stiefel gesehen?... Irgendein Schuft hat mir meine Stiefel geklaut...«

Es war zu der Tageszeit, da Léons Lokal leer stand. Es war schwer, in diese Leere hineinzusprechen. Monsieur Jacques und Marguerite wechselten nur zögernd ein paar Worte. Als sie dann ihren Hut aufsetzte, murmelte er:

»Gestatten Sie, daß ich Sie begleite? Sie kennen Fécamp nicht? Ich werde es Ihnen zeigen...«

Er führte sie zu den Kais, dem Schwimmdock, zur »Saint-Antoine«, wo der Kabeljau gelöscht wurde.

»Wissen Sie, daß ich aus Ihrer Gegend stamme?«

Sie weinte nicht. Aber sie war auch nicht froh.

»Ich ahnte, daß er mir einen Streich spielen würde... Deshalb bin ich hergekommen... Nur bin ich zu spät eingetroffen... Nun wird es drei Jahre dauern... Sooft er an Land geht, beginnt die Komödie von neuem...«

»Sie reisen heute abend wieder ab?«

»Ich weiß es noch nicht...«

»Sie täten besser daran, sich auszuruhen und bis morgen zu bleiben... Es läuft ein guter Film im Kino...«

Sie aßen noch miteinander zu Abend. Léon begriff nichts. Dann gingen sie ins Kino, und Jacques Gloaguen nahm eine Loge.

»Ich werde mir eine andere Stellung suchen müssen... Wenn ich gewußt hätte...«

Auch am nächsten Tag fuhr sie nicht ab. Wegen des Schlamms, in dem sie den ganzen Tag watete, kaufte sie sich lackierte Gummistiefel, und manchmal blieb sie grundlos vor den Schiffen stehen.

»Ich habe immer gehofft, daß er vernünftig werden würde. Ich kenne ihn von klein auf...«

Gloaguen war gesetzt und vernünftig. So seriös, daß man nicht wagte, seine Hand zu streifen. Stundenlang marschierten sie nebeneinander durch den Matsch. Es kam vor, daß sie vor der berühmten Hausnummer 36 vorbeiflanierten, und Gloaguen wandte den Kopf ab.

»Sie gehen bald an Bord?«

»Ich müßte mich in zehn Tagen einschiffen... Aber vielleicht... Ich weiß noch nicht... Das hängt davon ab...«

»Wovon hängt es ab?«

Als ihm Thérèse das Frühstück in sein Zimmer hinaufbrachte, schaute sie ihn vorwurfsvoll an. Léon machte bei jeder Gelegenheit:

»Hmm! Hmm!«

Und er zwinkerte seinen Gästen zu.

Die Zimmer von Monsieur Jacques und Marguerite waren nur durch eine dünne Wand voneinander getrennt, und abends drückte Monsieur Jacques sein Ohr daran, um zu lauschen. Und dann konnte er nicht einschlafen.

»Stimmt es, daß Sie alles für die Hochzeit vorbereitet hatten?«

»Ja, das ist richtig.«

»Ah!«

Vielleicht wäre nichts geschehen, wenn Léon Monsieur Jacques nicht eines Abends beiseite genommen hätte.

»Sagen Sie... Ich hab einen alten Gast, der gerade angekommen ist, und ich weiß nicht, wo ich ihn unterbringen soll... Hmm!... Am Ende... Wir verstehen uns doch richtig... Bei dem Stand der Dinge... Würde Ihnen ein Zimmer zusammen nicht ausreichen?«

Monsieur Jacques errötete, erbleichte, stotterte:

»Aber... Aber...«

»Nun? Nichts zu machen?«

»Ich möchte sie heiraten...«

Und anläßlich dieser Zimmerfrage sagte er es beim Abendessen Marguerite. Es gab ausgerechnet Kalbskopf. Er war ein wenig traurig, ein bißchen verschämt.

Aber war das sein Fehler?

Mélies Mann

»Faß doch nicht alle Seezungen an, meine Kleine. Du weißt genau, daß du am Ende zwei nicht zu große Makrelen oder ein halbes Pfund Rochen nimmst...«

Die »Kleine«, das ist die alte Haushälterin des Pfarrers von Saint-Jean, doch Mélie duzt jedermann mit einer solchen Selbstverständlichkeit, daß niemand auf den Gedanken kommt, daran Anstoß zu nehmen. Sie greift auf dem Marmortisch nach einem blutigen Stück Rochen, hebt es hoch, kann sich nicht verkneifen, einen Blick auf die Straße zu werfen.

»Ich geb dir dieses Stück...«

Es klatscht auf die Waage, der Zeiger schlägt aus, Mélie knistert mit dem Papier, und die alte Haushälterin fingert in ihrem großen Portemonnaie.

Es ist das dritte Mal, daß Mélie innerhalb einer halben Stunde, seit sie sich zu Tisch gesetzt hat, von jemandem gestört wird. Es ist neun Uhr abends. Das ins Violette spielende Blau über dem Einschnitt der schmalen Rue Saint-Jean verfärbt sich allmählich. Schon lange haben die Fleurissons, die Schirmhändler von gegenüber, ihre Läden geschlossen und ihre Stühle auf den Bürgersteig gestellt. Man fragt sich, wie sie den ganzen Abend so reglos sitzen und vor sich hinstarren können. Bei dem Alten mag es angehen: Er ist nahezu völlig gelähmt, und einige nennen ihn den Invaliden mit dem Holzkopf. Aber seine fünfundvierzigjährige Tochter?

»Auf Wiedersehen, Madame Mélie...«

»Auf Wiedersehen, meine Liebe.«

Mechanisch begleitet sie die Haushälterin des Pfarrers zur Tür.

»Sie brauchen sich nicht zu bemühen...«

Und wieder geschieht, womit sie seit fünf Uhr nachmittags rechnet, seit *er* sich zum erstenmal in der Straße gezeigt hat. Jetzt ist es das vierte Mal. Bildet er sich ein, daß man ihn nicht bemerkt? Vorhin hat Madame Josse, die Gemüsehändlerin, Mélie darauf angesprochen.

»Man könnte meinen, er sei von der Polizei...«

Er wartet nicht einmal, bis es ganz dunkel ist. Er springt herbei und schiebt einen Fuß zwischen Tür und Rahmen. Gegenüber wirken der Holzkopf von Monsieur Fleurisson und der Kopf seiner Tochter, in dem nur die schwarzen Pupillen lebendig sind, wie bei einem Schauspiel oder wie die Marionetten einer Jahrmarktbude.

»Komm rein...«

Leiser fügt Mélie hinzu:

»Komm doch rein, du Dummkopf!«

Denn während er sich natürlich, ungezwungen geben will, glaubt sich Nicolas verpflichtet, eine geheimnisvolle Miene aufsetzen zu müssen. Er wirft einen Blick auf die angelehnte Küchentür, dann an die Decke des Fischgeschäfts, und sie beantwortet seine Frage, die sie genau versteht:

»Aber nein, mein Alter...«

Sie hat sofort Mitleid mit ihm. Sie hätte ihn in dem Glauben lassen können, daß dort jemand war, ein Mann. Doch die Köpfe der Fleurissons drüben vor ihrem

Schaufenster, diese Augenpaare, die in den Laden starren, versetzen sie in Wut.

»Komm rein!«

Er ist immer noch so groß und erweckt den Anschein, sich bücken zu müssen, um die Schwelle zur Küche zu überschreiten. Ragout erkaltet in seiner steif werdenden Sauce. Eine Katze entflieht.

»Oh entschuldige... Du warst bei Tisch...«

Er fühlt sich nicht sicher, scheint ständig einen Verfolger um sich zu spüren.

»Hast du meine letzte Überweisung erhalten?«

Und Mélie, die sich wohler fühlt, seit sie die Tür mit den Tüllgardinen hinter sich geschlossen hat und die beiden Mumien nicht mehr sieht, stößt einen Seufzer aus, bevor sie sich hinsetzt, und sagt:

»Du weißt genau, daß du nie etwas überwiesen hast!... Hast du zu Abend gegessen?... Setz dich... Iß...«

Er hat sich überhaupt nicht verändert, das bringt sie auf, und sie reißt ihm seinen Spazierstock aus den Händen und diese Tasche aus marokkanischem Leder, die er stets mit sich herumschleppt.

Seit sechsundzwanzig Jahren!

Als er sich Journalist nannte, weil er hin und wieder einen kleinen Artikel für die Lokalzeitung schrieb, trug er einen Bart und war bereits nicht wie alle Welt gekleidet; er bewegte sich mit einer Erhabenheit auf den Straßen, die nur ihm eigen war.

Nach ihrer Eheschließung, als er mit ihr nach Paris gezogen war – mein Gott, was hatte sie danach gehungert! – hatte er sich ein Kinnbärtchen, wie die Musketiere, zugelegt. Dann war er eines Abends mit glattrasiertem Kinn heimgekommen, lediglich ein dünner brauner Schnurrbart war geblieben.

Inzwischen ist auch der verschwunden. Er muß ein Gebiß haben, denn sein Mund bildet eine komische weiche Falte. Seine Kleidung weicht noch immer von der der übrigen Welt ab.

»Ich schwöre dir, Amélie, daß ich dir eine Postanweisung geschickt habe, von Sankt Moritz aus, in der Schweiz, das war... Wart, das muß vor zwei Jahren gewesen sein... Ich hatte nicht deine genaue Anschrift, aber ich hab gedacht, wenn ich sie in die Rue Saint-Jean schicke...«

Sie beharrt nicht darauf, denn sie spürt, daß er Hunger hat und es nicht merken lassen will. Mélies Küche ist die sauberste der ganzen Straße. An den gekachelten Wänden reihen sich kupferne Töpfe auf. Die Ladenklingel ertönt. Sie stürzt hinaus, bedient einen Kunden und nutzt die Gelegenheit, um die Läden vorzulegen und die Tür abzuschließen.

Sie hat keine Angst... Ein bißchen Beklommenheit, das ist alles... Sie kehrt in die Küche zurück, und er wischt sich schnell den Mund ab... Sie schaut auf die Tischschublade, in der sich ihr Geld befindet... Er hat nicht gewagt, sie zu berühren, oder er weiß nicht...

Damals, als nur dreihundertzehn Francs im Haus waren oder vielmehr in ihrem Hotelzimmer an der Place de la République, hatte er nicht gezögert, das ganze Geld an sich zu nehmen, und als sie heimkam, hatte sie nichts als ein Zwei-Sous-Stück hinten in der Schublade gefunden.

Und einen Brief. Einen dieser Briefe, auf die er sich versteht.

Meine liebe Amélie,
eine äußerst wichtige Geschäftsangelegenheit, die uns reich machen wird, zwingt mich zur Abreise, ohne Deine Heimkehr abwarten zu können. Du kannst mir vertrauen: Ich komme wieder und ich komme als reicher Mann zurück. Bis dahin...

Das ist nun sechsundzwanzig Jahre her, und er ist nie zurückgekehrt. Sie hatte am nächsten Tag erfahren, daß er sich nach Algerien eingeschifft hatte, und zwar mit der dunkelhäutigen kleinen Sängerin, die das Zimmer unter ihnen bewohnt und der Mélie in ihrer Gutmütigkeit die Strümpfe gestopft hatte.

»Es ist ärgerlich, daß du sie nicht erhalten hast...«

Er spricht immer noch von der Überweisung. Er hält daran fest.

»Was hast du in Sankt Moritz gemacht?«

»Ich war in einem großen Hotel.«

»Als Direktor?«

»Das heißt, ich war ein unmittelbarer Mitarbeiter des Direktors...«

Oder Tellerwäscher! Bei Nicolas...

»Bist du auf der Durchreise?«

Er wird verlegen, sucht in seiner Tasche nach Zigaretten, obwohl er weiß, daß er dort keine findet, und Mélie wirft ihm ein Päckchen auf den Tisch.

»Das hängt davon ab...«

»Hast du mit jemandem in der Rue Saint-Jean gesprochen?«

»Nein... Warum?«

Mélie, die Nicolas' Vorliebe für Kaffee kennt, brüht ihm eine Tasse auf. Das beschäftigt sie. Sie kommt und geht und bemerkt wie beifällig:

»Weil du tot bist, deshalb!«

»Was sagst du?«

»Ich sage, daß ich es vorgezogen habe, den Leuten zu erzählen, du seist tot... Es war ja nicht nötig, ihnen zu erklären, daß...«

»Ich verstehe.«

»Was verstehst du?«

Wieder blickt er zur Decke auf, als argwöhne er, in dem Zimmer da oben sei ein Mann. Mélie zuckt die Achseln. Denn das ist durchaus nicht der Fall.

»Und deine Geschäfte?«

»Ich kann mich nicht beklagen... Ich bin dabei, einen großen Abschluß zu machen, und eben deswegen...«

Der Kaffeegeruch läßt die Küche noch gemütlicher wirken. Mélie dreht an dem elektrischen Schalter, holt eine Karaffe und kleine Gläser aus dem Schrank.

»Sag mal, Nicolas, du hast doch nicht zufällig die Absicht hierzubleiben?«

»Das heißt...«

»Du bist abgebrannt, wie?«

Er läßt sich nicht gleich aus der Fassung bringen. Seine Hand zittert leicht, wenn er die Tasse hält. Das ist sicher das Alter. Er dürfte inzwischen fünfundfünfzig sein, und vielleicht hat er angefangen zu trinken.

»Antworte! Bist du pleite?«

»Im Augenblick kann ich nicht sagen, daß...«

Da nimmt sie seine Tasche und öffnet sie, während er ihr mit verschämtem Blick folgt.

»Ich habe begriffen.«

Sie enthält nichts weiter als ein schmutziges Hemd, ein altes Paar Pantoffeln, ein Stück Seife und eine Zahnbürste in einem Blatt Zeitungspapier.

»Zeig mal deine Uhr...«

Früher, wenn er ohne seine Uhr heimkam...

»Na also, mein Alter!«

»Hör zu, Amélie... Mich hat ein schwerer Schlag getroffen...

Mein Teilhaber ist durchgebrannt und hat...«

»Die Kasse mitgenommen, die es gar nicht gab.«

»Du redest mit mir, als ob...«

»Als ob ich dich kennen würde, nicht wahr?«

Sie sagt das alles ohne Zorn, ohne Groll, was natürlich noch demütigender ist.

Damals hatte sie ihn bewundert. Sie war nahezu ein Straßenmädchen gewesen, eine Göre, die auf dem Fischmarkt arbeitete. Er hingegen war ein Herr, der Sohn des Direktors vom Gaswerk, und sie war es, die sich nach ihm umgedreht hatte, wenn er vorbeikam.

Später hatte sie ihm alles geglaubt, was er sagte. Nach seinem Diktat schrieb sie, als sie in Paris lebten, an ihre Mutter, um unter den verschiedensten Vorwänden ein bißchen Geld zu erbetteln. Die Briefe ähnelten denen, die sie selbst erhalten hatte. Zweimal. Der erste, vier Jahre nach Nicolas' Flucht, war aus London gekommen:

Meine arme Amélie,
würde ich Dich nicht kennen, wagte ich heute nicht, Dir zu schreiben, denn Du mußt ja glauben, daß ich Dich feige verlassen habe. In Kürze, wenn ich wieder zu Dir zurück kann, werde ich Dir alles erklären, und Du wirst mich verstehen. Zunächst muß ich so schnell wie möglich dieses Land, wo mir die ärgsten Schwierigkeiten drohen, verlassen. Wenn ich in spätestens fünf Tagen nicht über eine bestimmte Summe, zumindest zweitausend Francs, verfüge, bleibt mir nichts, als mir eine Kugel in den Kopf zu jagen, was vielleicht für alle das Beste wäre…

Sie hatte ihm tausend Francs geschickt. Dann hatte es eine Lücke von zehn Jahren gegeben. Der zweite Brief war nur ein kurzes Billet von unbekannter Hand. Er trug eine italienische Marke.

Madame,
Ihr Gatte befindet sich bei mir, schwer erkrankt. Eine Operation ist dringend erforderlich. Falls Sie noch ein wenig Mitleid für einen Mann bewahrt haben, der Sie immer geliebt hat, schicken Sie unverzüglich eine telegrafische Postanweisung an folgende Adresse. Es geht um sein Leben…

Dann als Postskriptum:

Ihr Gatte, der seinen Stolz bewahrt hat, weiß nicht, daß ich Ihnen diesen Brief schreibe.

»Ich höre zu, Nicolas…«

Sie ist zehn Jahre jünger als er. Sie ist rundlich geworden. Ihr rotes Haar ist von silbernen Fäden durchsetzt.

Ihre Wangen haben sich leicht gerötet. In ihrer weißen Schürze wirkt sie so frisch wie ein Bonbon. Ihre Holzschuhe klappern auf den Fliesen.

Er trinkt seinen Marc mit kleinen Schlucken und blickt wie ein geprügelter Hund um sich.

»Gib zu, daß du am Ende bist, daß du es satt hast herumzustreunen...«

Er stammelt und führt seine Hand zur Brust:

»Das Herz will nicht mehr so recht... Der Arzt behauptet...«

»Und da hast du gedacht, du könntest kommen und hier leben...«

»Mein Gott, ich...«

»Also, mein Freund, das ist unmöglich... Ich habe dir schon gesagt, daß du tot bist...«

Die Küche ist so sauber, so warm, so anheimelnd. Sollte ihm wirklich nichts anderes übrigbleiben, als seine Tasche zu nehmen, die Mélie auf einen Stuhl gelegt hat, und sich davonzumachen?

Nicolas starrt in seine leere Tasse, fingert in seiner Hosentasche und schiebt eine Vierzig-Sous-Münze auf den Tisch.

Sie hat begriffen. Das ist alles, was er hat.

»Nun?« fragt sie jedoch.

»Nichts... Ich glaubte...«

»Und du hattest nur vor einem Angst, gib es zu: daß du einen anderen Mann im Haus vorfindest! Deshalb streichst du seit heute nachmittag um fünf hier herum... Geh, ich hab dich wohl bemerkt. Ich habe am Abend mit dir gerechnet... Noch eine Tasse Kaffee?«

»Ich darf leider nicht, wegen meines Herzens, aber...«

»Dummkopf!«

Sie scheint der Herzkrankheit nicht mehr Glauben zu schenken als allem übrigen, und er verzieht vergeblich sein Gesicht, während er die Hand zum Herzen führt.

»Ich schwöre dir...«

»Nimm eine Zigarette... Hör zu...«

Er spürt, daß sie diesmal etwas Endgültiges sagen wird. Den Beweis sieht er darin, daß sie das Bedürfnis hat, im Feuer zu stochern. Als sie sich umdreht, hat sich eine Haarsträhne gelöst.

»Ich kann den Leuten im Viertel nicht erzählen, daß du wiederauferstanden bist... Verstehst du?... Außerdem ist kein Platz in diesem Haus für einen Mann, der seine Zeit mit Nichtstun verbringt...«

»Ich bin bereit zu...«

»Arbeiten?... Gut!... Du brauchst bloß an Vater Loiseaus Stelle zu treten...«

Er runzelte die Stirn. Es hat also doch einen Mann im Leben seiner Frau gegeben? Merkwürdigerweise beunruhigt ihn das nicht nur: es trifft ihn, es quält ihn fast. Er lächelt.

»Vater Loiseau, der im Herbst gestorben ist, war ein alter Mann von zweiundsiebzig Jahren... Er hatte da im Kämmerchen, auf halber Treppe seine Schlafstelle... Er hat den Straßenhandel gemacht...«

Sie erklärt:

»Er verkaufte die Fische auf der Karre an den Straßenecken, verstehst du!... Das ist genauso mühselig wie andere Arbeit...«

Er betrachtet die Tasche, seine Hände sind noch immer gepflegt.

»Also?«

»Ich nehme an... Ich tue alles, was nötig ist...«

»Du kannst in dem Kabuff schlafen... Um sechs Uhr machst du die Läden auf, und ich zeige dir morgen, wie die Ware auf dem Wagen auszulegen ist...«

Er nickt und wagt nicht, um einen weiteren Marc zu bitten, obwohl sich seine Hand der Flasche genähert hat.

»Du kannst den Straßenverkauf nicht in diesem Anzug machen... Darin ähnelst du einem ruinierten Grafen... Morgen früh gebe ich dir die Klamotten von Vater Loiseau...«

Und sie beendet die Unterhaltung mit einem leichten Bangen in der Brust, denn das ist der schwierigste Augenblick.

»Trink noch ein Glas und leg dich schlafen... Ich steh um fünf Uhr auf...«

Die Schlafzimmertür kann man nicht abschließen. Mélie hat keine Angst vor Dieben, und Geld liegt immer irgendwo im Haus herum. Nicolas ist in dem Kämmerchen, und manchmal hört man, wie er sich umdreht oder einen langen Seufzer ausstößt.

Wenn er lautlos aufstünde?... Wenn er...?

Dann schlafen beide ein, und Mélie erwacht, als ein Hahn in einem kleinen Hof kräht. Sie läßt die Lockenwickler im Haar und zieht ihren Morgenrock über.

»Nicolas!«

Als sie die Kammertür öffnet, verbirgt er sich unter der Bettdecke, aber sie kann gerade noch seine magere, bleiche Brust sehen, die mit grauen Haaren bedeckt ist.

»Ist es schon Zeit?« murmelt er ergeben und nicht ganz wach.

Er hat wirklich ein Gebiß... Er hat es zur Nacht herausgenommen... Er hat den eingefallenen Mund eines Greises...

»Sieh her! Hier sind Loiseaus Kleider... Komm runter, sobald du fertig bist...«

Sie macht Feuer an, setzt Wasser auf, mahlt Kaffee in der Mühle, die mit einer holländischen Landschaft verziert ist. Er kommt in Holzschuhen stolpernd die Treppe herunter. Er weiß nicht, wo er sich hinsetzen soll. Er ist nicht mehr der Ehemann, sondern der Nachfolger von Vater Loiseau.

»Was soll ich tun?«

»Wart, bis du deinen Kaffee getrunken hast...«

»Weißt du, Amélie... Die Überweisung aus der Schweiz...«

»Ja doch, mein Alter...«

»Ich schwöre dir, daß es wahr ist... Ich hatte gute Aussichten... Ich sagte mir jeden Tag...«

»Aber ja!... Hol das Brot aus dem Schrank... Die Butter ist links in der Kühltruhe des Ladens...«

Loiseaus Anzug ist ihm zu weit und zu kurz. Er wirkt wie verkleidet. Er schlurft in seinen Schuhen, um sie beim Gehen nicht zu verlieren.

»Setz dich... Worauf wartest du?... Der Alte hat mit mir in der Küche gegessen...«

Jetzt, da es Tag wird, sehen sie durchs Fenster den Hof, in dem zwei Handkarren und Stapel von leeren Kisten stehen.

»Iß...«

Dieser arme Mund, der...
»Schneid ruhig die Kruste ab!«

»Nein! Nicht diese Kiste... Heb an! ... Vorsicht, die Tür...«

Die Sonne scheint. Es ist frisch. Die Straße beginnt sich zu beleben, und die Gemüsehändlerin öffnet bereits ihre Läden.

»Für die erste Runde gebe ich dir eine Göre mit, die die Kunden kennt...«

Mélie, die an alles denkt, fügt nach einem Augenblick des Nachdenkens hinzu:

»Da du ja einen Namen haben mußt, nenn dich Jules... Die Leute werden dich dann Vater Jules rufen...«

Es gibt Augenblicke, da sie laut auflachen möchte, so linkisch ist er, und andere Momente, da er...

»Du nennst mich nicht mehr Amélie, sondern Mélie, wie alle Leute... Die Kleine kommt gleich... Schieb den Karren an den Bordstein...«

Er ergreift die Holmen. Führt er seine Hand absichtlich noch einmal zu seiner Brust? Er ist zu jeder Täuschung fähig. Das liegt in seiner Natur. Er lügt, um zu lügen, er mogelt, um zu mogeln. Eine unbekannte Kraft treibt ihn, das zu tun, was er nicht tun soll, und deshalb macht er heute, mit fünfundfünfzig Jahren...

»Halt die Holmen noch höher...«

Er lächelt, der verflixte Kerl! Auch das bringt er fertig! Sollte er sich bewußt sein, daß dieses Lächeln wegen seines Gebisses und seines Gesichts, das sie zum erstenmal bartlos sieht, mitleiderregender als alles andere wirkt?

»Bleib stehen...«

Er wundert sich, dreht sich um, lächelt weiter...

»Laß den Karren los...«

»Aber...«

»Zieh dich um...«

»Ich soll doch...«

»Ja, in fünf Minuten wird mein Fisch auf der Erde liegen... Geh, zieh dich um...«

Während er die Küche durchquert, um in seine Kammer zu gelangen, wo sein Anzug liegt, murmelt Mélie:

»Alter Trick!«

Sie entfernt die Läden. Es wird hell im Geschäft. Die Fische werden auf den Marmorplatten ausgelegt. Der Eiswagen hält vor dem Haus, und der blau gekleidete Mann mit dem Lederschurz auf der Schulter liefert seine beiden schillernden Stangen ab.

Der andere bewegt sich da oben hin und her. Léontine, das Mädchen, das seit Loiseaus Tod den Straßenverkauf betreibt, nimmt ihre Arbeit auf.

»Schau an! Haben Sie den Karren beladen, Madame Mélie?«

»Hab ich dich nach etwas gefragt, du Rotznase? Vergiß nicht die Seezungen für das Hôtel du Commerce...«

Léontine hat Schritte gehört. Sie muß den Eindruck haben, daß Mélie...

»Worauf wartest du?«

»Nichts... Sie haben die Muscheln vergessen...«

»Gut, nimm die Tasche unter der Treppe...«

Nicolas erscheint, als Léontine noch nicht aufgebrochen ist, und das Mädchen kann nicht umhin, ihn von Kopf bis Fuß zu betrachten, überzeugt davon, daß ihre Chefin...

»Wirst du wohl losziehen!«

Der große Tor mit seiner Aktentasche und seinem Spazierstock hat seine Würde zurückgewonnen.

»Ich gehe...«, verkündet er schwermütig, obwohl er lächeln möchte. »Adieu, Amélie...«

Und sie, der nach Lachen zumute ist:

»Wirst du dich in den Fluß stürzen?«

»Keine Angst... Ich bereite dir keine Ungelegenheiten...«

»Komm her, du Schuft...«

Er zögert tatsächlich! Die Hand auf der Klinke, scheint er zum Weggehen bereit. Sie wartet. Schließlich kommt er auf sie zu.

»Erinnerst du dich an Valabelle?«

Er runzelt die Stirn.

»Die vom Café am Markt?«

»Die Valabelle ist tot... Ihre Tochter, die einen Fleischer geheiratet hat, den Sohn des Piquet, führt jetzt den Betrieb... Du sagst ihr, daß ich dich schicke, und sie soll dir das Zimmer im zweiten Stock geben...«

Er schüttelt den Kopf wie ein Mann, der das nicht annehmen kann. Gleichzeitig tastet seine Hand jedoch in die Hosentasche, wo er bekanntlich nur ein Vierzig-Sous-Stück findet.

»Sie werden dich in Pension nehmen... Du brauchst ihnen nur zu erzählen, daß du mein Vetter seist und daß ich bezahlen würde...«

Verdammter Kerl! Hat keine zwei Francs in der Tasche, ein schmutziges Hemd und eine Zahnbürste in seiner Aktentasche und fühlt sich in seiner Würde gekränkt!

Man hört Schritte auf der Rue Saint-Jean. Die alte Mademoiselle Fleurisson zieht die Rollos ihres Schlafzimmerfensters auf, das im Zwischengeschoß über dem riesigen roten Schirm liegt, der als Aushängeschild dient.

Bald werden die Kunden kommen. Mélie öffnet ihre Ladenkasse, nimmt hundert, zweihundert Francs heraus, legt hundert wieder hinein...

»Hier, das gibst du ihnen als Anzahlung... Jede Woche...«

Er hat begriffen. Er zögert.

»Und nun laß mich in Ruhe!... Ich hab zu tun...«

Und mit ihren kräftigen Armen hebt sie eine Fischkiste auf, die dicht mit Eisstücken überdeckt ist. Aus dem Augenwinkel beobachtet sie Nicolas. Er wird den Hundert-Francs-Schein von der Theke nehmen. Er nimmt ihn nicht, er zaubert ihn hinweg, hustet, führt eine Hand zu seinem Herzen und zieht eine Grimasse.

»Das kriegst du bei Gelegenheit zurück, Amélie...«

»Aber ja doch, hau ab...«

»Sobald meine Geschäfte...«

Verflixt! Sobald seine Geschäfte... Solange er sich bei Valabelle ruhig verhält und von Zeit zu Zeit bei ihr hereinschaut und guten Tag sagt, wenn es ihm gefällt, und...

Es ist soviel besser so!

»Du weißt, Amélie, was die Überweisung anbelangt, ich gebe dir mein Ehrenwort...«

Mein Gott, wenn er nur gehen würde! Sonst wird sie ihm am Ende noch glauben!

»Nun, mein Fräulein, womit kann ich heute dienen? Ich habe Wittlinge, wie du sie gerne magst... Darf ich dir ein Dutzend einpacken?«

Nicolas entfernt sich rücklings. Auf der Schwelle stammelt er wie ein Handelsvertreter:

»Ich komme wieder...«

Aber ja! Ja doch! Mélie hat im Augenblick anderes zu tun...

»Ein Kilo und zweihundert Gramm, hübsches Kind... Ist es recht so?...«

Und auf der Ecke des Pergamentpapiers, das unter dem Bleistift knistert, rechnet sie den Preis aus.

Der Kapitän der »Vasco«

Ich muß Ihnen sagen, Verbe, Sie sind zunehmend widerwärtig.«

Der diese Worte mit lauter und deutlicher Stimme aussprach, war nicht betrunken, und nichts ließ darauf schließen, daß er nicht im Vollbesitz seiner geistigen Kräfte war.

Und der, dem diese Aussage galt, war weder ein Junge noch ein Trunkenbold. Er war ein Mann im besten Alter, ein Mann, der sogar die besten Jahre bereits überschritten hatte, denn die fünfziger hatten seinen dichten Haarwuchs ergrauen lassen, sein kurzgeschnittenes Haupthaar, seinen kleinen Schnurrbart und schließlich die Barthaare, die den seit zwei oder drei Tagen nicht rasierten Wangen eine häßliche Kreidefarbe verliehen.

Unmöglich, daß ein anderer mit dem Ausspruch gemeint war, da sie nur zu zweit auf der Kommandobrücke der »Vasco« saßen. Und überdies hieß der eine tatsächlich Verbe, nach dem Namen seines Vaters, der in La Tremblade verstorben war, und nach einer ganzen Reihe dunkler Ahnen.

»Wirklich widerwärtig!« beharrte Kapitän Josse nach einem Schweigen.

Und als wolle er diese Behauptung noch unterstreichen, schob der Kapitän seinen Teller zurück wie jemand, der nicht in der Lage ist, angesichts des Schauspiels, das sich ihm bietet, weiterzuessen.

Nun, Monsieur Verbe zuckte nicht mit der Wimper. Die Wörter verhallten in den Geräuschen des Flusses und dem Summen der dicken Fliegen, unter denen sicher eine Anzahl Tsetsefliegen war.

Was hätte der Kapitän anderes äußern können, um seinen Obermaschinisten aus seiner verkrusteten Gleichgültigkeit zu rütteln? Nichts! Und so reagierte der denn auch: Er sagte nichts. Josse kippte einen Stuhl etwas nach hinten und zündete sich eine Zigarette an. Dann lüftete er seinen Helm, den er sozusagen losschrauben mußte, derart fest war er an seinen Schädel genietet, und ließ einen warmen Lufthauch unter den Kork dringen.

Vor dem Mittagessen zeigte das Thermometer sechsundvierzig oder siebenundvierzig Grad im Schatten an. Der Fluß, der gewissermaßen keine Ufer hatte, so flach und verschwommen waren sie, hatte die gleiche Farbe wie der Himmel, daß heißt gar keine, und bildete eine riesige schimmernde Fläche, auf der man ein Stück Holz oder irgendeinen Abfall lange in der Strömung verfolgen mußte, um sich zu vergewissern, daß sie aus Flüssigkeit bestand und sich bewegte.

Seit drei Wochen lag die »Vasco« mit ihrem roten Streifen am Schornstein an dieser Flußmündung vor Anker, einem dieser vier oder fünf Ströme Äquatorialafrikas zwischen Matadi und Kamerun, drei Wochen, in denen es nichts zu tun gab, so daß die Mannschaft, aus Grundsatzerwägungen, damit beschäftigt wurde, das Schiff zu überholen, und man vom Morgen bis zum Abend in dem Lärm der Hammerschläge lebte, die wie unter einer Glocke widerhallten.

Man wartete auf eine Holzladung, Mahagoni- und

Okume-Stämme, die irgendwann mit der Strömung aus dem Inneren des Landes herangetrieben werden sollten. Anschließend sollte man eine weitere Ladung in einer anderen Flußmündung an Bord nehmen.

Doch das war nicht so wichtig. Seit zwanzig Jahren übte Kapitän Josse diesen Beruf aus, und er hatte sich daran gewöhnt. Wichtig war, das Verbe allein durch seine Gegenwart das Leben unerträglich machte, vor allem, wenn man bedenkt, daß wie auf den meisten Frachtern der Kapitän und der Ingenieur die Mahlzeiten gemeinsam einnahmen, und wenn man auch berücksichtigt, daß die beiden anderen Offiziere und der Funker junge Leute waren, die ihre Zeit mit Lesen oder Bridgespielen verbrachten.

Wirklich widerwärtig...

»Bille!« rief Verbe mit vollem Mund und fettem Kinn.

Der Vietnamese, der Steward und Koch zugleich war und den man weiß Gott warum Bille getauft hatte, kam aus seiner Küche.

»Gibt es keine Bouillabaisse mehr?«

Widerwärtig! Wenn es wenigstens Bouillabaisse gewesen wäre! Aber nein! Es war ein schändliches Gemisch aus allen Fischen, die Verbe selbst gefangen hatte, denn er angelte nicht nur, sondern saß auch ganze Tage da und entwickelte hochperfektionierte Fanggeräte. Ihm kam es nicht darauf an, ob die Fische blau, rot oder grün waren, mit merkwürdigen Mäulern von Ungeheuern und Stacheln am ganzen Körper, so daß sie so wenig wie möglich den Eindruck der Eßbarkeit erweckten. Ihm war alles recht, selbst die behaarten Krabben oder die Muscheln, von denen eine ganze Mannschaft

Typhus bekommen konnte. Büchsen mit Tomatensauce wurden darübergegossen, Nelkenpfeffer hinzugegeben und was noch?

Und er aß! Die Ellbogen auf den Tisch gestützt, stopfte er sich voll! Und er war zufrieden! Seit zehn, fünfzehn Jahren fraß er sich so vor Kapitän Josses Augen voll, der ihm beim erstenmal, allerdings höflicher, denn sie kannten sich noch nicht so gut, seinen Abscheu ausgedrückt hatte.

Verbe trug keinen Helm. Ihm machte die Sonne nichts, die seinen Negerschädel erglänzen ließ. Er trug keinen weißen Anzug wie jeder Europäer, der etwas auf sich hält, sondern lief von morgens bis abends in einem gestreiften Pyjama herum, dessen Hose über den Bauch rutschte und einen tiefen Nabel entblößte, während seine Jacke sich über der behaarten Brust öffnete.

Wirklich widerwärtig! Widerwärtig in Ihrer Ruhe, Unbekümmertheit und Harmlosigkeit, hätte man hinzufügen mögen! Lammfromm. Ergeben, daß man mit den Zähnen hätte knirschen mögen.

Wenn jemand jetzt irgendeinen Meeresvogel getötet hätte, hätte er ihn zum Abendessen verspeist. Und wäre ein Neger mit einem ungestalten Tier aus dem Wald getreten, mit einem dieser Biester, deren Namen man nicht einmal kennt, dann wäre Bille beauftragt worden, es sofort zuzubereiten!

Trotzdem hatte die Gesellschaft, die nicht weniger als dreißig Schiffe wie die »Vasco« besaß, nie eingewilligt, Kapitän Josse von Monsieur Verbe zu trennen. Eheleute könnten sich scheiden lassen. Sie nicht!

Und Eheleute sind im allgemeinen selbst in den Flitterwochen nicht die ganze Zeit auf der Kommandobrücke eines Schiffs in einer Flußmündung Äquatorialafrikas sich selbst überlassen.

Die Besatzung, die mit dem Essen längst fertig war, begann wieder, die Schiffswände zu bearbeiten, und man hatte den Eindruck, bei jedem Schlag die drückende Luft erzittern zu sehen. Bille hatte lautlos einen Fruchtsalat aufgetischt, den der Kapitän zurückwies.

Verbe aß immer noch, den Kopf über seinen Teller gebeugt, mit gerunzelter Stirn, als ob es sich um die Hauptbeschäftigung seines Lebens handelte. Er verzehrte auch den ganzen Fruchtsalat, und der Saft rann ihm am Kinn herab. Um das alles hinunterzuspülen, trank er eine halbe Flasche roten oder vielmehr violetten Weins.

Dann zog er eine dreckige, vom Ausschaben mit dem Taschenmesser abgenutzte Pfeife aus der Jackentasche und stopfte den Tabak mit gebräunter Zeigefingerkuppe hinein.

Er war glücklich! Er war vollgepfropft! Er konnte sich bestimmt nicht vorstellen, daß auf anderen Schiffen der Kapitän und sein Maschinist zu dieser Stunde sich wie zivilisierte Menschen unterhielten, Gedanken und Eindrücke austauschten.

Er ignorierte selbst den Gestank seiner Pfeife, der stärker und beißender als der Geruch aller Tabakspfeifen der Welt war!

»Bei meiner nächsten Fahrt«, murmelte der Kapitän mehr aus Prinzip als aus Überzeugung, »werde ich beantragen, das Schiff wechseln zu können.«

Worauf der andere mit umwerfender innerer Ruhe erwiderte:

»Die ›Vasco‹ ist doch ein gutes Schiff...«

Ein Matrose tauchte auf und verschwand in der Kombüse.

Dann trat Bille aus dieser Küche, kam zu ihnen und beugte sich über den Ingenieur.

»Schon wieder?« brüllte der Kapitän, der gar nichts zu verstehen brauchte.

Verbe antwortete nicht. Er lächelte entschuldigend. Vielleicht stammelte er etwas wie:

»Sie erlauben doch?«

Widerwärtig! Und schon bewegte er sich ruhigen Schrittes zur eisernen Leiter. Wenige Augenblicke später neigte sich der Kapitän über die Reling.

Er hatte sich nicht getäuscht. Warum sollte er sich auch täuschen? War es nicht jeden Tag das gleiche? Und dann stelle man sich vor, daß sich Monsieur Verbe, wenn sie in La Pallice an Land gingen, wie ein ehrbarer Werkmeister im Sonntagsstaat gab! Und daß er am Sonntag mit seiner Frau und seiner Tochter, die ihr Baby im Kinderwagen vor sich herschob, auf der Promenade spazierenging!

Denn er war Großvater! Bei den Zwischenhalten versäumte er nie, Spielsachen einzukaufen.

Nun gut! Während die Matrosen, die damit beschäftigt waren, das Schiff zu überholen, grinsend das Gesicht abwandten, empfing Verbe oben am Fallreep eine Negerin im Lendenschurz, die eine Piroge zu ihm gebracht hatte. Sie hatte nackte Brüste, lange, birnenförmige Brüste. Auch sie lächelte.

Ebensowenig verlegen wie überall, wo man Halt machte und er bestimmte Häuser betrat, stieß der Obermaschinist sie sanft vor sich her und seiner Kabine zu.

Wenn Kapitän Josse während dieser Zeit nur jemanden gehabt hätte, mit dem er hätte reden können! Die jüngeren Leute, das spürte er, zogen es vor, unter sich zu bleiben. Obwohl er noch nicht ganz fünfundvierzig war, steckte man ihn in die gleiche Kategorie wie Monsieur Verbe.

Er spielte weder Bridge noch Belote. Vom Lesen bekam er Kopfschmerzen, vor allem bei dieser Hitze. Er ging nicht einmal angeln!

Manchmal malte er. Er malte Aquarelle nach Postkartenvorbildern. Er hatte fast ein Dutzend davon in seinem kleinen Haus, das er sich in der Avenue Carnot hatte bauen lassen, jener schönen Straße, die von La Rochelle nach La Pallice führt. Er hatte sie selbst gerahmt. Vielmehr, um bei der Wahrheit zu bleiben, Monsieur Verbe hatte ihm, der sich nicht so gut darauf verstand, dabei geholfen, denn Monsieur Verbe vermochte mit seinen Händen alles zu vollbringen, was er wollte.

Wäre es nicht zauberhaft gewesen, wenn er einen Obermaschinisten wie alle anderen hätte? Sie säßen beide da, in Schaukelstühlen, im Schatten... Man unterhielt sich nicht der Unterhaltung wegen... Begann keine ernsthafte Diskussion... Sondern ließ einfach von Zeit zu Zeit ein paar Worte fallen...

Er wußte sogar, wie er mit belangloser Miene beginnen würde:

»Ich frage mich, was sie zu dieser Stunde macht...«

Welcher Tag war heute? Donnerstag? Die Kinos von La Rochelle boten eine Vormittagsvorstellung. Elise war bestimmt mit ihrer Kusine im Kino.

»Sag mal, Verbe...«

Denn einen weniger widerwärtigen Mann als Verbe hätte er geduzt.

»... da oben ist ja noch Winter... Sie hat ihren Mantel mit dem Pelzkragen an... Als Leckermaul, wie ich sie kenne, wird sie nach dem Kino im Café de la Paix ein Gläschen Portwein schlürfen... Und auf dem Heimweg werden sie dann beide untergehakt auf eine Metzgerei zusteuern und Schinken für ihr Abendessen kaufen... Ich muß dir dazu sagen... In ihrem Alter ist das ganz natürlich... Für die Küche hat sie nicht allzuviel übrig...«

Wenn er eine gute Hausfrau hätte haben wollen, die von morgens bis abends geputzt und feine Mahlzeiten vorbereitet hätte, dann hätte er eine Aufwartefrau geheiratet. Davon gab es genug. Sie wäre eine strenge Frau geworden mit Haaren auf den Zähnen wie Madame Verbe.

Er aber hatte Elise erwählt, die erst... Sie war erst vierundzwanzig, so daß sie seine Tochter hätte sein können.

Frisch und lebhaft, stets parfümiert, mit ihren kleinen spitzen, sorgfältig lackierten Fingernägeln, ihren Füßchen, ihrer zarten Haut...

So hatte er sein Leben eingerichtet. Und mit dem entsprechenden Rahmen. Keine Beziehung zum Haus der Verbes, die hinter dem Bahnhof wohnten, in einem Viertel, in dem man nur Arbeitern und Fabrikangestellten begegnete.

»Wenn du unseren Salon sehen würdest, mein lieber Verbe...«

Verbe, dieser Schweinehund! Was trieb er in diesem Augenblick, wie? Ein Phänomen in dieser Hinsicht. Übrigens ebenso wie im Hinblick auf seinen Appetit. Einmal, als die »Vasco« in Antwerpen Holz löschte, hatte er den Kapitän in eine Straße mitgeschleppt, in der Matronen auf ihren Türschwellen die Passanten anquatschten. Ein großer Salon mit Spiegeln und Sitzgelegenheiten, die mit granatfarbenem Samt bezogen waren, faden Aktfotos und kleinen Gläsern voller klebrigen Likörs. Verbe war mit drei Frauen hinaufgegangen!

»Wenn du unseren Salon sehen würdest...«

Bei ihm war es natürlich nicht groß. Er hatte sein Häuschen sozusagen nach dem Katalog gekauft. Man hatte kaum drei Monate zu seiner Errichtung gebraucht. Aber es war neu. Es war frisch. Es war schick. Nach zwei Jahren roch es immer noch nach Putz und Anstrich. Selbst die Türen klemmten noch ein wenig, wenn es heiß war.

Elise hatte die Stoffe ausgesucht, mit vielen kleinen Blumen, seidene Vorhänge, eine Menge Kissen auf dem Sofa des Salons...

Man fühlte sich nicht in einem »Haushalt« wie bei den Verbes. Es war auch keine Bohèmewelt. Es war etwas anderes. Wie sollte man sagen? Das hätte er gerne erklärt. Es war »Elise«. Die Atmosphäre von Elise...

Zum Beispiel: Sie stand ebensogut um elf wie um acht Uhr morgens auf, und sie war wunderbar in ihrem

Morgenrock, immer irgendwo etwas Nacktes, eine Brust, ein Schenkel, der aus dem Stoff auftauchte, auf den Lippen aufgetragenes Rot.

»*Hello*, Josse!«

Sie mochte seinen Vornamen Eugène nicht, so nannte sie ihn Josse. Das war ihm übrigens nicht unangenehm. Es lag darin ein kleiner Anklang von Respekt.

»Wollen wir heute in die Pergola Mittag essen gehen?«

Ihre Kusine Colette, die achtzehn Jahre alt war, aber mit ihrem spitzen Näschen wie fünfzehn wirkte, lebte mit ihr zusammen, weil es für sie zu trübselig gewesen wäre, nicht wahr, immer allein zu sein, wenn er auf See war.

Und Colette, auch sie immer im Morgenrock, lag bäuchlings auf dem Sofa oder einem Bett, verschlang irgendwelche Schmöker und hielt sich die Ohren zu, wenn gesprochen wurde.

Man fühlte sich heimisch. Man stapelte das Geschirr in einer Ecke der Küche auf, bis die Haushälterin zu kommen und es abzuwaschen geruhte. Überall standen Gläser und Flaschen herum. Zu irgendeiner Stunde des Tages wurde gegessen, und das Radio war von morgens bis abends an.

»Verstehst du, verdammter Schweinehund, wenn du eine nette kleine Frau wie ich hättest...«

In diesem Augenblick kam er an der Kabine von Monsieur Verbe vorbei, und beinahe hätte er einen Blick hineingeworfen. Nein! Diese Ehre würde er ihm nicht antun. Wo hatte er nur diese Negerin aufgegabelt? Wen hatte er damit beauftragt, sie für ihn aus irgendeinem Dorf zu holen? Und würde es nachher wieder eine Szene geben? Denn Verbe war ein Geizhals. Bestimmt würde er versuchen, mit einer Schachtel Zigaretten oder einem dieser billigen Schmuckstücke davonzukommen, die er für ein paar Groschen auf dem Jahrmarkt kaufte und auf jeder Reise in genügender Menge bei sich führte. Das letzte Mal war die Frau damit nicht zufrieden gewesen; sie hatte ihm die Knöpfe seines Pyjamas abgerissen und sich beim Kapitän beschwert.

In drei Stunden würde es dunkel und ein wenig kühler sein. Trotzdem würde man nicht gut schlafen. Und morgen würde man stromaufwärts blicken und wahrscheinlich nichts näherkommen sehen. Manche Leute sind glücklich dran. Sie sind in der Lage, nach dem Mittagessen zwei Stündchen zu ruhen, und das ist immerhin etwas.

»Lassen Sie sich nicht stören, meine Herren...«

Sein Zweiter und sein Dritter Offizier, der Funker und ein drolliger Matrose mit Sommersprossen spielten in der Messe Bridge. Er setzte sich rittlings auf einen Stuhl. Das Spiel interessierte ihn nicht. Er dachte an etwas anderes. Plötzlich lächelte er breit und machte den Mund auf, um etwas zu erzählen. Am liebsten hätte er gesagt:

»Was übrigens dieses Frauenzimmer von Colette anbelangt...«

Doch über solche Sachen spricht man gegenüber seinen Untergebenen nicht. Außerdem hätten sie ihn sicher nicht verstanden.

Als Geschichte jedoch... Vor allem, wenn man hier daran dachte, in dieser verflixten Mündung dieses drekkigen afrikanischen Flusses... Und während Monsieur Verbe und seine Negerin...

Er stieg wieder zur Kommandobrücke hinauf, stützte sich auf die Reling und ertappte sich plötzlich dabei, wie er ins Wasser spuckte.

Vorhin, als er an dieses Frauenzimmer von Colette dachte... Nein! Er hatte sie gerne... Natürlich nicht wie Elise... Überdies war Colette eine Göre... Sie war von einer Schlagfertigkeit, die einen verblüffte, und insbesondere konnte sie die Leute zum Verwechseln genau imitieren, die kleinen Verschrobenheiten der Menschen sprangen ihr sofort ins Auge...

Sie ahmte auch die Gangart von Monsieur Verbe nach, den sie nur einmal in der Avenue Carnot hatte vorübergehen sehen, seine Angewohnheit, den Kopf zwischen die Schultern zu ziehen und gleichsam zwischen den Brauen hindurchzuschauen...

Selbst Josse entging ihrer Ironie nicht. Hatte sie bei seiner Heimkunft nicht ausgerufen:

»Was hat denn der Kapitän seinem kleinen Liebling mitgebracht?«

Weil das eine Redewendung von Josse war. Wenigstens hatte er sie einmal gebraucht, als er hinter seinem Rücken ein spanisches Umschlagtuch hielt, das er in Teneriffa gekauft hatte.

Wie dem auch sei! Sie war ein Spaßvogel. Nicht sehr fraulich, aber genug, um von Zeit zu Zeit... Das war nicht seine Schuld! Sie lebten zu dritt in ihrem kleinen Haus, und es konnte geschehen, daß er zum Beispiel die Badezimmertür öffnete und ...

Nein! Das würde er diesem Schwein von Verbe nicht erzählen, zumal die Dinge bei ihm sofort einen trivialen Charakter annahmen. Einem anderen schon, einem anderen, der sein Obermaschinist wäre, wenn die Reederei sich nicht in den Kopf gesetzt hätte, sie beide, Verbe und ihn, auf demselben Schiff aneinanderzuketten.

Dann hätte er gezwinkert, was ihm einen schelmischen Ausdruck verlieh, und gesagt:

»Das ist eine Göre, was!... Verstehen Sie, was ich damit sagen will?... Wenn sie sich mir auf den Schoß setzt, gibt sie sich nicht Rechenschaft darüber, daß mir dabei nicht sehr wohl ist...«

Ja, diese Göre! Es war unglaublich, aber wahr, er konnte sich nicht genug über sie wundern, er schüttelte den Kopf und blickte aufs Wasser, wo seine Spucke Kreise bildete...

Das letzte Mal, als die »Vasco« in La Pallice eingelaufen war, hatte er gegenüber seinem Fahrplan mindestens vierundzwanzig Stunden weniger gebraucht, nachdem er sein Holz in Hamburg gelöscht hatte.

Gut! Kapitän Josse geht an Land, frisch rasiert, die Wangen rosig wie bei einem Ferkel, mit Rasierschaumresten hinter den Ohren und keinem einzigen Staubkörnchen auf seinem blauen Anzug.

»Ich werde ein Taxi nehmen...«, sagt er sich.

Doch es sind keine Taxis da. Er macht sich zu Fuß auf, und zwar in Begleitung von Monsieur Verbe, der den gleichen Weg hat. Von weitem, schon aus fünfhundert Meter Entfernung, erblicken sie die Villa mit ihrem rosa Dach und der Loggia im Erdgeschoß.

»Ich wette«, sagt er, »Elise ist in der Loggia und sieht uns kommen. In dem Fall wird sich die Tür öffnen, sobald ich das Haus erreicht habe, und ...«

Da begegnen sie Monsieur Tissot, dem Versicherungsagenten, der von der Ungeduld der Leute, die nach vier Monaten auf See an Land kommen, nichts versteht und der sie, wie Colette es ausdrücken würde, zehn Minuten lang anquasselt.

Endlich! Er geht weiter! Die beiden Männer trennen sich vor dem Haus.

»Bis zum nächsten Mal!« sagt Verbe, ohne zu zaudern.

»Ich hoffe, daß wir die kommende Reise nicht zusammen machen!«

Tatsächlich geht die Tür auf. Elise steht da, rosig, lächelnd, die Wangen leicht gepudert, überall Parfüm, vor allem in den rötlichen Haaren.

»Schon!... Hast du nicht telegrafiert?«

Diesmal hat er nicht das spanische Umschlagtuch. Er bringt ihr lediglich ein paar getriebene Kupfergegenstände mit, die er gekauft hat, als er in Dakar Kohle bunkerte.

»Komm rein... Hast du Hunger?«

Hunger nach ihr, natürlich! Und tatsächlich ist wie durch ein Wunder Colette nicht im Salon. Sie ist nicht zu sehen. Man hört sie nicht, was sehr selten ist.

»Immer mit der Ruhe, Josse... mein Lieber...«

Ein Sessel in der Loggia, darauf ein angefangener rosa Pullover. Auf dem Tisch stehen zwei Tassen, Teller, Kuchen, Tee... Und all die Kissen auf dem Sofa...

Er pfeift. Er ist glücklich. Er zieht seine Jacke aus. Diese Geste hat nichts Vulgäres und Nachlässiges wie bei Monsieur Verbe, der Hosenträger anhat. Er trägt einen Gürtel und tadellose Hemden, die Bille ihm stärkt, der besser als eine Frau bügeln kann.

»Was ist in diesem Paket?«

Auch sie ist im Grunde ein Kind. Ist man mit vierundzwanzig Jahren schon erwachsen? Wie sie wird er wieder zum Kind. Sie spielen. Er knabbert an ihr. Sie verteidigt sich. Er ißt ein Stück Kuchen, das sie ihm in den Mund stopft.

Das ist etwas anderes als die Widerwärtigkeiten des Monsieur Verbe, und es ist gut, ein Haus zu haben und eine eigene Frau, eine nette kleine Frau, die herrlich duftet und beim Lachen ihre strahlenden Zähne zeigt. (Die von Monsieur Verbe sind schwarz wegen der Pfeife!)

»Ist da jemand?« wundert er sich plötzlich, als er Schritte auf der Treppe hört.

Er öffnet die Tür, und wen erblickt er? Colette, die in Begleitung eines großen jungen Mannes herunterkommt. Der junge Mann ist nicht stolz. Colette muß ihn vorwärtsschieben. Welche Kaltblütigkeit diese Göre hat!

»Geh, Jean... Ich werde es ihm erklären...«

Und tatsächlich erklärt sie, während sich der junge Mann mit dem Vornamen Jean eiligen Schrittes auf der Avenue Carnot entfernt.

»Es ist nicht zu ändern!... Jetzt muß ich dir alles sagen...«

Es ist Zeit, Licht anzumachen. Die Lampe hat einen breiten lachsfarbenen Schirm. Das läßt alles noch intimer erscheinen.

»Setzt mich vor die Tür, wenn ihr wollt... Ich habe einen Geliebten...«

Er ist wie vor den Kopf geschlagen. Er schaut seine Frau an.

»Wußtest du das?«

»Schimpf nicht, Josse... Was sollte ich dir denn sagen?... Er hat seinen Militärdienst noch nicht abgeleistet... Sie können nicht heiraten, ehe er nicht eine Stellung hat... Also...«

»Zum Donnerwetter!«

Er haut mit der Faust auf den Tisch.

»Und das hier in meinem, in unserem Haus...«

Elise weint. Wobei eingeräumt werden muß, daß sie leicht weint, das macht sie nicht häßlich, im Gegenteil.

Colette, die Schuldige, steht steif wie ein Stock da, mit zusammengekniffenen Lippen und starrem Blick.

»Ich bin zu nachsichtig mit ihr gewesen, ich weiß... Ich hätte es nicht gedurft... Aber sobald sie heiraten müssen...«

Oh heilige Einfalt! Also weil sie eines Tages heiraten müssen... Das ist typisch Elise! Arglos wie ein kleines Tier!

Trotzdem ein komischer Tag. Dann plötzlich abends in seinem Bett... Josse kann nicht einschlafen... Er denkt an Colette... Er denkt an den jungen Mann...

Sollte... Nein! Das ist unmöglich! Er würde nie darüber reden! Er wird es niemandem sagen! Er sollte sich schämen, so etwas zu denken...

Und dennoch...

Kurz und gut, es waren bei seiner Ankunft zwei Frauen und ein Mann im Hause gewesen... Er hatte sich lange genug mit dem aufdringlichen Versicherungsagenten aufgehalten, um...

»Sag mal, Elise...«

Mit verschlafener Stimme:

»Was?«

»Liebt dieser Junge sie wirklich?«

»Was meinst du?«

»Denn wenn er sie wirklich liebt und sie heiraten will... Jetzt, da wir die Bescherung haben... Hör zu...«

»Ich bin müde...«

»Nur einen Augenblick... Du wirst sehen, ich bin nicht so ein alter Knochen, wie du vorhin behauptet hast... Das Unglück ist geschehen, nicht wahr? Also schön, ich möchte, daß der junge Mann morgen wieder zu uns kommt... Und bei Gott, ich sehe nichts Unschickliches darin, wenn er hier schläft... Verstehst du?«

»*Captain*«, kündigte Bille an, den man nie kommen hörte, »der Tee ist serviert...«

»Ich komme!«

Jedoch nicht, bevor er sich die ganze Geschichte zu Ende erzählt hatte, zumal er beim entscheidenden Moment angelangt war. Bei dem Punkt, da er jedesmal, wenn er sich diese Geschichte in Erinnerung rief, ein merkwürdiges Stechen in der Herzgegend verspürte. Denn am nächsten Morgen hatte er seine Idee noch nicht fallengelassen.

»Hast du es Colette gesagt?«

»Was soll ich ihr gesagt haben?«

»Wegen des jungen Mannes... Wegen heute nacht...«

»Bist du verrückt, Josse?«

Oh, keineswegs! Jetzt hielt er an seinem Gedanken fest. Er hielt derart daran fest, daß man das Drohende seiner Haltung bemerken sollte.

»Da es geschieht, wenn ich nicht hier bin, verlange ich, daß es auch geschieht, wenn ich zu Hause bin...«

Wer hätte denn gedacht, daß dieses Gör von Colette... Er wagte sie nicht mehr anzusehen... Er war ihr böse... Er fürchtete sich ein bißchen, das Wort Eifersucht zu vernehmen...

Aber sie hatten den ganzen Tag kaum mit ihm geredet. Am Abend hatte er gefragt:

»Und dieser Jean?«

»Er kommt...«

In diesem Augenblick bedauerte er es. Um ein Haar hätte er losgedonnert:

»Ich möchte sehen, ob der sich untersteht...«

Zu spät! Er kam! Man hörte ihn auf dem Flur, wo Colette ihm entgegenging. Die Zimmertür schloß sich. Josse versuchte zu spötteln.

»Für ein junges Mädchen!...«

Vier Tage. Länger war man diesmal nicht an Land geblieben. Und seither erzählte er sich, da er niemanden hatte, an den er sich wenden konnte, die Geschichte von Zeit zu Zeit selbst. Er hatte sie laut vor Monsieur Verbe wiedergegeben, aber nicht an ihn gewandt. Der andere hatte nichts dazu gesagt. War er fähig, etwas zu sagen?

Also, was sollte man tun? So war es eben. Was konnte es ihm schließlich ausmachen? War Colette vielleicht seine Frau? Und bei Licht besehen, war es wahrscheinlich besser so, weil kurzer Prozeß gemacht wurde mit...

Womit wurde kurzer Prozeß gemacht? Er wußte es nicht. Er wollte es nicht wissen. Aus und vorbei! Sie hatten noch eine oder zwei Wochen auf diesem Fluß auszuharren, dann weitere Wochen in einer ähnlichen Mündung, dann...

Er entfernte sich von der Reling und warf einen Blick zur Kabine von Monsieur Verbe hinüber. Zwei volle Stunden war er nun dort mit seiner Negerin eingeschlossen. Und dieser Mann war Großvater!

Er setzte sich allein an den Tisch, wo der Tee serviert war. Er nahm zwei Stückchen Zucker, rührte um, ohne genau hinzusehen, wie es vorkommt, wenn man allein ist. Fast wäre er aufgestanden, um den Steuermann zu rufen und zu veranlassen, daß mit dem Hämmern an den Schiffswänden aufgehört wurde, weil der Lärm einen verrückt machte.

Und im gleichen Moment wurde sein verschwommener Blick scharf und starr. Auf der Tischdecke – denn Kapitän Josse hielt auf eine gewisse Etikette, selbst in Afrika – stand Gebäck, das Bille, der ein ebenso guter Konditor wie Koch war, eigens gebacken hatte. Und eines der Törtchen war mit Krem gefüllt.

Niemand war da, um die Minuten oder Sekunden zu zählen, denn unter solchen Umständen ist die Zeit relativer als je. Und niemand konnte auf dem Film die verschiedenen Gesichtsausdrücke des Kapitäns festhalten.

Nur Bille sah ihn vor der Kombüse vorbeigehen. Dann hörte man heftige Schläge an der Blechtür zu Monsieur Verbes Kabine.

»Verbe!... Mach auf! Hörst du?... Mach auf!... Ich hab mit dir zu reden...«

Gelächter der Negerin. Die Stimme des Obermaschinisten.

»Einen Augenblick... Ich komme...«

Geflüster. Eine Auseinandersetzung. Sicher die Geschichte mit den Zigaretten. Das Mädchen wollte Geld.

»Mach auf!«

»Bitte...«

Die Tür öffnete sich. Die Negerin in ihrem roten Lendenschurz huschte in den Laufgang und drehte sich nicht mehr um. Monsieur Verbe hatte die Augen weit aufgerissen, seine Haare waren zerwühlt, sein Pyjama stand über dem schwitzenden Oberkörper breit auf.

»Was ist los?... Das Holz?...«

»Es war nicht Colette...«

»Wie?«

»Ich sage, mein Alter, es war nicht Colette...«

Und er packte ihn am Arm, krallte sich daran fest. Plötzlich duzte er Monsieur Verbe, dessen Geruch ihn nicht mehr anekelte, und er merkte nicht, daß die enge Kabine nach der Negerin roch.

»Es war nicht Colette!... Es ist Bille...«

»Bille?... Was hat er gemacht?«

»Ein Kremtörtchen... Du wirst...«

Er grinste, und für einen Moment glaubte der Ingenieur, der Kapitän sei betrunken, was allerdings sehr selten vorkam.

»Bille hat mir ein Kremtörtchen serviert... Ich sah es an, einfach so... Ich betrachtete es, ohne nachzudenken... Du weißt doch, wie man ein Kremtörtchen anschaut... Und dann hab ich plötzlich ein anderes Kremtörtchen gesehen, ein angebissenes Kremtörtchen...«

War es die Sonne?... Aber nein! Er schien kein Fieber zu haben.

»Erinnerst du dich?... Ja doch!... Du hast zugehört, an dem Tag, als ich erzählte... Als wir uns vor meinem Haus getrennt haben... Meine Frau in unserem Salon...

Auf dem Tisch standen Backwaren und Tee... Ich habe nicht darauf geachtet... Und eben ist es mir eingefallen... Es waren zwei Gedecke, aber nur auf einem Teller lag ein *angebissenes* Kremtörtchen... Verstehst du?... Ein *angebissenes* Kremtörtchen...«

Es wurde zu einer Zwangsvorstellung: *Kremtörtchen!... Kremtörtchen!...*

Das ungewöhnlichste war, daß der Kapitän gegen seinen Willen über dem Bett ein Foto von Verbes Tochter mit deren Baby betrachtete.

»Irgend jemand hat ein Kremtörtchen gegessen, als wir angekommen sind und man uns in der Avenue Carnot gesehen hat, während uns dieser Versicherungsfritze aufhielt...«

Er wischte sich den Schweiß von der Stirn und setzte sich, plötzlich ruhig geworden, auf die Bettkante.

»Siehst du, mein Alter, meine Frau hat Krem nie ausstehen können... Sie kann nicht dagegen an... Außerdem wird es ihr schlecht davon... Also kann meine Frau nicht unten gewesen sein... Und wenn meine Frau nicht unten war, dann war sie oben...«

»Sie sollten etwas trinken«, murmelte Monsieur Verbe und öffnete einen Schrank, in dem ein Dutzend Flaschen stand.

»Begreifen Sie immer noch nicht, nein?«

Duzte er ihn? Siezte er ihn? Er wußte es nicht mehr.

»Wenn meine Frau oben war, mußte Colette unten gewesen sein... Und in diesem Fall mußte zwischen ihr und dem jungen Mann... Nun, was sagst du dazu?... Und ich, ja, ich habe sie gezwungen, zu...«

Monsieur Verbe ging und schloß die offen gebliebene

Tür, denn es hätte jemand vorbeikommen können. Dann schenkte er seinem Kapitän einen Cognac ein. Er schüttelte den Kopf.

»Das sollte man nicht tragisch nehmen«, murmelte er und trank selbst einen Schluck. »Solche Dinge...«

Darauf wendete er das Gesicht ab, denn Kapitän Josse hatte zu weinen begonnen, wie ein Schloßhund, sollte Verbe später sagen, der mit Sicherheit nie einen Hund hatte weinen sehen.

»Ich habe sie gezwungen, zu...! Mein Gott, mein Gott!«

Als Kapitän Josse schwankend aus der Kabine von Monsieur Verbe trat, war er total betrunken. Am nächsten Morgen kündigte man das Eintreffen der Holzladung an, und er rief aus seinem Bett:

»Ihr könnt mich...!«

Trotzdem kam er gegen Abend an Deck. Er sprach kein Wort mit Monsieur Verbe. Zur Nacht speiste er mit ihm und dachte nicht daran, zu sagen, daß sein Obermaschinist auf widerwärtige Weise aß.

Wieder bunkerte man in Dakar. Und da geschah etwas wirklich Außergewöhnliches. Kapitän Josse machte Monsieur Verbe den Vorschlag, ihn in gewisse Etablissements zu begleiten, die jener genauestens kannte.

Allerdings stöhnte er im letzten Moment:

»Ich kann nicht, mein Alter... Wenn ich an diese Kleine denke!... Und ich bin es gewesen, verstehst du, ich war es, der...«

Monsieur Verbe ging hinein. Als er wieder zu seinem Kapitän stieß, war der erneut betrunken.

»Die andere, verstehst du, die kann mich...!«

Er war roh und gewöhnlich geworden.

»Ich rede von dieser N... Elise!... Und außerdem will ich dir etwas Feines gestehen... Schon vor langem, wenn ich gewagt hätte... Aber ich war mir dessen kaum bewußt... Während jetzt, da bin ich verantwortlich... Was würdest du an meiner Stelle tun?«

Monsieur Verbe war müde, und so tat er nichts weiter, als dem Kapitän zu helfen, zur »Vasco« zurückzufinden.

Drei Wochen später gingen sie in La Rochelle an Land, und als erstes setzte Kapitän Josse seine Frau vor die Tür.

Darauf nahm er einen einjährigen Urlaub, weil er Colette nicht verlassen wollte, bevor er geschieden war und sie heiraten konnte.

Das teuflischste jedoch war, daß man ihm, als er wieder ein Kommando übernahm, ein anderes Schiff und einen anderen Obermaschinisten zuwies, einen Mann aus Marseille, der bei allen Zwischenhalten Boules spielte, sogar auf der Brücke, während Josse von Zeit zu Zeit gerne mit Monsieur Verbe über diese Geschichte gesprochen hätte.

Aber man kann nicht alles haben.

Trauer um Fonsine

Man zählte schon nicht mehr, wie oft sie vor den Friedensrichter in Pouzauges gezogen waren, fast so selbstverständlich, wie andere donnerstags zum Markt gehen, bald die eine als Klägerin, bald die andere. Sechs Monate zuvor hatten sie wegen einer Ordnungsstrafe mit dem Bus die Fahrt nach Fontenay angetreten. Doch das wußte der neue Vorsitzende nicht.

Er verlas mechanisch die Namen und hakte sie auf der Liste ab, die auf seinem Schreibtisch lag.

»Fernande Sirouet, Hausbesitzerin in Saint-Mesmin... Alphonsine Sirouet, verwitwete Brécard, Hausbesitzerin in Saint-Mesmin...«

Anschließend die Namen der Zeugen. Dann hob er den Kopf und schaute sie an, wie sie nebeneinander steif vor der halbkreisförmigen kleinen Schranke saßen.

»Also schön... Wer von Ihnen beiden ist Fernande Sirouet?«

Das war die korpulentere, eine kleine, kräftige Frau mit mächtigen Backenknochen und einem Teint, der mattgrau war wie ihre Haare. Sie ließ mit einer Hand ihre samtene Handtasche mit silbernem Verschluß los und hob diskret den Finger.

Der Vorsitzende wandte sich an die andere:

»Sie sind also die Angeklagte Alphonsine Sirouet, verwitwete Bécard...«

»Ja, Herr Präsident.«

Sie war gleich groß, aber magerer, mit eingezogenen Schultern und einem sanften, melancholischen Gesicht. Hin und wieder hustete sie verhalten, wobei sie die Hand vor den Mund hielt.

»Sie sind miteinander verwandt?«

Keine Antwort. Die beiden Frauen rührten sich nicht, zuckten nicht mit der Wimper, starrten ins Leere.

»Ich frage Sie, ob Sie miteinander verwandt sind!«

Diesmal bewegten sich die beiden Köpfe, jedoch nur eine Idee, gerade genug für eine stumme Herausforderung und ohne daß ein Wort über die Lippen der Frauen trat. Der »Rechtsberater« Fernandes, der Klägerin, kam leicht hinkend zu Hilfe:

»Sie sind Schwestern, Herr Präsident...«

Alle beide hatten am frühen Morgen das gleiche Haus in Saint-Mesmin verlassen und sich zur Bushaltestelle auf dem Kirchplatz begeben. Oder vielmehr: jede hatte »ihr« Haus verlassen, denn das Gebäude war seit Jahren zweigeteilt. Jede der Schwestern hatte ihre Tür, ihre zwei Fenster zur Straße hinaus. Jede hatte sich auf dem Platz zu ihren festtäglich gekleideten Zeugen gesellt. Und wer sie gesehen, wer sie dann während der Fahrt im Autobus beobachtet hätte, der hätte sich sicher gefragt, welcher schwindelerregende Abgrund, welche farblose und eisige Leere diese beiden alternden Frauen trennte, deren Blicke sich kein einziges Mal kreuzten.

»Alphonsine Sirouet, bleiben Sie bitte auf Ihrem Platz... Was die Klägerin und die Zeugen anbelangt...«

Der Anwalt, der seit Jahren der »Rechtsberater« von Fernande war, spielte den Zeremonienmeister und stellte seine Leute nach dem üblichen Ritus auf.

»Sie werden beschuldigt, am ersten Januar Ihrer Nachbarin, Fernande Sirouet, einen Henkeltopf entgegengeschleudert zu haben, und, was ich bisher nicht wußte, Ihre Schwester...«

Alphonsine, die von früher Kindheit an Fonsine genannt wurde, schüttelte zum Zeichen der Verneinung schmerzvoll den Kopf.

»Ihr Garten und der Ihrer... Schwester, denn Sie sind ja Schwestern, sind durch eine gemeinsame Mauer getrennt, die die Höhe...«

»Von zwei Meter zehn!« griff der Anwalt Fonsines ein, um dem Vorsitzenden zu helfen, der in seiner Akte herumsuchte.

Diese Zahl mußte von Bedeutung sein, denn er betonte sie arglistig.

»Gut, von zwei Meter zehn... Der Henkeltopf hat die Klägerin am Kopf getroffen und eine Quetschwunde an der Kopfhaut verursacht...«

Der Anwalt grinste, spielte auf seiner Bank eine kleine Komödie, die für die Eingeweihten sehr lustig sein mußte.

»Erkennen Sie den Tatbestand an?«

»Nein, Herr Präsident.«

»Wie bitte? Ich ersehe aus der Ermittlung, daß Sie gestanden haben, daß...«

»Ich habe eine Kasserolle geworfen... Denn es war eine alte Kasserolle, zerlöchert wie ein Sieb, und nicht ein Henkeltopf... Ich weiß nicht, warum von einem Henkeltopf gesprochen wurde...«

Der Vorsitzende wendete sich Fernande zu, die sich von ihrem Platz erhob.

»Es war ein Henkeltopf«, bestätigte sie. »Ein gußeiserner Henkeltopf...«

Der Staatsanwalt döste hinter seinem hellen Eichenpult. Die Beisitzer hörten unaufmerksam zu und ließen ihre Blicke über die rund sechzig Personen schweifen, die hinter der Gerichtsschranke eingepfercht waren und zum großen Teil auf ihren Auftritt warteten.

»Man könnte«, legte der Verteidiger von Fonsine nahe, »den Feldhüter befragen, den unsere Gegnerin als Zeugen benannt hat, obwohl mir nicht klar ist, warum, und der zufällig ein Geschäft für Haushaltwaren in Saint-Mesmin hat...«

Ein riesiger, sanftmütiger Bursche erhob sich nun.

»Man kann nicht sagen, daß es sich um einen Henkeltopf handelt, schon wegen seiner Form... Andererseits... Es war ein Kochtopf, wenn man so will, eine gußeiserne Kasserolle...«

»Kurz, ein schwerer Gegenstand... Konnte Ihrer Ansicht nach diese Kasserolle oder dieser Henkeltopf jemanden ernsthaft verletzen?«

Und der Anwalt mischte sich mit schneidender Ironie ein:

»Vielleicht unter der Bedingung, daß er trifft?«

»Ich verstehe Sie nicht, Herr Rechtsanwalt. Es ist festgestellt, daß die Klägerin sehr wohl...«

»... nie von dem Topf getroffen worden ist, was ich gleich beweisen werde!«

Triumphierend nahm er wieder Platz.

»Wir werden sehen! Wir werden sehen! Alphonsine Sirouet, geben Sie zu, einen Topf über die Mauer geworfen zu haben, die Ihren Garten von dem Ihrer Schwester trennt?«

»Ich habe dem Kaiser gegeben, was des Kaisers ist...«

»Wie bitte?«

»Ich sage, daß dieser Topf in meinen Garten geworfen worden ist und daß ich ihn dahin geworfen habe, woher er gekommen ist. Eine gewisse Person hat seit langem, wie Ihnen die ehrbaren Leute des Marktfleckens bestätigen werden, die Gewohnheit angenommen, ihre Abfälle auf meinen Hof und in meinen Gemüsegarten zu werfen. Es war also nur gerecht...«

»Kurzum, Sie behaupten, die Anwesenheit Ihrer Schwester hinter der Mauer nicht bemerkt zu haben?«

»Diese Person war dort nicht.«

Wie sollte sich der Vorsitzende, der weder die Schwestern Sirouet noch das Haus an der Ecke der Landstraße, ja nicht einmal Saint-Mesmin kannte, ein Präsident, der nie von Antonin Brécard gehört hatte, wie sollte sich dieser Mann in dieser Affäre zurechtfinden?

Die Rechtsberater würden zwar gleich versuchen, ihm alles zu erklären, der eine Anwalt aus der Sicht von Fernande, der andere aus der Sicht von Fonsine, aber jeder stellte seiner Rolle gemäß die Sache auf seine Weise dar, ohne weit genug zurückzugreifen.

Eigentlich hätte man bis zur Ersten Kommunion der beiden Schwestern zurückgehen müssen, denn sie hatten sie zusammen begangen. Fernande, die um zwei Jahre älter war, hatte auf Alphonsine warten müssen, da ihr ungewöhnlich dickschädeliger Vater beschlossen hatte, es bei einer einzigen Feier bewenden zu lassen.

Fernande war wütend, erst während der zweijährigen Wartezeit, dann in den nachfolgenden Monaten bis hin zur Kommunion. Darauf war es an Fonsine, aufgebracht zu sein, denn sie war kokett geworden, und man schneiderte ihre Kleider und Mäntel aus den alten Kleidungsstücken ihrer Schwester.

Die Mutter starb, und Fernande wurde als der älteren die Haushaltsführung für Vater Sirouet übertragen, während Fonsine in Fontenay den Beruf der Schneiderin erlernte, was einfach ungerecht war.

Es ging ihnen gut. Der alte Sirouet war Viehgroßhändler und hatte eine besondere Vorliebe für Weißwein und fürs Essen. Er hat nie damit gerechnet, daß seine beiden Töchter eines Tages heiraten könnten, denn seit er Witwer war, brauchte er mindestens eine von ihnen, die ihm den Haushalt führte. Das war klar wie das Amen in der Kirche. Als es darum ging, welche von beiden das tun sollte, war es ihm gleichgültig, er zog keine der anderen vor. Sie sollten das unter sich ausmachen!

Aber gerade darin konnten sie sich nicht einig werden.

»Es ist immer die ältere, die zuerst heiratet. Also bin ich es, die...«

»Verzeih, wenn die Mutter stirbt, übernimmt die ältere ihre Stellung im Haus und bleibt da. Also bin ich es, die...«

Sie heirateten beide nicht, und zwar aus dem einfachen Grund, weil sich niemand fand, der um ihre Hand anhielt.

Fernande war dreißig Jahre alt und Alphonsine achtundzwanzig, als ein neuer Lehrer nach Saint-Mesmin kam. Er war gut fünfundvierzig, vernachlässigte insbesondere seine Kleidung und setzte sich über die grundsätzlichsten Regeln der Reinlichkeit hinweg. Er hieß Brécard, Antonin Brécard, und von Anfang an schien er es auf eine der Töchter Sirouet abgesehen zu haben. Welche? Man wußte es nicht.

Schließlich heiratete er Fonsine. Auf gut Glück, wie behauptet wurde. Nach niedrigen Machenschaften der jüngeren Tochter, versicherte Fernande.

Festzuhalten ist jedenfalls, daß Fonsine für zwei Jahre das Elternhaus verließ, um mit ihrem Mann im Schulgebäude zu wohnen.

Hatte sie das Haus freiwillig verlassen, ja oder nein? Ja!

Nun, ihr Mann starb, fast zur gleichen Zeit wie Vater Sirouet, über den der weiße Landwein am Ende gesiegt hatte.

Was machte darauf Fonsine, *die ihr elterliches Haus aus freien Stücken verlassen hatte und die ihren Vater, den sie sozusagen aufgegeben hatte, in seinen letzten Stunden nicht hatte pflegen müssen?* Sie wollte an den heimischen Herd zurückkehren und dort als Hausherrin herrschen, zumindest gleichberechtigt neben Fernande!

Wie lange war das her? Beinahe zwanzig Jahre. Genau: achtzehn.

Seither lebten die beiden Schwestern also innerhalb der Wände, die gesehen hatten, wie sie zur Welt gekommen waren. Nur war das Haus glücklicherweise in seiner Länge geteilt worden. Die Teilung war in Gegenwart von zwei Fachleuten vollzogen worden, von denen jeder eine Partei vertrat. Es gab Räume, an denen beide

Schwestern hingen und die nicht zweigeteilt werden konnten wie die Küche, wegen des steinernen Kamins. Man hatte sie ausgelost, mit Hilfe eines silbernen Fünf-Francs-Stücks. Es wurden Wände eingezogen, man hatte einen zweiten Eingang geschaffen und eine Treppe gebaut.

Kurz, es waren jetzt zwei Häuser, und damit darüber kein Zweifel entstand, hatte Fonsine ihre Fassadenhälfte hellblau getüncht, während Fernande bei ihrem Teil die Natursteinfarbe beibehielt.

Natürlich redeten sie nie wieder miteinander. Sie kannten sich nicht mehr. Sie begegneten sich täglich zwanzigmal, und jede tat, als ob die andere Luft sei.

Fernande hatte ihren Anwalt in Pouzauges, Fonsine ihren Rechtsberater in Fontenay, und über die wurden die noch notwendigen Verbindungen aufrechterhalten.

Wie viele Geschichten hatte es seitdem gegeben! Man konnte die vergifteten Katzen kaum noch zählen, die alle Gegenstand von Streitfällen vor dem Friedensrichter waren. Etwa zwei Jahre zuvor hatte dann die Flut der anonymen Briefe eingesetzt. Ganz Saint-Mesmin erhielt welche, und der Pfarrer hatte deshalb ernsthaft von der Kanzel wettern müssen, denn nun wurden Dritte einbezogen, verheiratete Männer wurden beschuldigt, an schändlichen Ausschweifungen teilzunehmen, die in der einen oder anderen Hälfte jenes Hauses stattfinden sollten.

Die Schwestern Sirouet hätten sich entehrt geglaubt, wenn sie zum selben Lieferanten gegangen wären, und jede hatte ihren Kolonialwarenladen, ihren Bäcker und Fleischer.

»Ich gehe nicht zu Händlern, die sich herablassen, jedermann zu bedienen!«

Die Geschichte mit dem Waschhaus schließlich... Hinten in dem nun zweigeteilten Garten floß ein Bach vorbei. In jedem Garten war aus wenigen Planken ein Waschhaus errichtet worden. Aber an Gleichheit war nicht zu denken, der Bach ließ sich nicht davon abbringen, immer in die gleiche Richtung zu fließen. Kurz, Fonsine bekam das Wasser erst, nachdem es durch das Grundstück ihrer Schwester geflossen war.

Auch lag Fernande auf der Lauer, richtete es so ein, daß sie am selben Tag Wäsche hatte wie ihre Nachbarin, so daß Fonsine an ihrem Waschplatz nur das Wasser vorbeiströmen sah, das von der schmutzigen Wäsche »dieses Weibes« verseucht war.

Manchmal stand sie schon in der Nacht auf, um sicher zu sein, ihre Wäsche in sauberem Wasser waschen zu können. Um sich zu rächen, kaufte Fernande bei der Kurzwarenhändlerin, die alle möglichen Artikel führte, riesige Flaschen Tinte, die sie in den Bach goß, wenn die Wäsche ihrer Schwester zum Einweichen im Wasser lag. Das war nachgewiesen. Auch daß sie die Händlerin gefragt hatte:

»Haben Sie nicht alte Tinte? Es macht nichts, wenn sie ein bißchen verdorben ist. Ich brauche sie nicht zum Schreiben.«

Was die Mauer betraf, so wurde sie trotz ihrer zwei Meter zehn täglich von den unterschiedlichsten Gegenständen überflogen, und zwar vorzugsweise von höchst widerlichen Dingen, alten Pantoffeln, schmutziger Watte, Innereien von Kaninchen, krepierten Ratten, angeschlagenen Nachttöpfen... Gott weiß, wo sie das alles aufsammelten, wahrscheinlich im Dunkel der Nacht!

Jetzt saßen die beiden Frauen nebeneinander, die blasse und harte Fernande, die magere und leidende Fonsine, jede von ihren Zeugen flankiert, und als der Gerichtsvorsitzende dem Feldhüter die Wahrheit zu entlocken versuchte, erklärte der mit liebenswürdiger Einfachheit:

»Es macht vielleicht nicht den Eindruck, aber ich frage mich, ob nicht Fonsine die wildere ist...«

Fonsine, die zum Steinerweichen hustete und die eine so bescheidene Art hatte, die Schultern zurückzunehmen, als wolle sie in einen Beichtstuhl schlüpfen! Und tatsächlich gehörte der Feldhüter ja der Partei von Fernande an!

»Hören wir weiter! Sie waren also in Ihrem Garten, als Ihre Schwester besagten Gegenstand...«

»Ja, Herr Präsident.«

»Nein, Herr Präsident«, berichtigte Fonsine ruhig. »In diesem Augenblick stand sie vorne vor ihrer Tür und hat sogar mit der Metzgerin, die ich als Zeugin mitgebracht habe, gesprochen.«

»Das ist nicht wahr! Der Klempner, der in seinem Garten arbeitete, hat mich an der Mauer gesehen und...«

»Jedermann weiß, daß sie noch krank wird vor lauter Lügen. Und was den Klempner betrifft, wenn ich mich nicht zurückhalten würde, da könnte ich Dinge erzählen...«

»Soll man doch die Frau des Feldhüters vernehmen. Man wird schon sehen, ob...«

Sie war verlegen, die Frau des Feldhüters. Sie hätte

gerne aussagen wollen, aber sie hätte auch schweigen mögen.

»Was wissen Sie von der Sache?«

»Ich weiß sozusagen nichts, Herr Präsident.«

Sie wußte nichts, doch sie hatte gehört, daß Fernande zu jemandem gesagt hatte... Was hatte sie nur genau gesagt?

»Daß ihr ihre Schwester die Geschichte mit dem Henkeltopf und all ihre anderen Gemeinheiten teuer bezahlen werde und daß sie jetzt im Vorteil sei...«

»Weshalb?«

»Ich weiß es nicht.«

»War das, nachdem der Topf geschmissen worden ist?«

»Das war um fünf Uhr nachmittags...«

»Also *nachher*, da der Topf gegen vier Uhr geworfen worden ist...«

»Sagt sie!«

»War Fernande Sirouet zu diesem Zeitpunkt verletzt?«

Schweigen.

»Wissen Sie, ob sie verletzt war?«

»Das konnte man nicht sehen...«

Kurz, nach den Aussagen einiger Zeugen war Fernande Sirouet keineswegs von dem Henkeltopf – oder der Kasserolle – getroffen worden, sondern hatte in ihrer Wut die Gelegenheit ergriffen, war ins Haus gegangen und hatte sich selbst verletzt, um ihre Schwester vor Gericht zu ziehen.

»Sie brauchen nur den Herrn Doktor zu fragen. Er ist hier.«

Allerdings war der noch verlegener als alle anderen, denn wenn die Schwestern auch jede ihren Kolonialwarenhändler und ihren Fleischer hatten, waren sie doch gezwungen, denselben Arzt aufzusuchen.

»Sie haben Fernande Sirouet behandelt, als sie verletzt war. Können Sie uns sagen, ob...«

Nein, er wußte es nicht. Die Wunde konnte von dem Kochtopf verursacht worden sein, sie konnte aber auch von irgendeinem anderen Instrument herrühren, von einem Hammer zum Beispiel oder von einem Aufprall an einer Mauerecke.

Wie?... Konnte die Klägerin sich selbst auf diese Art und Weise verletzt haben?... Das war faktisch nicht unmöglich... Alles war möglich... Schmerzhaft?... Ein bißchen, ja... Ziemlich... Aber letztlich...

Was bedeutete am Ende für eine Sirouet dieser kleine vorübergehende Schmerz im Vergleich zu dem Triumph, die andere zu einer Ordnungsstrafe verurteilt zu sehen?

Sie verstehen das nicht, Herr Präsident? Sie kommen aus Poitiers, das sieht man. Sie haben in Saint-Mesmin nicht gelebt. Sie wissen nicht, daß die beiden Schwestern seit zwanzig Jahren – Verzeihung, achtzehn – den lieben langen Tag nichts anders zu tun haben, als ihren Haß zu schüren.

Einen innigen Haß, wissen Sie! Einen Haß, der eine Art Liebe ist, eine umgekehrte Liebe zwar, aber dennoch Liebe.

Und dann das Gerede der Leute! Der ganze Marktflecken, der von den Taten und Gesten dieser zwei Frauen in Atem gehalten wird, der für die eine oder die andere Schwester Partei ergreift, Beifall zollt oder entrüstet ist!

Wer von den beiden hat angefangen und die andere vor Gericht gezerrt? Fonsine, nicht wahr? Doch sie hatte nur die banale Anklage wegen Überschreitung der Einfriedung erheben können. Sie hatte auch vage, ohne Beweise, von Lauch gesprochen, der in ihrem Garten gestohlen worden war, von Kaninchen, die nacheinander eingegangen waren, weil man ihnen Unkraut in ihren Stall gesteckt hatte.

Ihr Vorgänger, Herr Präsident, hat Fernande freigesprochen und einfach einen Vergleich vorgeschoben, denn er blickte ebenfalls nicht durch. Und Fernande hat die darin liegende Beleidigung noch grausamer empfunden. Sie wäre lieber verurteilt worden, stellen Sie sich vor!

»Ach, du willst bestraft werden?... Warte, bis sich die Gelegenheit findet, dann werde ich es dir aber geben!«

Und nun die Gelegenheit mit dem Henkeltopf, der vielleicht nur eine Kasserolle war, jedoch schwer genug, um eine Verletzung der Kopfhaut zu verursachen, selbst wenn niemand getroffen worden war...

Was sagten Sie? Sie kommen da nicht mit? Sie stammeln, sind nicht stolz auf Ihr Urteil, nachdem Sie sich zu Ihren Beisitzern hinübergebeugt haben:

»Fünfhundert Francs Geldstrafe...«

Und Sie glauben, daß es damit beendet sei?

Es hat tatsächlich aufgehört, aber nicht dank dem Eingreifen des Richters von Fontenay und vielleicht auch nicht dank dem des Arztes, der wenig später sechsmal in der Woche das Haus betrat.

Fonsine, die etwas schwach auf der Brust war, starb vierzehn Tage vor Ostern an Lungenentzündung.

Ihre Schwester ignorierte sie. Nachbarinnen kamen und wachten bei ihr. Ihr Rechtsberater kümmerte sich um die Beerdigung. Fernande ließ sich nicht blicken und nutzte den Augenblick, da der Trauerzug sich formierte, um tüchtig vor ihrer Haustür zu schrubben. Man konnte es nicht klarer ausdrücken:

»Eine Erlösung!«

Ihre Augen blieben trocken, an den Rändern kaum gerötet, aber den etwas blutigen Rand der Lider hatte sie schon lange. Es war sogar der einzige Farbfleck in ihrem aus Stein geschnittenen Gesicht.

Manchmal fragten die Nachbarinnen sie:

»Trägst du nicht Trauer um Fonsine?«

»Ich? Kenne ich sie überhaupt?«

Sie hätte sich eher rot gekleidet. Sie fragte sich, wer das Haus ihrer Schwester kaufen würde. Denn vom Erben konnte keine Rede sein. Das wußten beide seit langem. Wenn man einen solchen Haß nährt, gebietet die erste Vorsichtsmaßnahme, sich zu versichern, daß der Gegenstand dieses Hasses nicht eines Tages dein Eigentum erbt.

Deshalb hatten die beiden Schwestern, jede für sich, ihren Besitz zur Nutznießung auf Lebenszeit angelegt, einschließlich ihres Hausanteils. So daß Fernande jetzt über kein Geld verfügte, um die Hälfte des Hauses zu kaufen, die ihrer Schwester gehört hatte und an der bereits ein Schild angebracht war mit dem Hinweis, daß sie zum Verkauf stehe.

Und selbst das nützte ihr. Alles nützte ihr. Man sah sie

recht häufig besorgt, ohne Schwung, wie jemand, den innerlich der Kummer zerfrißt. Dann sagte man zu ihr:

»Da siehst du, daß es dir trotz allem etwas ausmacht!«

»Mir?... Ha! Ha!...«

»Du bist nicht mehr die gleiche, seit Fonsine...«

»Wollt ihr wohl still sein... In meinem ganzen Leben bin ich nicht so glücklich gewesen... Endlich kann ich aufatmen!«

»Du quälst dich...«

»Ich quäle mich, weil ein Teil meines elterlichen Hauses bald fremden Leuten gehören wird, und ich mich frage, wer meine Nachbarn sein werden...«

Das quälte sie so, daß sie abmagerte, daß ihr weißer Teint schmutziggrau wurde, daß ihr oft Haarsträhnen über die Wangen fielen. Sie fand an nichts mehr Gefallen. Sie war untätig. Zehnmal am Tag überquerte sie die Straße, um in das Kolonialwarengeschäft zu gehen, nicht, weil sie irgend etwas gebraucht hätte, sondern weil man dort immer jemanden traf, mit dem man sich unterhalten konnte.

Wie viele schöne Sommer hatte sie in ihrem Garten verbracht, den sie nun gar nicht mehr betrat. All das Unkraut, die Ackerschnecken, diese Steine, Flaschenscherben und Maulwurfsgrillen, die sie voller Freuden über die Mauer geworfen hatte!

Das Nachbarhaus wurde gegen Ende des Sommers verkauft, und schon zu Allerheiligen zogen die neuen Besitzer ein, einfache Rentner aus der Stadt, ruhige Leute, die keinen Lärm machten, die Ortsansässigen höflich grüßten, aber mit ihnen nicht ins Gespräch zu kommen versuchten.

Über sie gab es nichts zu sagen.

Das war trostlos.

Das war tödlich.

»Am Totensonntag wenigstens, Fernande!... Ich weiß ja, daß du wegen Fonsine keine Trauer trägst... Aber da es doch einen lieben Gott gibt...«

»Ich will nicht einmal wissen, wo sie begraben liegt...«

Und um zu vermeiden, daß sie, wenngleich unbeabsichtigt, an einem Kreuz vorbeikam, das den verabscheuten Namen trug, begab sie sich nicht zum Grab ihrer Eltern, das in diesem Jahr ohne Blumen blieb.

Überdies fehlte es ihr an jeglicher Energie.

»Soll ich dir was sagen? Du langweilst dich...«

Sie und sich langweilen!

Man schenkte ihr eine junge Katze, die nicht mehr Gefahr lief, vergiftet zu werden, und sie vergaß oft, ihr Futter zu geben.

Das war also aus ihr geworden! Der trübe Blick. An vielen Abenden hatte sie nicht den Mut, sich etwas zu essen zu machen oder die Lampe anzuzünden. Die Nachbarn hatten sich einen Radioempfänger angeschafft, so daß die Wände gleichsam einen fremden Schweiß ausströmten.

Trauer um Fonsine? Gab es Leute, die sich darüber wunderten, daß sie um Fonsine nicht trauerte?

Wie lange dauert die Zeit der Trauer um eine Schwester? Ein Jahr, nicht wahr?

Sie hätte ihre Trauer nicht bis zum Ende tragen können! Sie starb an Lichtmeß, ganz allein, abends, ohne Licht, während die Nachbarn die Musik abgestellt hatten, da sie wußten, daß sie müde war, und dabei waren, Crêpes zu backen.

Sie starb nicht an einer bestimmten Krankheit, sondern an allen und keiner, wie die Tiere sterben, die sich langweilen, und da sie ihren Besitz auf Lebenszeit angelegt hatte, gab es niemanden, der sie beerben konnte, auch niemanden mehr, der in Saint-Mesmin den Haß nährte, der die Schwestern Sirouet am Leben erhalten hatte.

Das Verbrechen des Unliebenswürdigen

Konnten diese Leute ahnen, daß es um Leben oder Tod ging? Vielleicht nicht ganz um Tod, aber fast. Und selbst dann! Ja, um Tod, eindeutig!

Doch sie ahnten gar nichts. Sie kamen und gingen in der Sonne wie zwei dicke Fliegen, die trunken von Blütenstaub sind. Sie frohlockten. Sie sahen die Côte d'Azur sicher zum erstenmal. Sie kamen aus dem Staunen nicht heraus, im Februar wahre Wälder von Mimosen vorzufinden, ein blaues Meer, einen blauen Himmel, kleine bunte Barken, die wie aufs Wasser geklebt schienen, während im Heck ein Mann den Grund mit einer Art Periskop, aus einer alten Kanne angefertigt, absuchte und violette, stachlige Bällchen mit Hilfe einer langen Bambusstange herausfischte.

»Was machen die da?« hatte der Mann gefragt, der sie von der Terrasse aus beobachtete.

Und Monsieur Chincholle hatte mürrisch und ohne sein Inventar aus den Augen zu lassen, geantwortet:

»Sie angeln Seeigel...«

Der Mann hatte es seiner Frau übersetzt. Sie hatte es nicht begriffen. Sie wußte nicht einmal um die Existenz von Seeigeln. Aber sie war trotzdem begeistert gewesen und hatte immer wiederholt, als handle es sich um ein Zauberwort: »See-igel...«

So war es seit dem frühen Vormittag. Genauer, seit ihr langer Wagen durch Gott weiß welches Wunder vor dem Laden von Monsieur Chincholle gehalten hatte, der an der schlechteren Seite des Hafens von Cannes zwischen einer Brasserie und einem Ansichtskartenhändler eingekeilt lag. Neben dem Nummernschild hatte Monsieur Chincholle gelesen: »NL«. Also Holländer! Er hatte den livrierten Chauffeur gemustert, das Paar, das noch jung zu sein schien und die gleiche rosa Babyhaut hatte. Trotzdem hatte er sich vergeblich bemüht, liebenswürdig zu erscheinen. Nicht ohne Grund nannte man ihn den Unliebenswürdigen. Seine Leber. Seine Frau. Dann die Geschichte mit seinem Sohn. Dann...

›Jungverheiratete‹, hatte er sich gesagt.

Er hatte sich gewundert, als man eine große Villa mit mindestens sechs Zimmern zu mieten wünschte. Und als man hinzugefügt hatte, es sei für den ganzen Sommer, verschlug es ihm fast die Sprache. Sollte endlich...?

»Ich habe da eine sehr schöne Villa, am Cap d'Antibes, die ›Rochers Pourpres‹... Sie ist gerade seit einem Monat frei... Andere Kunden sollten sie morgen besichtigen... Wenn Sie einen Termin vereinbaren wollen...«

Diese Leute trafen kaum ein, und schon hatten sie es eilig. Sie atmeten bereits den Süden mit allen Poren ein. Sie wollten kein Krümchen, keine Sekunde von ihrem Genuß verlieren.

»Sofort...«

Sie wußten nicht, daß Madame Chincholle, die kürzlich zum drittenmal innerhalb von zwei Jahren operiert worden war, hinter dem Laden in einem düsteren Raum auf einem alten Sofa lag. Sie unterhielten sich in ihrer Sprache über Chincholle und mußten erstaunt sein, daß ein Mann, der in einem solchen Klima lebte, ein Mann, der den ganzen Tag den Hafen von Cannes mit seinen Hunderten von Yachten vor Augen hatte, eine gelbe Hautfarbe haben und in Schwarz gekleidet sein konnte.

Die Rochers Pourpres... Eine riesige, fünfzig Jahre alte Villa, Rokoko, mit bleiverglasten Fensterscheiben, einer Heizung, die nicht funktionierte, mit ihrer Feuchtigkeit, die wegen der exponierten Lage bis in den Hochsommer hinein haften blieb.

Diese Leute jedoch sahen nur das Schöne. Obwohl sie in Den Haag oder in Amsterdam wahrscheinlich ein äußerst gepflegtes, modernes Haus bewohnten, begeisterten sie sich hier für das Moos an den alten Steinen und die nachgemachten verblichenen Orientteppiche.

Wieviel sollte Chincholle ihnen abverlangen? Er durfte sie nicht erschrecken. Er durfte aber auch keine zu niedrige Summe nennen. Zwanzigtausend? Fünfundzwanzig?...

Wozu sollte er übertreiben, da sie möglicherweise schon vor dem Ende der Besichtigung angewidert sein würden? Zwanzigtausend Francs, das reichte genau hin, um...

Natürlich hatte Monsieur Chincholle mit den Zimmern begonnen, die zum Meer hinaus lagen und manchmal Sonne hatten.

»Wie Sie sehen, ist diese Terrasse wundervoll, und hier halten sich die Mieter die meiste Zeit auf... Links das Eßzimmer... Daneben der große Salon... Der Billardraum...«

Und der Holländer war entzückt, daß es einen Billardtisch gab! Allerdings hatte er ihn nicht ausprobiert! Und tatsächlich wäre er nie auf die Idee gekommen, Billard zu spielen! So waren die Mieter eben. Chincholle hatte da seine Erfahrungen! Sie sahen sich alles an, ließen sich alles erklären, brachen in Begeisterung aus, versprachen, am nächsten Tag wiederzukommen, und...

Welches andere Haus hätte er ihnen vermieten können? Sein Schaufenster war voller Fotos von Villen, die man kaufen oder mieten konnte, sowie von Yachten, die ebenfalls zum Verkauf standen oder gemietet werden konnten, aber niemand hatte ihn mit diesen Geschäftsabschlüssen beauftragt. Er war nur ein ganz kleiner Agent. Zwischen Cannes und Nizza gab es fünfzig, hundert solcher Agenturen, die alle die gleichen Fotos ausstellten und lediglich mit den armseligen Objekten Erfolg hatten, Drei-Zimmer-Wohnungen über einer Wäscherei oder einem Schuhmacher...

Am gefährlichsten war es, die Fenster zu öffnen. Das letzte Mal hatte er plötzlich einen Fensterflügel in der Hand gehalten oder vielmehr: er war ihm auf den Kopf gefallen. Er versuchte, sich nicht zu vertun und nur die zu bewegen, die in einem nicht so schlechten Zustand waren.

Und diese beiden sprachen immer noch in ihrer Landessprache! Waren sie voller Bewunderung? Oder spotteten sie über das Ganze? Er öffnete die Schubladen eines Büfetts:

»Sie werden feststellen, daß das Silberbesteck vollständig ist... Ich werde Ihnen übrigens einen Durchschlag der Inventarliste überreichen, dann können Sie selbst kontrollieren...«

Es war grausam, nicht Bescheid zu wissen, einem unzufriedenen Ausdruck dieser sanftmütigen Frau mit den hellen Augen ausgeliefert zu sein, deren Lächeln noch geheimnisvoller war als das der Mona Lisa.

Konnte er ihnen erklären:

»So ist die Situation: Ich habe nie Glück gehabt. Mein Leben lang bin ich Hundert-Francs-Scheinen hinterhergerannt. Meine Frau sammelt alle Krankheiten, die in einem medizinischen Wörterbuch verzeichnet sind. Unaufhörlich bezahle ich die Ärzte und Kliniken. Ich habe kein Dienstmädchen. Ich muß ihr abends, wenn ich nach Hause komme, den Bauch massieren und die Arzneien bereitstellen. Ich werde ein Stück Wurst kaufen und ein Pfund Brot. Doch das wäre noch gar nichts, wenn...«

Wie hätte er da lächeln können?

Sollte er ihnen sagen, daß er Hitze und Sonne nicht vertrug, daß ihn die Augen schmerzten und daß man ihm die Berge empfahl? Daß diese Jahreszeit die tödlichste von allen war, wegen der kalten Zugluft, die einen plötzlich im Nacken oder im Kreuz packte?

»Der große Salon... Man kann hier Empfänge für fünfzig oder mehr Personen geben...«

Die Frau fragte ihren Gatten etwas. Der Gatte übersetzte:

»Gibt es eine Zentralheizung?«

Und zu ihr gewandt, erwiderte der Unliebenswürdige, wobei er trotz allem ein Lächeln versuchte:

»Eine Etagenheizung, *yes*!«

Denn er hatte sich angewöhnt, allen Fremden gegenüber *yes* zu sagen. Er sah sie natürlich schon in der kommenden Woche wegen dieser Heizung angelaufen kommen! Er würde schwören, sie in Ordnung zu bringen. Bis dahin wäre der wirkliche Frühling vielleicht eingezogen. Und dann hatte er das Geld kassiert!

Zwanzigtausend? Fünfundzwanzig?

»Wenn Sie nun hinaufgehen und die Schlafzimmer besichtigen wollen...«

Es gab insgesamt zwölf, acht für die Herrschaften und vier für die Dienstboten, drei Badezimmer, Wandschränke, Abstellkammern aller Art. Und er glaubte, aus den Worten und Gesten der Frau soviel zu verstehen, daß das Ehepaar nicht frischverheiratet war, sondern Kinder hatte, mindestens drei, zwei Gouvernanten, zwei Zimmermädchen, eine Köchin...

Und die waren alle bereits im Hotel!

Und Monsieur Swaan weilte in Australien! Das zählte jetzt vor allem! Monsieur Swaan, der Besitzer, der die Rochers Pourpres eines Tages gekauft hatte, nachdem er offenbar zuviel Whisky getrunken hatte, und der sie ihm, der Agentur Chincholle, bis zur nächsten Saison anvertraut hatte.

Nun, in der »nächsten« Saison war er nicht zurückgekehrt. Drei Jahre war er inzwischen fort. So daß, wenn es Chincholle zufällig gelingen sollte, die Villa zu vermieten... Was konnten ihm, diesem Swaan, der so reich war, zwanzig- oder fünfundzwanzigtausend Francs bedeuten?

»Sie haben hier zwei Telefonapparate, einen im Erdgeschoß und einen in der ersten Etage, aber wenn Sie längere Zeit bleiben, könnte man in den wichtigsten Zimmern weitere anschließen...«

Und er steckte seine Nase in sein Inventarverzeichnis:

»Ein Bett mit Baldachin, echt Louis-treize, leicht restauriert, besetzt mit Stoffen aus Jouy...«

Was sie jedoch interessierte, das waren die Fenster, die sich auf eine herrliche Landschaft öffneten, das war die Baie des Anges, die man in der Ferne wahrnahm, ein großes weißes Schiff, das aus Nizza eintraf, die Alpen, auf denen noch Schnee lag. Und diese spitzen Boote der Seeigel-Fischer...

»Die Küche?« erkundigte sich der Holländer auf eine Frage seiner Frau.

Also los! Sie war nicht sehr schön, aber man mußte hindurch. Eine weiträumige Küche, sicher, doch die Wände waren in einem häßlichen Braun gehalten. Bei ihnen...

»Sehen Sie! Mehr als ausreichend... Kaltes und warmes Wasser... Große Schränke... Vollständiges Küchengeschirr... Ein Teil davon aus Kupfer... Der andere...«

Aus Aluminium, was!

»Und hier...«

Er wollte ihnen den Vorratsraum zeigen. Er war auf seine Art sehr gewissenhaft. Außerdem war er so an Fehlschläge gewöhnt...

Er machte einen Schritt. Ein ekelerregender Geruch benahm ihm den Atem. Er öffnete die Tür des Wandschranks. Die Holländer wendeten sich bereits dem Ausgang zu, sprachen von anderen Dingen.

Sie merkten nichts, weder daß Chincholle gelber wurde, noch daß er hustete, noch daß er sie eilig hinausschob.

»Selbstverständlich werde ich die Villa gleich morgen früh sauber machen lassen...«

»Aber morgen früh wollen wir bereits einziehen...«

Wieder eine Unterhaltung in ihrer Landessprache.

»Meine Frau sagt, sie habe es lieber, wenn die Reinigung von unseren Dienstboten vorgenommen wird... Sie kommt mit ihnen morgen früh... Haben Sie die Schlüssel?«

Wenn Chincholle ihnen nicht den Rücken zugekehrt hätte, da er damit beschäftigt war, am schmiedeeisernen Schloß einer alten Kommode herumzuhantieren, hätten sie gesehen, daß er weinte. Und vielleicht kam ihm für einen Augenblick der Gedanke, auf die Knie zu fallen und ihnen zu gestehen:

»Die Wahrheit ist, daß sich eine Leiche im Vorratsschrank befindet. Ich weiß nicht, wer es ist. Ich glaube jedoch, an seinem Bart den vorigen Mieter erkannt zu haben... Er war nicht Holländer, sondern Ungar... Er hatte eine sehr hübsche Frau... Er hatte für drei Monate gemietet, und nach sechs Wochen erhielt ich aus Rom einen Brief, in dem man mir mitteilte, daß er von dem Mietvertrag zurücktrete.«

Was würde passieren? Die Polizei! Und in den Zeitungen die Geschichte von dem Leichnam im Vorratsschrank. Niemand mehr, der die Mord-Villa mietet!

›Ich hätte mich ja noch über Wasser halten können, Herr Holländer, denn ich bin es gewohnt, selbst mit den Operationen meiner Frau, wenn mein Dummkopf von Sohn...‹

Ein Junge von sechzehn Jahren, dem er den Besuch des Gymnasiums bezahlte, indem er sich krummlegte! Ein Bengel, der, einfach um anzugeben und seine betuchten Kameraden nachzuahmen, auf der Croisette einen Wagen entwendet hatte und in Begleitung eines jungen Mädchens auf der Straße nach Nizza davongebraust war.

Das Auto war hin. Der Sohn hatte ein Bein gebrochen und hatte innere Verletzungen. Ins Krankenhaus! Wie die Zeitungen es lakonisch ausdrückten. Das junge Mädchen entstellt. Mein Gott! Dieser Besuch des Vaters im Lokal der Agentur für Immobilien!

Und der des Autobesitzers, eines Weinhändlers aus Béziers!

»In die Besserungsanstalt, ja, Monsieur!... Wenn man einen Sohn hat, der...«

Er verlangte achtundzwanzigtausend Francs. Man hatte sich auf zwanzigtausend geeinigt. Chincholle der Unliebenswürdige hatte die Hälfte mit dem Geld bezahlt, das er gerade als Miete für Rechnung eines Pariser Kunden erhalten hatte.

Sobald ich die Miete erhalten habe..., hatte er diesem Klienten geschrieben.

Und der hatte telegrafisch geantwortet:

Wenn diese Ausländer nicht zahlen, schmeißen Sie sie raus.

Da standen sie nun alle drei in der Sonne auf der Terrasse, oberhalb dieser berühmten Felsen, die nicht purpurn waren, auch nicht rosa wie die von Esterel, sondern einfach leicht getönt.

Die Villa erschien nahezu heiter. Die Luft war mild. Es war Mittag. Man hörte die Glocken von Antibes, und die Seeigel-Fischer legten sich in die Riemen.

»Wenn Sie wollen, daß ich morgen früh wegen der Schlüssel zu Ihnen komme, schreibe ich Ihnen den

Scheck aus... Ja, wieviel soll es denn kosten, das ganze Haus?«

»Dreißig...« stammelte er.

»Dreißigtausend?«

Lohnte es überhaupt, darüber zu verhandeln? Ganz leise, als wolle er das Schicksal beschwören, stotterte er:

»Dreißigtausend, letzter Preis. Ich habe den ausdrücklichen Auftrag von meinem Klienten, einem amerikanischen Milliardär, der sich gegenwärtig...«

Die Holländer blickten sich an. Hatte die Frau...? Ihr Mann übersetzte ihr die Summe. Zum Glück betrachtete sie in diesem Moment eine leuchtendblaue Barke mit rotem Rand, auf der ein safrangelbes Segel gesetzt wurde. Sie kniff die Augen zusammen. Und mit den Gedanken vielleicht ganz woanders, nickte sie.

An diesem Nachmittag besuchte er seinen Sohn im Krankenhaus nicht, aber er tat alles, was er sonst auch machte: ein Holzkohlenfeuer entfachen, um Wasser zu kochen, Kaffee mahlen und Schlag zwei Uhr, als die Sonne seinen Laden erreichte, die alte rot-gelbgestreifte Markise herunterziehen...

Dann folgte die Massage seiner Frau, die wegen der Fliegen gleichsam im Halbdunkel lebte. Schließlich mußte er noch in der Bücherei hinter der Brasserie ihren Unterhaltungsroman gegen einen neuen austauschen, denn die arme Frau las täglich ein Buch, wobei man sich fragte, wie sie bei der Beleuchtung etwas sehen konnte und wovon sie wohl träumte.

Er machte auch kleine Plakate. Je schlechter die Geschäfte gingen, desto eifriger widmete er sich, an seinem

Schreibpult stehend, dieser Arbeit. Er schrieb die Immobilienangebote für seine Auslage selbst, sorgfältig mit Rundbuchstaben.

Abends um neun, als die Läden geschlossen waren, fragte ihn seine Frau mit der ätherischen Stimme einer Kranken:

»Was hast du vor?«

»Ich muß noch einmal weg. Ich habe eine Verabredung mit einem Kunden.«

»Du nimmst dein Fahrrad?« wunderte sie sich.

»Es ist außerhalb der Stadt... Ich komme spät zurück... Es handelt sich um ein wichtiges Objekt... Die Rochers Pourpres...«

Dreißigtausend! Einfach so, ohne mit der Wimper zu zucken! Sie mußten sehr reich sein! Die letzten Mieter hatten nur zehntausend für drei Monate bezahlt, und außerdem hatte er ihnen elektrische Heizkörper installieren müssen, die Chincholle für dreitausend Francs erstanden hatte.

Das hatte ihnen allerdings kein Glück gebracht. War es wirklich Monsieur Czaris, der... Ein sehr ordentlicher Mann. Ansehnliche Erscheinung. Schöner Bart. Die Art des k.u.k. Diplomaten um 1900. Eine Frau, vielleicht zu hübsch und zu jung für ihn. Und dann der Sekretär...

Chincholle rollte auf seinem altmodischen Fahrrad diese Straße entlang, auf der Luxuslimousinen und große Autobusse dahinglitten.

Zehntausend Francs, um endlich den Weinhändler aus Béziers zufriedenzustellen. Zehntausend für den Villenbesitzer aus Paris, der fähig war, ihm eines Tages auf den Pelz zu rücken. Denn der war einer von den Gerissenen und hatte eine Drogerie. Er hatte sich eine Villa bauen lassen, die er nur in den drei Sommermonaten bewohnte, und er hatte die Absicht, seine Unkosten durch die Vermietung des Hauses im Winter und im Frühjahr zu decken. Leute, die rechnen können. Und die sofort vom Rausschmeißen reden.

Zwanzig von dreißig, bleiben zehn. Zehntausend Francs, auf die niemand wartete... Eine Summe, die der Unliebenswürdige nie für persönliche Bedürfnisse in der Hand gehabt hatte, seit... Man kann wohl sagen, seit seiner Geburt.

Allerdings würde es hart werden. Es wäre besser, an diesem Bistro anzuhalten und ein großes Glas Kognak zu trinken. Dann noch an der Place d'Antibes. Nein! Nicht an der Place d'Antibes, wo er Gefahr lief, erkannt zu werden.

Die Dunkelheit ängstigte ihn ebenso wie das Licht. Der dicke Schlüssel der Villa lastete in seiner Jackentasche. Hatte er den Holländern nicht gesagt, daß Aga Khan ihr Nachbar sein würde? Der Ehemann hatte es übersetzt. Die Frau hatte einen kleinen Schrei des Entzückens ausgestoßen. Nachbar, das war so eine Redensart, denn es lagen zwölf oder dreizehn Villen zwischen ihnen. Und Aga Khan war für sieben oder acht Monate in Indien.

Chincholle hatte den ganzen Nachmittag Zeit zum Nachdenken gehabt. Er kannte die Villa besser als jeder andere. Er wußte, daß es in einer Ecke des Gartens, in der Nähe des Gewächshauses ohne Scheiben, ein Loch gab, in das früher, als noch ein Gärtner da war, der

Humus geschüttet wurde. Im Gewächshaus befanden sich ein paar Gartengeräte.

Ohne seinen Hut abzunehmen und seine Handschuhe auszuziehen – denn er trug immer Handschuhe –, begann er, soviel Humus wie möglich abzutragen. Dann...

Er hatte sogar Hustenbonbons mitgenommen, die ein starkes Aroma hatten. Er wagte nicht, Licht anzumachen. Er tastete sich vorwärts. Geräusche ertönten bei jedem seiner Schritte: ein Knarren, ein Zischen, manchmal so etwas wie ein Schlurfen oder ein Gemurmel.

Er hätte nicht zu sagen vermocht, ob er das für seine Frau tat oder für seinen Sohn oder...

Im Grunde machte er es, weil er immer Pech gehabt hatte und es ein Pech mehr war, eine halbverfallene Leiche in einem Vorratsschrank gerade an dem Tag zu entdecken, da er eine Miete von dreißigtausend Francs ergattern konnte.

Er hatte einen Sack mitgenommen, den er auf dem Gepäckträger festgeklemmt hatte. Er hatte auch eine Taschenlampe bei sich, die er jedoch nicht zu benutzen wagte.

Er hätte noch mehr trinken sollen. Selbst das Wasser klatschte auf finstere Weise an die Purpurfelsen! Und der Mond, der sich im rechten oder vielmehr im unrechten Moment zeigte!

Morgen früh würden diese Leute frisch gewaschen, gut gekleidet, selbstzufrieden und in der Sonne lächelnd von diesem Hause Besitz ergreifen, die kaputten Fenster öffnen, ein Feuerwerk von Staub aufwirbeln und bemerken, daß die Füße der Sessel nicht mehr hielten.

Sie würden versuchen, die Heizung anzustellen, und dann...

Aber sie hätten bezahlt. Es wäre zu spät.

Er fühlte den Bart unter seinen Fingern. Er sah ihn nicht. Der Sack war zu klein. Er hätte nie geahnt, daß es so schwer war, einen menschlichen Körper in einen Sack zu stecken.

Er schaufelte den Humus ins Loch zurück. Jetzt hatte es zuviel darin. Er kratzte etwas davon wieder weg, trampelte darauf herum. Schließlich dachte er an seine Fußspuren und holte eine Harke.

Als er nach Hause kam, war es ein Uhr morgens, und er war nicht betrunken.

»Bist du es?« fragte seine Frau, als könnte es jemand anderes sein.

Er antwortete, er sei es, ging in die Küche und nahm eine Flasche aus einem Schrank. Genauer gesagt: die Flasche, denn es gab nur eine. Eine Flasche Wermut. Manchmal ist man verpflichtet, einem Kunden etwas zu trinken anzubieten, und Wermut ist immer noch am preiswertesten und kann dennoch vorgezeigt werden.

Gestalten hinter den crèmefarbenen Gardinen des Casinos. Leute, die dort spielten, Tausende, Zehn-, Hunderttausende von Francs auf den Tischen...

»Was machst du, Pierre?«

Er hieß Pierre. Er antwortete nicht, denn er war dabei, aus der Flasche zu trinken.

»Pierre, wo bist du?«

»Hier...«, stammelte er schließlich.

»Warum kommst du nicht?«

Warum? Weil der Wermut nicht hinunterfloß und weil er mitten in der Küche von Übelkeit befallen wurde.

»Ich wette, du hast wieder getrunken...«

Eine Marotte seiner Frau. Er trank nie etwas, wegen seiner Leber.

»Haben sie unterschrieben?«

»Wer?«

»Deine Kunden... Den Vertrag für die Rochers Pourpres...«

»Sie kommen morgen früh wieder her.«

»Glaubst du?«

Er erstarrte vor Schreck. Wenn sie tatsächlich nicht zurückkamen? Er kannte weder ihren Namen noch ihre Adresse. Er hatte das »NL« neben dem Nummernschild ihres Wagens gelesen, aber er hatte das Kennzeichen nicht behalten.

»Ich habe kein Auge zugekriegt... Auf einer Yacht, genau gegenüber von uns, haben Seeleute nicht aufgehört, in irgendeiner fremden Sprache zu singen...«

Hat er schlafen können? Als er jedenfalls um acht Uhr morgens seine Läden öffnete und ihm ein Kellner von der Brasserie nebenan guten Morgen wünschte, zeigte er sich unliebenswürdiger denn je.

Er war von vornherein sicher, daß die Holländer... Er hätte mißtrauisch bleiben sollen: Von dem Augenblick an, da sie nicht um den Preis gefeilscht hatten...

Gleichsam aus Protest gegen das Schicksal, das sich unaufhörlich gegen ihn stellte, rasierte er sich nicht, was soviel bedeutete wie:

Nun ja, so ist es eben! Wozu soll ich mich rasieren, mir die Haare schneiden lassen, meine Hose unter die Matratze legen, damit die Bügelfalte drinbleibt, um sechs Uhr morgens die Fenster putzen, um nicht gesehen zu werden, kleine Kärtchen hübsch beschriften, die doch niemanden täuschen...

... moderner Komfort... herrlicher Seeblick... bescheidene Preise...

»Pierre, das Wasser kocht!«

Na und? Was, wenn er Lust hätte, statt Kaffee zu mahlen, ihn an der Theke eines Bistros zu trinken und ein warmes Hörnchen dazu zu essen?

»Wab, wab!«

Er sprang auf, lief zum Schaufenster. Es war nur der Lieferwagen des Kolonialwarenhändlers, der die Bestellungen auf die Yachten brachte... Und man putzte die Brücken... Und man wienerte dic Messingteile... Und man breitete die Segel im klaren Morgen wie Wäsche zum Trocknen aus...

Und die beiden Holländer mit ihren ebenfalls herausgeputzten Kindern, ihren Gouvernanten, wie sie sagten, den Zimmermädchen und der Köchin saßen jetzt wohl voller Glücksgefühl an den Fenstern irgendeines Hotelpalastes.

»Sollten wir uns nicht noch andere Villen ansehen, bevor wir uns entscheiden?«

Und der Leichnam? Er hatte seine Handschuhe auf dem Rückweg an den Straßenrand geworfen. Sie waren aus imitiertem Schweinsleder.

»Wab, wab!«

Der Briefträger...

Ein Brief aus Paris. Er hatte damit gerechnet. Eine Bestätigung des Telegramms. Papier mit dem Briefkopf der Drogerie. Maschinengeschrieben.

... *Es wundert mich doch sehr, daß Sie nicht genauere Erkundigungen über die Mieter eingeholt haben, die...*

...und ich bitte Sie, in gebotener Eile dafür zu sorgen, daß...

Wieder einer, der im Grunde seine zehntausend Francs nicht brauchte.

»Vergißt du auch nicht meine Arznei, Pierre?... Du weißt doch? Das Buch, das du mir gestern gebracht hast... Ich hab es schon gelesen... Du müßtest...«

... Wrrrrrr...

Ein Brummen wie von einem Flugzeug. Ein ganz leichtes Knirschen. Eine Stille wie ein Seufzer der Erleichterung.

Das Auto war da, der glitzernde Wagen der Holländer! Die beiden waren noch schöner, rosiger und strahlender als am Vortag. Das Verdeck des Autos war offen. Drei kleine Mädchen zwischen vier und acht Jahren wie Blumen auf dem Rücksitz. Neben dem Chauffeur zwei Kindermädchen in himmelblauen Kostümen.

»Haben Sie den Vertrag vorbereitet?«

»Aber... Ich wußte nicht, daß Sie so früh kommen würden... Ich...«

Brummiger und unliebenswürdiger denn je. Absichtlich. Und je stärker er die Ungeduld der Holländer spürte, desto länger brauchte er, um den Mietvertrag in drei Exemplaren auszustellen, den Preis der Stempelmarken auszurechnen, sie in der Schublade zu suchen und laut die Inventarliste vorzulesen, um sie sich bestätigen zu lassen.

»Ich muß Sie auch darauf hinweisen, daß der Preis für die Sauberhaltung, selbst wenn Sie sie selbst übernehmen sollten, in der Miete nicht inbegriffen ist und daß Sie ordnungsgemäß eine Kaution von fünftausend Francs für eventuelle Schäden zu hinterlegen haben...«

Er konnte nicht dagegen an. Es war seine Natur.

»Ich möchte Sie auch bitten, Ihren Scheck nicht zu kreuzen... Jawohl... Auf meinen Namen, ja... Dreißig... und fünftausend Garantie... Und fünftausend für Reinigung und Instandsetzung... Darüber hinaus zehn Prozent Vermittlungsgebühren...«

Die kleinen Mädchen hatten an ihren Augenpaaren nicht genug, um das flimmernde Schauspiel des Hafengeschehens in sich aufzunehmen. Die Mutter schaute ungeduldig durch die Schaufensterscheiben in den Laden.

»Hier sind die Schlüssel... Wenn Sie wünschen, komme ich mit Ihnen. Ich muß Ihnen jedoch sagen, daß ich nur über ein Fahrrad verfüge...«

»Was machst du denn, Pierre?«

»Nichts...«

Ein Metallperlenvorhang trennte den Laden von Madame Chincholles Höhle.

»Haben sie bezahlt?«

»Ja«, rief er ihr fast bissig zu.

Was tat er? Er suchte die letzte römische Adresse von

seinem Ungarn, vielmehr von diesem Ungarn, der gegenwärtig gar nicht in Rom sein konnte, da in einem Vorratsschrank...

»Kommst du mich nicht massieren?«

»Ja, gleich...«

Hier! Hotel Excelsior...

Es war sicher nicht Monsieur Czaris, der den Brief geschrieben hatte. Sein Sekretär? Wahrscheinlich. Mit der Gattin neben sich, klar...

Madame,

ich erlaube mir, Ihnen schriftlich mitzuteilen, daß ich nach Ihrer überstürzten...

Er schwankte zwischen ›überstürzten‹ und ›unerwarteten‹. Er schrieb beides.

... und unerwarteten Abreise den Anweisungen des Besitzers und den Vorschriften der Immobilienagenturen gemäß eine vollständige Bestandsaufnahme der Räumlichkeiten angefertigt habe, und...

»Pierre!«

Ein ärmliches Pärchen studierte immer wieder die Wohnungsangebote. Leute, die ihm den ganzen Tag raubten, um vielleicht mit einer Ermäßigung ein Zimmer zu mieten, in dem sie auch kochen und Wäsche waschen durften. Mit einer ruckartigen Bewegung ließ er den Vorhang zwischen ihrer Nase und den Annoncen herab.

... und aus dem Zustand dieser Räumlichkeiten, die ich überprüft habe, geht hervor, daß Sie mir für gewisse, sonderbare Schäden, deren Sie sich zweifellos erinnern werden, als Schadenersatz die Summe von...

Also los! Eine Zahl...

»Sei doch still, verdammt nochmal!« schrie er seine Frau an.

»Siehst du nicht, daß ich arbeite?«

»Woran?«

»Laß mich in Ruhe!«

... die Summe von dreißigtausend Francs schuldig geblieben sind, die Sie mir bitte umgehend zukommen lassen wollen, andernfalls...

Andernfalls?

... sähe ich mich gezwungen, den Verantwortlichen für diese Sache, die, davon bin ich überzeugt, nur ein Mißverständnis ist, persönlich zu belangen...

»Wo gehst du hin?«

»Den Scheck einlösen. Man weiß ja nie.«

»Schließ die Tür richtig zu. Kürzlich hast du es vergessen, und...«

Er löste den Scheck ein. Er schickte den Brief ab, nachdem er die Adresse noch einmal überprüft und in letzter Minute auf einer Ecke des Umschlags hinzugesetzt hatte: Bitte nachsenden!

Als er heimkam, hätte er sich beinahe einen Aperitif

gegönnt, doch im gleichen Augenblick verspürte er einen Stich in der Höhe der Leber.

›In spätestens acht Tagen...‹

Er versteckte die zehntausend Francs, die übriggeblieben waren, in einem Ordner mit der Aufschrift: Streitfälle.

»Pierre!«

»Nein!«

»Was machst du?«

»Ich arbeite...«

Er arbeitete wirklich. Er skizzierte einen Brief für den Fall, daß Madame Czaris ihm antwortete und ihm die dreißigtausend Francs schickte. Denn dann...

Ich bin untröstlich, Sie erneut behelligen zu müssen; Sie werden verstehen, daß eine Angelegenheit wie die, welche uns beschäftigt, erhebliche Unkosten nach sich zieht...

Sechs Monate später starb seine Frau, allein in der Kammer hinter dem Laden, während er einen neuen Plan austüftelte, um...

Es waren jetzt hunderttausend Francs in dem Ordner für »Streitfälle«. Madame Czaris und ihr Geliebter – mit Sicherheit der Sekretär ihres Ex-Gatten – waren in Kairo.

Madame und teure Klientin,

Unvorhergesehene Ereignisse versetzen mich in eine prekäre Situation, und zu meinem großen Bedauern bin ich gezwungen...

Er kümmerte sich so wenig um seinen Sohn, daß er nicht wußte, wann der Junge abends nach Hause kam oder ob er wegblieb. Er gab ihm kein Geld oder sehr wenig. Fünf Francs in der Woche. Er trank seinen Kaffee in der Brasserie, um die Holzkohlen zu sparen.

Nie würde er von dieser Frau ganz bezahlt werden können... Den ganzen Tag entwarf er Briefe, Briefe, Briefe...

... Ich bitte Sie, sich in die Haut eines armen Mannes zu versetzen, der...

Hundertzwanzig-... Hundertfünfzigtausend Francs in dem Ordner für »Streitfälle«... Aber wer hätte ihm sagen können, wieviel die ganze Sache tatsächlich wert war und ob er nicht betrogen wurde?

Der Arzt von Kirkenes

Man kann nicht gleichzeitig in seiner eigenen und in der Haut eines anderen stecken; und auch nicht, wenn man sich mit jemandem streitet, die Dinge so sehen, wie man sie selbst sieht und wie der andere sie sieht; andernfalls würde man sich bestimmt nicht mehr streiten. Dr. Joachim Troms hatte an jenem wie an den anderen Tagen bereits genug Sorgen mit Dr. Joachim Troms, und was Anders Solstad betraf, den man meistens Stor-Anders nannte, was soviel bedeutet wie der große Anders, wer hätte sich an seiner Stelle so bemüht, Entschuldigungen für die Bösartigkeit der Menschen zu finden?

Es war nicht einmal drei Stunden Tag gewesen. Tag und nicht etwa sonnig, denn der Himmel hatte sich darauf beschränkt, die Farbe von Schnee anzunehmen, der zu schmelzen beginnt und der diese gelblichen Reflexe zeigt, die an Krankheit denken lassen.

Es war Dezember, und auf den Straßen von Oslo, von Bergen und allen Städten mußten die Frauen ihre Kinder von Schaufenster zu Schaufenster ziehen, vom hellen Glanz einer Auslage zum hellen Glanz einer anderen, um die Berge von Spielzeugen zu betrachten, von nützlichen Geschenken oder Sachen, die man essen konnte, das Ganze mit Tannen- und Stechpalmenzweigen geschmückt, mit ausgeschnittenen Papiersternen, mit Schneeflocken aus Watte und glitzernden, fast unwirklichen Girlanden, wie man sie nur vor Weihnachten sieht.

Der Arzt dachte vielleicht an das. Vielleicht dachte er nicht daran. Man konnte es nicht wissen, da er sozusagen nie sprach, und als Berner Kalvaag, der Bergwerksdirektor, der einzige, der ein richtiges Haus in Kirkenes hatte, eine Frau, Kinder und einen Salon, in dem abends Klavier gespielt wurde, als Berner Kalvaag ihn eingeladen hatte, da hatte er abgelehnt und versichert, er sei ein alter Bär.

Wie hatte Troms diesen Tag verbracht? Bestimmt wie die anderen Tage. Er hatte in den großen Fayenceöfen Feuer entfacht. Einer von ihnen stand im Behandlungsraum, links vom Flur; dann ein grüner mit figürlichen Darstellungen gegenüber in der Apotheke; ferner ein sehr breiter, milchig weißer in dem Hinterzimmer, in dem sich der Arzt meist aufhielt.

Er hatte seinen Haushalt versorgt. Der Hausknecht kam nur zweimal in der Woche. Er hatte gegessen, den Tisch wieder abgeräumt. Was noch? Und was hatte er während der ganzen Zeit gedacht?

Er war klein, zurückhaltend, hatte graue Haare im Gesicht, eine merkwürdige Art, den Hals zwischen die Schultern zu ziehen, als würden ihm die Menschen Furcht einjagen oder ihn abstoßen. Hatte er zum Fenster hinausgeschaut, zwischen dem gelben und dem grünen Glasbehälter hindurch? In diesem Fall hätte er lediglich eine Straße ohne Bürgersteig sehen können mit dem zu beiden Seiten aufgeschaufelten Schnee und der glatten Fahrrinne der Schlitten, einer Hecke, dann, jenseits eines unbebauten Geländes, einen hohen Schornstein, merkwürdige Eisengerüste, ein großes, gleichsam in der Luft aufgehängtes Rad, das sich von Zeit zu Zeit drehte, um am Ende eines Seils den Käfig mit den eingepferchten Männern in den Schacht hinunterzulassen.

Drückte man das Gesicht an die vereiste Fensterscheibe und blickte man nach links, konnte man etwas anderes entdecken: Wasser, das Wasser des Hafens, des Eismeers, das jedoch gefroren war, und einen englischen Fischkutter, der seit zwei Tagen dort lag und der eine Furche in das Eis hatte graben müssen, die man noch erkennen konnte.

Es war warm. Das Haus des Arztes war wie die anderen aus Holz. Hin und wieder legte er Fichtenscheite in den drei Öfen nach, dann kam er zurück, schmiegte sich in seine Ecke, und um drei Uhr, als Stor-Anders die Tür aufstieß, die ein Klingelzeichen auslöste, saß Troms ganz allein vor einem Schachspiel.

Er erhob sich nicht gleich, um in die Apotheke zu gehen. Er trank zuvor mit der Geste dessen, der heimlich trinkt, den blaugrünen Inhalt seines Glases aus, darauf versteckte er die Flasche, die auf dem Tisch stand, hinter seinem Sessel.

Dann erst schlurfte er in seinen Pantoffeln herbei, wobei er sich das Barthaar mit dem Ärmelaufschlag abwischte, sah Anders und fragte sich, was Anders wohl von ihm wolle.

Das war das Beängstigendste an ihm: seine Art, die Leute anzusehen. Man konnte meinen, er suche ein Geheimnis zu entdecken, verdächtige sie, irgendwelche dunklen Absichten zu hegen. Er schaute sie nicht an, er belauerte sie, und sein Gesicht war von nervösen Zuckungen bewegt.

»Was willst du, Anders?«

Nun, an diesem Tag war der andere nicht gerade ruhiger. Anstatt sich offen zu erklären, sah er sich prüfend um, zupfte an seinen langen schwieligen Händen, hustete, hustete viel zu stark, um natürlich zu wirken, deutete auf seine Brust, seinen Hals.

»Ich glaube, ich habe mich erkältet... Ich hätte gern ein Rezept für Whisky oder etwas anderes Hartes...«

Denn in Kirkenes wurden alkoholische Getränke nur nach ärztlicher Verordnung abgegeben. Und der Arzt verkaufte sie in seiner Apotheke. Was wäre geschehen, wenn sich die Bergarbeiter, die dort Monat um Monat lebten, ohne gesellschaftlichen Umgang zu haben, fern von ihrer Familie, die in Oslo oder anderswo wohnte, eines Tages in betrübter Stimmung betrunken hätten?

Sicher ist, daß Anders den Alkoholgeruch wahrgenommen hatte, der den Arzt umgab. Er wartete. Der andere beobachtete ihn. Man hätte denken können, daß sie noch lange so, ohne ein Wort zu reden, verharren würden.

»Wo tut es dir weh?«

»Sie wissen ganz genau, worum es geht... Geben Sie zu, daß ich nicht zu oft aus diesem Grund komme!... Es gibt Leute, denen Sie etwas verordnen, ohne daß sie krank sind... Ist mein Geld nicht genausoviel wert wie ihres?...«

Stor-Anders, der immer so ruhig war, so vorbildlich, ein Werkmeister nach Maß, ereiferte sich, ließ sich hinreißen.

»Wenn ich Ihnen sage, daß ich krank bin, daß ich das brauche, dann stimmt das, und es ist nicht nötig, mich so zu mustern... Geben Sie mir wenigstens einen halben Liter...«

Er hielt das Geld in einer Hand bereit. Er legte es auf die Theke neben die Feinwaage. Und als er sah, daß der Arzt zu seinen Regalen trat, wo die braunen Glasbehälter aufgereiht waren, fragte er sich, was der wohl machen würde. Der Arzt wußte es vielleicht selbst nicht. Er schüttelte verdrossen den Kopf und streckte schließlich den Arm aus, griff nach einer Flasche.

»Ich werde dir Jodtinktur geben. Du gibst ein paar Tropfen davon in Milch, bevor du schlafen gehst...«

Als er sich umdrehte, war Anders, keuchend vor Wut, schon an der Tür, und er stürzte hinaus und knallte sie hinter sich zu.

Das war ihre erste Begegnung an diesem Tag, und nachdem Anders gegangen war, schaltete der Arzt das Licht an, denn es war Nacht geworden. Auf der Straße brannte die elektrische Laterne, und Schneekristalle glitzerten. Auch am Hafen und beim Bergwerk waren die Lampen an, aber sozusagen niemand war unterwegs, um den Schnee unter den Gummisohlen knirschen zu lassen. Das Thermometer zeigte achtundzwanzig Grad unter Null.

Der Arzt schüttelte erneut den Kopf, kehrte in das zweite Zimmer zurück, das seine Höhle war, bückte sich, um die Flasche Aquavit aufzuheben, schenkte sich ein Glasvoll ein, dann ein weiteres und begann, das behaarte Kinn in die Hand gestützt, vor seinem Schachspiel nachzudenken.

Mit der gleichen Heftigkeit, mit der er die Apotheke verlassen hatte, stieß Anders, den man sonst den Sanften hätte nennen können, die Tür zum Klub der Arbeiter auf. Dort, in einem weiträumigen, mit gebeizten Fichtenwänden abgeteilten Saal, verbrachten die Bergleute die Stunden, die sie nicht unter Tag waren. Tabakqualm zog um die Lampen und dichter noch, Gott weiß warum, über den Billardtischen dahin.

Anders durchquerte den Raum so schnellen Schrittes, daß alle sich umdrehten. Er rannte buchstäblich auf den Tisch von Peter dem Einäugigen zu, einem Mann, den er im Betrieb hundertmal zur Ordnung gerufen hatte und der manchmal betrunken aufgelesen wurde.

»Sag mal, Peter...«

Er hatte sich auf die Bank fallen lassen und wußte nicht, was er mit seinen großen Händen machen sollte.

»Schau mich nicht so an... Hast du Whisky, Aquavit oder Gin?«

Der Einäugige deutete nur auf den Tisch, wo lediglich eine Flasche Dünnbier stand, das einzige geduldete Getränk.

»Wenn ich welchen hätte...«, brummelte er.

»Gut! Ich glaube dir... Und wenn du welchen hast, wo bekommst du ihn her?... Bestimmt nicht vom Arzt...«

Der Einäugige öffnete den Mund weit zu einem lautlosen Lachen und nickte.

»Du mußt mir die Wahrheit sagen... Ich will es nicht der Polizei weitermelden... Mir ist etwas passiert... Tut nichts zur Sache... Ich muß was zu trinken haben, verstehst du?...«

Und dem Einäugigen war nicht mehr danach, zu lachen, so sehr zitterte Anders, als sei er nahe daran, in Tränen auszubrechen.

Die anderen spielten indessen Billard oder Karten; einige hatten die Füße auf den Tisch gelegt und lasen. In einem großen verglasten Schrank, auf dem eine Gipsbüste des Königs thronte, erblickte man die in schwarzes Leinen gebundenen Bücher, die auf dem Rücken ein kleines Etikett mit einer Ziffer trugen.

»Hast du es bei den Lappen versucht«, flüsterte der Einäugige, wobei er woanders hinsah.

»Haben die welchen?«

Stor-Anders lebte nun schon das dritte Jahr in Kirkenes und hatte keine Ahnung. Er konnte nicht einmal Karten spielen. Abends zog er sich mit seiner Werkzeugkiste in seine Ecke zurück und beschäftigte sich stundenlang mit Laubsägearbeiten, fertigte Spielzeug und Puppenstubenmöbel an, die er mit dem Schiff an seinen Sohn schickte.

»Manchmal kommen sie mit ihren Schlitten durch das schmale Stück von Finnland... Dort ist es mit dem Alkohol ähnlich wie hier... Doch an der russischen Grenze tauschen die Wachen gerne ihren Wodka gegen Konserven ein... So hat es dich also auch gepackt?«

Anders hatte weder seinen pelzgefütterten Mantel noch seine Gummistiefel ausgezogen, selbst seine Fischottermütze hatte er aufbehalten. Er ging, wie er gekommen war, und als er auf der Straße unter den Laternen dahinlief, sah es aus, als renne er hinter der leichten Wolke her, die sein Atem bildete.

Er sah das Haus von Direktor Berner Kalvaag... Es

war ein richtiges, rechteckiges Haus mit einem Obergeschoß und warmem Licht hinter den Vorhängen, und stets konnte man von weitem Klavierklänge hören. Hätte er eintreten können, diesen Salon betreten, den er einmal flüchtig gesehen hatte mit seiner Lampe und dem rosa Schirm, und Herrn Kalvaag erklären:

»Ja, ich bin's, Anders... Ich bitte Sie, ich flehe Sie an, mir Alkohol zu geben... Sie haben welchen, weil das Gesetz nicht für Sie gemacht ist... Man befürchtet nicht, daß Sie sich eines Tages in trüber Stimmung betrinken und Dummheiten begehen...«

Er marschierte weiter, ohne jemandem zu begegnen. Und wenn er an Bord des englischen Fischkutters nachfragte?

Zuerst zu den Lappen... Das waren nur drei Holzhütten, und in einer von ihnen vernahm man das Gestampfe der Rentiere. Er stieß die Tür auf, trat in die Wärme, in den ranzigen Geruch, streifte ein Ren ohne Geweih, das steif von der Decke herabhing und von dem man täglich ein Stück Fleisch abschnitt.

Man sah ihn erstaunt an. Man kannte ihn hier nicht. Kleine, fette Kinder krochen auf dem Boden herum.

»Ich möchte Alkohol...«, sagte er sehr schnell. »Egal, was.«

Seine Erregung hatte zugenommen. Außerdem war er so kräftig marschiert, daß er außer Atem war. Ängstlich beobachtete er den alten Lappen, der den Kopf schüttelte.

»Ich habe nur noch einen Tropfen... An der Grenze haben sie die Wachen gewechselt, und als ich mich das letzte Mal ihnen genähert habe, da haben die Neuen geschossen...«

Wieder draußen und immer noch mit diesem brennenden Verlangen. Er sprach jetzt mit sich selbst, sagte Worte wie:

»Ich muß... Ich muß... Sonst weiß ich nicht, was...«

Seine Bewegungen waren ruckartig, sein Gang glich dem eines Irren. Beinahe wäre er ins Hafenbecken gefallen und hielt nur mit knapper Not vor dem englischen Fischkutter inne. Er hörte, daß in seiner Nähe gesprochen wurde, man sprach norwegisch. Es waren die beiden Zöllner, die am Kai auf und ab marschierten.

Fünfmal, sechsmal hatte Dr. Joachim Troms sein Glas gefüllt und jedesmal hatte er es in einem Zug geleert. Seine Schachpartie war noch nicht beendet. Er betrachtete die Figuren und kratzte sich an den rauhen Wangen, während man von der Straße aus im Dämmerschein das große grüne und das große braune Glasgefäß erkennen konnte.

Als die Türklingel läutete, blieb er einen Augenblick unbeweglich sitzen, dann seufzte er, erhob sich, vergaß die Flasche hinter seinen Sessel zu stellen, wie er es sonst tat.

Wieder stand der riesige Anders mitten in der Apotheke, doch seit seinem vorherigen Besuch hatte seine Erregung Zeit gehabt, anzuwachsen, so daß er jetzt nahezu erschreckend wirkte.

»Hören Sie, Doktor... Ich begreife, daß Sie nicht jedermann Alkohol geben, da es das Gesetz so will... Sie müssen ihren Posten behalten, nicht wahr?... Wie jeder hier!... Es stimmt, daß ich nicht krank bin und daß ich mich nicht erkältet habe...«

Da haben wir das Unglück! Stor-Anders konnte nicht aus seiner Haut. Er konnte nur wie Stor-Anders denken. Und er mochte ruhig den Arzt mit seinen fiebrigen Augen verschlingen, es war ihm unmöglich, und sei es für eine Minute, wie Dr. Troms zu denken.

Andernfalls wäre nichts passiert.

Zunächst war für Anders dieser Troms schmutzig. Und das stimmte. Er pflegte sich nicht, rasierte sich nie, schnitt sich wohl den Bart mit der Schere von den Wangen. Wusch er sich überhaupt? Man hatte ihn niemals im Bad gesehen, und von seiner Person strömte ein Geruch aus wie von einem alten Ochsen.

Was sollte Anders von einem Mann wie diesem halten, der mit niemandem sprach, allein in seinem Loch hauste und nach Alkohol roch?

Ganz zu schweigen davon, daß er für bestimmte Leute Ausnahmen machte und daß Arbeiter, die es eben verstanden und die nicht die geringste Bronchitis hatten, Whisky oder Rum erhalten hatten.

Und dann diese Art, einen anzusehen, wie jemand, der kein reines Gewissen hat! Das war das Peinlichste. Man hätte am liebsten zu ihm gesagt:

»Komm doch! Hab keine Angst! Ich werd dich nicht schlagen...«

Doch das wäre zu einfach gewesen. Mit einer Hand hätte Anders ihn am Hals packen und an die Wand drücken können, um ihn zu zermalmen...

»Ich will Ihnen die Wahrheit sagen, Doktor... Sie kennen mich... Sie wissen, daß ich kein Trinker bin und kein Spieler... Ich bin nie gekommen wie viele andere, um ein bißchen Alkohol zu erbetteln... Heute brauche ich welchen, denn wenn ich keinen bekomme, wenn ich mit meinen Gedanken allein bleibe, weiß ich nicht, wozu ich fähig bin... Ich werde verrückt, Doktor!... Ich werde verrückt!«

Er brüllte diese Worte buchstäblich heraus.

»Wenn Sie mir keinen Alkohol geben wollen, dann geben Sie mir ein Medikament, das mich für Tage schlafen läßt, betäuben Sie mich, machen Sie mit mir, was Sie wollen, aber verhindern Sie, daß ich weiterdenke... Sie ist tot!... Sie ist tot, und ich weiß nichts darüber! Sie ist tot, und ich habe keine Ahnung, woran sie gestorben ist, was sie mit dem Jungen gemacht haben...«

Seine Hand tastete jetzt zu seiner Tasche. Er wollte das Telegramm herausholen, das er am Morgen erhalten hatte und das keine Unterschrift enthielt, zweifellos ein offizielles Telegramm, vom Polizeikommissar oder jemand ähnlichem, falls es nicht von einem Nachbarn stammte.

Ehefrau Solstad verschieden 6. Dezember.

Er fand das Papier nicht gleich und dachte, er müsse es dem Arzt ja auch nicht unbedingt zeigen. Denn der würde sicher nicht glauben, daß er ihm wegen ein paar Tropfen Alkohol eine solche Komödie vorspielte!

»Hier ist es! Da steht geschrieben, daß sie am 6. Dezember gestorben ist, und wir haben heute den 12. Begreifen Sie?... Das sind sechs Tage, so daß sie bereits beerdigt ist. Der 6. Dezember, das war der Nikolaustag. Ich hatte Spielzeug für den Kleinen geschickt... Sie war nicht krank, als sie mir am 24. November den letzten Brief geschrieben hat... Die Spielsachen müssen am 5. mit dem Schiff eingetroffen sein... Und zu dem Zeitpunkt... Sagen Sie... Was hat sich bei uns zugetragen in diesem Augenblick?... Wer war wohl bei ihr?...«

Der Arzt hatte wahrscheinlich nie jemanden so eindringlich angeblickt, doch es war keine Spur von innerer Bewegung von seinem Gesicht abzulesen. Hätte man ihm eine seltene Probe vorgehalten, eine Probe von irgend etwas, oder hätte er an einer Schachpartie zwischen Weltmeistern teilgenommen, dann hätte er bestimmt den gleichen scharfen Blick gezeigt, die gleiche gerunzelte Stirn, die gleiche Gespanntheit.

Und so schüttete Stor-Anders, der nicht getrunken hatte, wie ein Betrunkener sein Herz vor ihm aus. Vielmehr, es platzte aus ihm heraus. Es brodelte schon zu viele Stunden in ihm. Man hatte ihm das Telegramm morgens gegen zehn ins Bergwerk gebracht. Er hatte wie betäubt dagestanden. Er hatte nichts gesagt. Eine Weile hatte er die Arbeit seiner Mannschaft weiter geleitet, dann war er plötzlich gegangen, war wortlos am Pförtner vorbeigeschritten, der vergeblich versucht hatte, ihn zurückzurufen.

Er war marschiert. Er hatte Selbstgespräche geführt. Er hatte sich auf sein Bett geworfen und das Gesicht ins Kissen gedrückt. Aber er hatte noch nicht geweint.

Weil das alles überstieg! Das lag außerhalb von dem, was man begreifen konnte. Das war gemein! Das war eine himmelschreiende Ungerechtigkeit!

Hatte er, Anders, einen derart harten Schlag verdient? Hanna, seine Frau, war nicht stark gewesen, aber tapfer. Das zeigte zum Beispiel, daß sie sich nie beklagt hatte, als er monatelang arbeitslos war, und zwar gerade als ihr Sohn auf die Welt gekommen war.

»Wenn ich mich von meiner Niederkunft erholt habe, werde ich wieder arbeiten...«, hatte sie gesagt.

Sie wohnten in einer Art Arbeiterkaserne in einem Vorort von Oslo. Es gab ein paar kleine Geschäfte in dieser Gegend, und Hanna hatte davon geträumt, eines Tages so einen kleinen Laden zu haben, am liebsten ein Milchgeschäft, weil das am saubersten war und man immer eine weiße Schürze umhatte.

Eine Frau dieses Typs war sie. Und er, wenn er den Job in Kirkenes angenommen hatte, dann gerade wegen dieses Ladens. In Oslo oder anderswo hätte er nie genug Geld verdient, um ein Geschäft zu kaufen.

»Nach fünf Jahren Arbeit da unten«, hatte er erklärt, »haben wir soviel beiseite gelegt, daß...«

Und was hatte er gemacht? Ja, was hatte er damals gemacht, als er einen Jungen von wenigen Monaten hatte, den er kaum zu Gesicht bekam? Er hatte im ersten Jahr seinen Urlaub nicht angetreten, weil er dadurch mehrere Hundert Kronen sparte!

Jetzt zog sich der Arzt hinter seine Theke zurück, als habe er Angst vor ihm. Grinste Stor-Anders? Er war sich dessen nicht bewußt. Er mußte das loswerden.

»*Ehefrau Solstad verschieden*... Verstehen Sie?... Nichts weiter!... Und der Kleine?... Wer war bei ihm?... Wo ich keine Familie habe... Oder wenn ich eine habe, dann hat sie sich nie um mich gekümmert... Und was Hanna betrifft, ihr Vater ist eine Art Trunkenbold, der...«

Wenn er gewußt hätte, daß das eine oder andere dieser Fläschchen Mittel enthielt, die ihn für Stunden am Denken hindern würden!

»Erst in acht Tagen geht wieder ein Schiff... Acht

Tage lang, verstehen Sie, acht Tage lang möchte ich von morgens bis abends betrunken sein... Andernfalls werde ich tollwütig... Vorher wird es keinen Brief geben... Nichts wird es geben... Wollen Sie mir nun Whisky verkaufen?... Wie?...«

Er starrte ihn wild und zugleich flehentlich an, und seine hohe Gestalt warf einen gigantischen Schatten an die Wand.

In diesem Moment kam eine Katze aus dem zweiten Zimmer, der Höhle des Arztes, und rieb sich mit gebuckeltem Rücken an Anders' Beinen.

Es herrschte Schweigen. Ein Holzscheit knisterte in dem grünen Ofen. Der Arzt schien eine Anstrengung zu machen und stammelte schließlich:

»Sie wissen sehr gut, daß es nicht geht...«

Anders merkte nicht, daß die letzten Worte ohne Zorn ausgesprochen worden waren. Das Verwirrendste daran war die dünne und sanfte Stimme.

»Die Polizei ist in der letzten Zeit streng... Wenn man Sie betrunken antrifft, wird man sofort wissen, woher das kommt, und ich verliere meine Stelle...«

Anders merkte nicht, daß in den letzten Worten ein Zittern mitschwang.

Er war nur Anders.

Und der andere...

»Sie weigern sich also trotz allem, was ich Ihnen erzählt habe?«

Es war unfaßbar! Alle Welt wußte, daß Dr. Troms ein Bär war, ein Sonderling, gleichsam ein Wilder, der den Mund nur aufmachte, wenn es unbedingt nötig war. Er wurde von der Bergwerkgesellschaft besoldet. Immer die gleiche Arbeit: Bronchitis, Lungenentzündung, Tuberkulose... Oder Unfälle... Er untersuchte seine Kranken, ohne ein Wort zu sagen. Er hörte ihnen nicht zu, schüttelte den Kopf, schrieb seine Rezepte aus, gab die Medikamente heraus.

Aber daß ein Mann wie Anders zu ihm kam und ihm ehrlich und offen gestand, daß...

»Doktor, ich flehe Sie an... Sie wissen nicht, wozu ich fähig bin... Ich habe immer alles ertragen, das Leben in Oslo, die Arbeitslosigkeit, das Leben hier... Alles!... Weil ich an Hanna und an das Kind gedacht habe... Begreifen Sie das, ja?... Jetzt habe ich das Gefühl, daß man mich bestohlen hat, daß man mich getäuscht hat, daß man...«

Er ließ sich von seiner Wut mitreißen.

»Und Sie, Sie verweigern mir wegen dieser blödsinnigen Vorschriften das bißchen Alkohol, um das ich Sie bitte, um das ich Sie anflehe...«

Es war zu einer fixen Idee geworden.

»Sie, der Sie selbst ein Säufer sind... Ja... Ich schreie es frei hinaus, ich rieche es bis hierher...«

War er ein Museumsstück, daß er derart angestarrt wurde, ohne Anteilnahme, bestenfalls einem gewissen Schrecken? Waren seine Empfindungen nicht achtbar? Hätte ihm der Arzt nicht...

»Tut mir unendlich leid, mein Freund... Alles, was ich für Sie tun kann, ist, Ihnen einen Sirup zuzubereiten...«

Da stieg der Zorn in Anders' Kehle auf, so daß der geringste Anlaß genügte, um ihn zum Ausbruch zu bringen. Die Katze, die sich nicht mehr an seinem Bein rieb, kehrte in das Nebenzimmer zurück. Man hörte ein Geräusch. Das war das Tier, das auf den Tisch sprang. Anders blickte zur Seite, warf mechanisch einen Blick hinüber, doch dieser kurze Blick genügte, um festzustellen, daß dort auf der karierten Tischdecke eine angebrochene Flasche Aquavit stand.

»Schuft!« knurrte er. »Verdammter Schuft... Da hast du...«

Außer der Katze wohnte dieser Szene niemand bei. Um acht, als die Bewohner von Kirkenes alle zu Abend gegessen hatten und der englische Fischkutter, der die Anker gelichtet hatte, sein langgezogenes Tuten vernehmen ließ, stieß Stor-Anders mit dem Fuß die Tür zum Klub auf, und sein Kopf schien auf dem Weg durch den Saal die Rauchschwaden zu zerreißen, die noch dichter geworden waren.

Er hatte seine Fischottermütze verloren. An seinem Mantel haftete schmutziger Schnee, als habe er sich auf der Erde gewälzt. Alle Anwesenden hatten bemerkt, daß sein Gang schwerfällig und unsicher war.

Er grüßte niemanden, sagte nichts, ließ sich auf die Bank in der Nähe des Einäugigen fallen, der stundenlang reglos und schweigend sein Glas betrachten konnte, und sei es nur ein Glas fades Dünnbier.

Die Nasenflügel des Einäugigen bebten. Nach einem langen, sehr langen Schweigen murmelte er:

»Du hast also was gekriegt...«

Dann wieder eine Pause.

»Wieviel hat dir der Bandit dafür abgenommen?«

Anders sah ihn an, als würde er ihn nicht verstehen. Er schien sich sogar zu fragen, wie er hierher gekommen war, und wischte sich mit der Hand über die Stirn. Die Kugeln rollten über die Billardtische, über denen Lampen mit grünem Schirm hingen. Das Radio übertrug aus Oslo die Musik einer Oper.

»Hör zu, Peter... Es wäre vielleicht gut, mal nach dem Doktor zu schauen...«

Er fröstelte. Peter der Einäugige begriff nicht sofort.

»Bei ihm hast du...?«

Nicken.

»Er hat freiwillig...?«

Dann erhob er sich plötzlich.

»Du...?«

Wieder nickte der Kopf, und einen Augenblick später trat Peter zu einer Gruppe von Männern, einige hörten auf, Billard zu spielen, und ein kleiner Trupp entfernte sich durch den knirschenden Schnee.

Bis auf das Radio waren die Geräusche verstummt, und erstaunt blickte sich Anders in dem leeren Saal um. Er war müde. Die Bänke hatten keine Lehne. Er fühlte, daß er nach hinten fallen könnte.

Da stand er auf, machte ein paar schwankende Schritte und näherte sich einem der Öfen; er glich einem Soldat nach einem langen Marsch. Gott weiß, warum er seinen pelzgefütterten Mantel auszog, ein Plätzchen suchte, sich hinhockte, der Länge lang ausstreckte und mit dem Kleidungsstück zudeckte.

Er war am Ende. Er brauchte Schlaf. Als die Männer eine halbe Stunde später zurückkehrten, schnarchte er, aber man sah noch in seinem Augenwinkel die glänznde Spur einer Träne.

Zunächst hatte man gehofft, daß es nur ein falscher Alarm sei. Hinter den farbigen Glasgefäßen schimmerte schwaches Licht. Die Apotheke war leer. Lediglich eine Katze nutzte das Eintreffen der Arbeiter, schlüpfte durch die Tür und sprang hinaus.

Auf dem Boden jedoch lagen die Scherben einer Fayenceschale, die der Arzt zum Anrühren seiner Salben verwendete. Es zeigten sich auch dunkle Flecken, sogar an der Tapete, etwa in Kopfhöhe.

Im zweiten Zimmer fand man dann Dr. Troms, er saß in seinem Sessel, den Kopf auf seinem Schachbrett, daneben die umgekippte Flasche Aquavit.

Als man seinen Kopf hochhob, erblickte man eine Lache geronnenen Bluts, ein besudeltes, bleiches Gesicht.

Merkwürdigerweise klebte ein Stück Papier von seinen Rezeptvordrucken an seinem Bart.

»Zieh es vorsichtig weg... Man weiß ja nie...«

»Vielleicht sollte man ihn besser nicht berühren?... Da er doch tot ist... Vielleicht sollte lieber die Polizei...«

Doch das Stück Papier löste sich von selbst. Man mußte es vom Boden aufheben. Mit Bleistift stand darauf geschrieben: »Ich bin seit vier Jahren taub... Ich weiß nicht, was er...«

Das war alles. Die Männer sahen sich an und begriffen nicht.

Es roch nach Alkohol und verbrannter Fichte.

Anders schlief so fest, daß der Polizist, der ihn festnehmen sollte, einen Augenblick zögerte, ihn zu wecken.

»He!... Anders... Wachen Sie auf...«

Als er ein Auge aufschlug, erblickte er den großen Schrank mit den in schwarzes Leinen gebundenen Büchern und darüber die Gipsbüste des Königs.

Er war ruhig. Man hätte meinen können, er kehre aus einem Alptraum zurück. Er sagte lediglich, während er aufstand und sich das Gesicht rieb:

»Ah! Ja...«

Dann stehend:

»Nun gut!«

Seine Kollegen schauten ihn an und wagten nichts zu sagen. Er war kein Mann mehr wie sie. Er hatte getötet. Er hatte Dr. Joachim Troms umgebracht.

Mit einem Gefühl, das an Respekt grenzte, rückte man von ihm ab.

Er hatte die Tür erreicht, als er sich umdrehte.

»Mein Pelzmantel...«

Er hob ihn auf. Man hatte den Eindruck, er würde den Staub abklopfen, so sorgfältig waren seine Gesten. Und er suchte noch etwas. Man fragte sich, was. Er spähte über den Fußboden, den Tisch und runzelte die Stirn.

»Meine Mütze...«

Dann erinnerte er sich, und beruhigt wiederholte er:

»Ah! Ja...«

Die Mütze war ihm heruntergefallen, als er den Arzt mit dem Kopf gegen die Wand geschlagen hatte. Sie mußte dort liegen. Sie war nicht verloren.

Der Polizist wurde nicht ungeduldig. Er, der einen Mann, der ungeschickterweise nach der Polizeistunde draußen gesungen hatte, so hart angefaßt hatte, schien jetzt beeindruckt. Und alle um ihn herum ebenfalls. Man verfolgte neugierig die geringsten Bewegungen dieses Anders, weil man spürte, daß er nicht mehr in der gleichen Welt lebte wie die anderen.

Da ihm der Mund wie verklebt war, wollte er ein Glas Bier leeren, das auf einem Tisch neben einer leeren Flasche stand, dann besann er sich ohne ersichtlichen Grund anders, folgte dem Polizisten und schlug, als er draußen war, den Mantelkragen hoch.

Die Fährte des Holländers

Der Inspektor beantwortete das Zwinkern des Portiers mit einem Zwinkern seinerseits, was etwa bedeutete:

»Verstanden!«

Es war ein junger Inspektor, elegant und ungezwungen, und er schob gern wie in amerikanischen Filmen seinen grauen Filzhut in den Nacken.

Es war zehn Uhr vormittags. Es war Frühling. Durch die Drehtür des Grandhotels erblickte man den flimmernden Boulevard des Capucines, den blauen Schatten der Bäume, man ahnte die Frische, die der städtische Sprengwagen hinterlassen hatte, und den Geruch des Asphalts, der bereits einen Vorgeschmack vom Sommer vermittelte.

Der Inspektor wandelte, eine Zigarette zwischen den Fingern, in der Halle auf und ab, ohne Monsieur Mops aus den Augen zu lassen, der soeben aus dem Fahrstuhl gestiegen war. Und dieser Monsieur Mops, Cornélius Mops, war genau die Person, die in diesem Rahmen die Lebensfreude verkörpern mußte.

Die mit Vergoldungen etwas überladene Halle, der Portier, der die Post sortierte, das Fräulein gegenüber, das Plätze für das Casino de Paris und die Folies-Bergère reservierte, die Hotelboys, die Oberkellner, der erfrischende Springbrunnen, die Bar, hinter der der Keeper mit den Shakern hantierte, all das war für ihn da, gehörte ihm, ebenso wie der Boulevard, wo jedes Schaufenster verlockende Dinge feilbot, oder die Terrasse des Café de la Paix, wo bereits die Blumenverkäuferinnen lauerten...

Es war für ihn da, für Cornélius Mops, und für die wenigen anderen erfolgreichen Herren, die aus allen Ecken der Welt gekommen waren, ihren Morgenkaffee tranken oder ihren Porridge oder ihre Orangenmarmelade aßen und dabei die Zeitungen ihres Landes lasen.

Seit drei Wochen wurde Monsieur Mops jeden Morgen im Appartement 225 in der zweiten Etage wach. Er drückte auf einen Knopf, und der Zimmerkellner brachte ihm ein Tablett mit dem Frühstück und zog die Jalousien wie einen Theatervorhang vor dem bunten Schauspiel des Boulevards hoch.

Monsieur Mops nahm ein Bad und schrubbte seinen rosigen, etwas fetten Körper, den dicke Wülste über den Hüften zierten, mit einem Massagewaschlappen ab. Er hatte fast Brüste wie ein junges Mädchen.

Ein hellgrauer Anzug erwartete ihn, frisch gebügelt, mit tadelloser Falte, ein seidenes Hemd, eine neue Krawatte, ein Paar Schuhe weich wie Handschuhe.

Lautlos gleitend, beförderte ihn der Aufzug ins Untergeschoß, wo Victor, der Friseur, sich seiner annahm, während sich Monsieur Mops verträumt im Spiegel betrachtete. Seine glattrasierten Wangen färbten sich unter dem Reiben der warmen Handtücher und der Gesichtsmassage zu einem leicht violetten Rosa. Sein angegrautes Haar hatte bald einen schönen seidigen Glanz. Ein kurzes Bürsten... Der Lift... Der Hotelboy reichte ihm einen perlgrauen Hut...

Während der Polizeiinspektor, dem der Portier so liebenswürdig zugezwinkert hatte, unauffällig ein paar Fotos überprüfte, die er für alle Fälle mitgebracht hatte.

Doch der Inspektor stellte fest, daß Cornélius Mops keinem der internationalen Gauner ähnelte, die bei der Kriminalpolizei registriert waren, keinem hehlerischen Dieb, Scheckfälscher, Taschendieb oder Spezialisten für Kurorte.

Dennoch war Emile, der Portier des Grandhotels, nicht einer von denen, die sich täuschten. Als der Inspektor unter dem Eindruck der Frühlingsstimmung seine Runde machte, hatte er ihm die Hand gedrückt und ihn gefragt:

»Nichts Neues?«

Und Emile hatte ihm nach einem Blick auf das Schlüsselbrett geantwortet:

»Vielleicht der Holländer von Zimmer 225?«

Ein merkwürdiger Gast, dieser Cornélius Mops, der vor drei Wochen vormittags und ohne das kleinste Gepäckstück eingetroffen war. Er trug einen neuen Anzug, neue Schuhe, ein neues Hemd, einen neuen Hut. Er schien selbst ganz neu zu sein, und er hatte gefragt:

»Ist Zimmer 125 noch frei?«

Er war weder mit einem Taxi noch mit einem Privatauto gekommen. Er hatte den ersten Fehler begangen, als er sich nicht an die Rezeption, sondern an den Portier gewandt hatte, der ihn an die Herren mit den Jaketts verweisen mußte.

»Zimmer 125?... Nein, mein Herr... Das ist belegt... Aber wir haben genau das gleiche Appartement in der zweiten Etage. Haben Sie Zimmer 125 schon einmal gehabt?«

»Eben, weil ich da früher gewohnt habe...«

»Wenn Sie mir bitte Ihren Namen nennen wollen...«

Zweiter Fehler. Monsieur Mops wußte nicht, daß man nur in der Kartei nachzusehen brauchte, um festzustellen, ob er je im Grandhotel abgestiegen war, zumindest unter dem Namen Mops. Der Angestellte ließ ihn das natürlich nicht merken.

»Man wird Ihnen das Zimmer 225 zeigen, und sobald die Nummer 125 frei ist...«

Wenig später schlug Emile, der Portier, dem Holländer vor:

»Soll ich Ihr Gepäck an der Gare du Nord holen lassen?«

»Nein... Ich bin... Ich bin mit dem Flugzeug gekommen...«

»Dann lasse ich es in Bourget holen?«

»Das mache ich selbst...«

In Wahrheit, und Emile hatte das dem Inspektor von der Kripo mitgeteilt, hatte Monsieur Mops kein Gepäck. Das war daraus zu ersehen, daß er am Nachmittag mit einer untadeligen Toilettentasche zurückkehrte, die er gerade erst auf den Champs-Elysées gekauft hatte.

Dann kaufte er sich Hemden, ließ sich einen Anzug zum Wechseln und ein zweites Paar Schuhe anfertigen. Kein einziges Mal erkundigte er sich, ob Post für ihn gekommen sei. Er ließ sich keinen Platz im Casino reservieren, auch nicht in den Folies oder irgendeinem Theater, und nie kehrte er abends in Begleitung zurück. Schließlich sagte Bob, der Barmann, dem Portier, der Holländer kenne nicht einmal den Unterschied zwischen einem Manhattan und einem Gin-fizz. Und als er zum erstenmal unten beim Friseur war, hatte er mit einer gewissen Verwirrung Olga, die Maniküre, angestarrt, die sich unaufgefordert seiner Hände bemächtigte.

Monsieur Mops verhielt sich am Boulevard des Capucines wie ein Nichtschwimmer, der es nicht wagt, die flachen Gestade zu verlassen. Erst allmählich und mit äußerster Vorsicht weitete er den Kreis des zu erobernden Geländes aus. Zuerst entdeckte er nach und nach die vielen Räumlichkeiten des Luxushotels für sich, und er brauchte mehrere Tage, bis er es wagte, sich in einen Sessel des Lesesaals zu setzen. Dann kam die Bar dran, der Tanztee.

Draußen gab er sich nicht anders, und man konnte ihn beobachten, wie er sich mit kleinen Schritten auf die großen Boulevards vorwagte, vor den Auslagen stehen blieb, um schließlich auf der Terrasse des Café de la Paix Platz zu nehmen, wo er Stunden sitzen und den vorbeiflanierenden Menschen zuschauen konnte.

Und jeden Tag betrat er eine Bank in der Rue Auber und wechselte gleichsam widerstrebend eine bestimmte Menge Gulden ein, nicht viel, gerade hinreichend, um die Kosten des Tages bestreiten zu können.

Der Inspektor war nach ihm in die Bank gegangen und hatte sich die Nummern der Geldscheine notiert: Sie fanden sich auf keiner Liste gestohlener Banknoten.

Warum also hatte Cornélius Mops, bevor er im Grandhotel abstieg und eines der kostspieligsten Appartements verlangte, drei Tage in einer Pension dritter Ordnung gegenüber der Gare du Nord gewohnt?

Noch eine Entdeckung des Portiers Emile. Man hätte meinen können, Emile halte seine Gäste an einem unsichtbaren Faden, so daß ihm nichts von ihren Aktivitäten entging. Im Botensaal, wo das höhergestellte Personal seine Mahlzeiten einnahm, hatte der italienische Oberkellner der zweiten Etage gefragt:

»Wer ist dieser Herr vom 225?«

»Ein Holländer namens Cornélius Mops...«

»Merkwürdig... Vor ein paar Tagen bin ich ihm woanders begegnet... Mein Kusin Pepito ist Geschäftsführer im Hôtel du Hainaut, nicht weit von der Gare du Nord. Ich besuche ihn hin und wieder. Dort habe ich Monsieur Mops gesehen, da bin ich sicher...«

Als der Polizeiinspektor davon erfuhr, hatte er Emile, der immer Rat wußte, gefragt:

»Was halten Sie denn von ihm? Ein Kassierer, der mit der Kasse durchgebrannt ist?«

Emile schüttelte den Kopf. Ein Kassierer, der mit der Kasse durchgebrannt ist und in einem Luxushotel von Paris absteigt, führt unweigerlich ein tolles Leben. Cornélius Mops jedoch haute nicht auf die Pauke. Cornélius Mops verhielt sich wie jemand, dem die Tage zu lang sind.

Kein Theaterbesuch, keine Damenbekanntschaft, keine Cocktails. Er ging in kein Museum, freundete sich mit niemandem an. Und wenn er meinte, schon zu lange auf der Terrasse des Café de la Paix zu sitzen, bummelte er auf den großen Boulevards ein Stückchen weiter.

Oft aß er mittags und abends in einem einfachen Lokal am Faubourg Montmartre, zwischen Angestellten und Sekretärinnen, anstatt seine Mahlzeiten im Grandhotel einzunehmen.

Danach saß er in der ruhigen Atmosphäre einer Brasserie und schrieb auf Papier mit dem Firmenkopf der Gaststätte gemächlich einen Brief, verlangte eine Briefmarke – eine für Auslandssendungen –, ging und warf seine Botschaft in einen Briefkasten.

Je mehr Zeit verstrich, und je länger ein Tag dem anderen folgte, desto nervöser und irgendwie unruhiger zeigte sich Cornélius Mops.

Sicher, er war immer noch sehr gut gekleidet. Er gewöhnte sich an den Luxus des Hotels, und jeden Morgen bekam er beim Friseur seine warmen Handtücher, seine Lotion und die Gesichtsmassage.

Aber warum hatte er Ringe unter den Augen, und warum spiegelte sich zuweilen echte Verzweiflung in ihnen?

Emile, der die Menschen kannte, sagte zu dem Polizeiinspektor:

»Ich hab welche gekannt, die ähnlich waren und wochenlang auf eine telegrafische Geldüberweisung warteten und die sich am Ende das Leben genommen haben.«

Warum fragte er aber nie, ob Post für ihn gekommen sei, oder erkundigte sich nie nach postlagernden Sendungen?

Wartete er auf jemanden, auf einen Mann oder eine Frau? Er informierte sich nicht über die Gäste. Lediglich zu Anfang hatte er mit einem erzwungenen Lächeln drei- oder viermal gemurmelt:

»Ist Zimmer 125 noch nicht frei?«

Beim dritten Mal war Madame Caliano aus dem Lift getreten und mit ihr eine Wolke von Parfüm, die durch die Halle strömte und vor ihr die Rezeption erreichte. Der Angestellte im Jackett hatte gehustet, und als die Dame vorbei war, hatte er diskret geflüstert:

»Das ist die besagte Person, die Appartement 125 bewohnt... Eine Südamerikanerin... Normalerweise bleibt sie bis zum Grand Prix bei uns...«

Nun, Cornélius Mops kannte nicht einmal das Datum des Grand Prix!

Man hatte sogar den Eindruck, daß er ebensowenig den Unterschied zwischen einem Polizeiinspektor und einem Gast des Grandhotels kannte. Kein einziges Mal sah er den Mann an, der lässig durch die Halle wandelte und ihm auf der Fährte blieb.

Der Inspektor glaubte schließlich die Wahrheit herausgefunden zu haben, als sich Cornélius Mops beim Tanztee linkisch und errötend an den Tisch neben Madame Caliano setzte, die ihr Parfüm verbreitete und verstohlene Blicke um sich warf.

»Was halten Sie davon, Emile?«

Emile hatte den Kopf geschüttelt.

»Vielleicht ist es das?... Ich sage nicht nein... Und dennoch, sehen Sie, das ist nicht die Art...«

Jedenfalls nicht der Typ von Madame Caliano, die sicher junge, blonde und schlanke Männer vorzog.

Eine dieser Kreaturen, von denen man sagt, daß sie einmal großartig gewesen sind. Sie hatte noch ihre schwarzen, glühenden, feurigen Augen, die Haare, deren Schwarz der Friseur zu erhalten bemüht war, eine singende Stimme, die zu hohen Tönen neigte, und wunderbar geformte Hände.

Alles übrige wirkte jetzt übertrieben, es war ein Übermaß an quellendem Fleisch, ein Übermaß an Parfüm und lebhaften Farben, ein Übermaß an Unabhängigkeit und Verlangen aller Art. Bedeutete der Tanztee für sie nicht ein Dutzend Törtchen, denen sie ebenso viele Gläser Portwein hinzusetzte?

Dennoch wagte sich Cornélius Mops an sie heran, und während er Annäherungsversuch um Annäherungsversuch machte, war eine schmerzliche Ängstlichkeit aus seinem Blick zu lesen.

»Das ist es auch nicht«, versicherte Emile. »In seinem Alter könnte er sich in ein Garderobenmädchen verlieben, in eine Platzanweiserin im Kino nebenan oder eine Verkäuferin im Café de la Paix. Aber nicht in Madame Caliano...«

Das hinderte Cornélius Mops nicht daran, abzumagern, während seine Lider ein bläulicher Ring umgab, der immer dunkler wurde.

»Vielleicht ihr Schmuck?«

Denn Madame Caliano ähnelte am Nachmittag einer wandelnden Vitrine der Rue de la Paix.

»Ich weiß nicht...«

Man merkte, daß keine dieser Hypothesen Emile zufriedenstellte und daß die Unruhe von Monsieur Mops auf den Portier überzugehen begann. Es war für Emile entsetzlich, daß er nichts begriff.

»Hallo?... Sind Sie es, Inspektor?... Hier Emile... Ja...«

Emile verfügte in seiner Ecke neben der Drehtür über eine ganze Sammlung von Telefonen; er war in eine der Kabinen geschlüpft und beobachtete während des Gesprächs die Halle durch die Scheibe.

»Nein... Ich weiß noch nicht... Aber wenn Sie nichts Besonderes vorhaben, erlaube ich mir, Ihnen den Rat zu geben... Ja... Nein... Heute muß ich ausgerechnet meinen Kollegen vom Nachtdienst vertreten, dessen Frau ein Baby erwartet...«

Als der Inspektor eintraf, war es neun Uhr abends, und die Halle lag nahezu verlassen da. Hin und wieder durchquerte sie ein Paar in Frack und Abendkleid, sie mit Hermelincape und vergoldeten Pumps, schnellen Schrittes, um sich in ein Taxi zu quetschen.

»Schade, daß Sie keinen Smoking anhaben. So können Sie den Speisesaal nicht betreten. Aber ich werde Antonio ein Wort sagen...«

Antonio, der Oberkellner, ließ den Inspektor durch die Kulissen ein und zeigte ihm eine Art Guckloch.

Rechts an einem der Tische speiste ein aufgekratztes Paar. Madame Caliano, mehr aufgedonnert und mehr mit Schmuck behangen denn je, und Monsieur Mops, der betrunken zu sein schien.

»Das hat beim Tee angefangen«, gab ihm Antonio Auskunft. »Sie haben wer weiß wie viele Gläser Portwein getrunken. Sie haben gelacht wie die Kinder oder vielmehr wie Hysteriker. Dann sind sie an die Bar gegangen... Ich glaube zu wissen, was der Grund war... Die Dame erwartete einen jungen Mann, der nicht gekommen ist... Der Verdruß, nicht wahr?... Der andere hat davon profitiert, und sie haben sich wie die Verrückten aufgeführt und einen Cocktail nach dem anderen gekippt. Anschließend sind sie hinaufgegangen, um sich in Schale zu werfen, und jetzt essen sie zu Abend und trinken Champagner. Es dauert keine Stunde, und sie sind reif...«

In den hellen Augen des Holländers, die in den vergangenen Tagen so tragisch dreingeblickt hatten, schimmerte nun der Glanz einer ungeheuren Hoffnung.

»Zigarette?«

»Nein, danke... Nie während des Dienstes... Achtung...«

Dreiundzwanzig Uhr. Es saß nur noch dieses eine Paar im Speisesaal, das sich Zeit ließ und weitertrank, während sich das Personal nach seiner Freizeit sehnte.

Ein Läuten. Das war ein Signal.

Und tatsächlich erschienen Monsieur Mops und Madame Caliano kurz darauf mit geröteten Gesichtern und nervösem Lachen in der Halle.

»Besoffen!« erklärte Emile und deutete auf die Südamerikanerin, die sich an den Arm ihres Begleiters klammerte.

Der Lift trug sie hinauf. Emile lauschte. Er hatte ein feines Ohr und die nötige Routine.

»Sie sind beide in der ersten Etage ausgestiegen.«

»Ich mag das nicht...«

»Ich auch nicht...«

»Diese Frau... und in dem Zustand, in dem sie ist...«

»Ich werde Sie hinaufführen... Neben der Nummer 125 befindet sich ein Abstellraum... Die Lüftungsklappe – Sie brauchen nur auf einen Stuhl zu steigen – geht ins Badezimmer...«

Emile selbst blieb in der Halle, doch seine Telefonbatterien waren so gut wie Antennen.

»Hallo?... 125?... Ja, Monsieur... Der Oberkellner?... Champagner?... Ich schicke Ihnen den Weinkellner... Ja, sofort, Monsieur...«

Portwein beim Tanztee. Cocktails an der Bar. Drei Flaschen Extratrockenen im Speisesaal. Und nun bestellten sie noch eine große Flasche Champagner!

Halb zwölf. Mitternacht. Ein Uhr morgens. Die Gäste begannen heimzukehren, vor allem die gesetzten Paare.

Der Inspektor, der in seiner Kammer auf einem Stuhl stand, sah nichts, denn das Badezimmer blieb dunkel. Er hörte laute Stimmen, Gelächter... Dann so etwas wie Klagen...

Schluchzen oder Schluckauf? Er konnte es nicht unterscheiden. Es wurde von Vorwürfen unterbrochen und schließlich von Schreien...

Er stieg von seinem Stuhl herab, um an der Zimmertür zu horchen.

»Sie sind ein Rohling... Sie sind... Was machen Sie da?... Mein Gott! Ich bin so unglücklich... Ich werde sterben, und währenddessen wollen Sie... Sie...«

Plötzlich öffnete sich die Tür, Mops erschien und stieß buchstäblich mit dem Inspektor zusammen, der nicht damit gerechnet hatte. Seine Augen waren vor Schreck aufgerissen. Seine Krawatte war lose, sein Gesicht leichenblaß.

Seine erste Reaktion war, fliehen zu wollen, doch der

Polizist hatte ihn bereits am Handgelenk gefaßt und drehte es ihm automatisch um.

»Verzeihung... Wo wollen Sie hin?«

Durch die halb offene Tür drangen immer noch Verwünschungen, vermischt mit Stöhnen.

Monsieur Mops versuchte nicht, sich loszureißen. Er fiel in sich zusammen, das heißt, sein Fleisch wurde schlaff, seine Gesichtszüge verschwammen, und Tränen quollen aus den Augenwinkeln.

»Was haben Sie ihr getan?«

»Nichts... Ich schwöre es...«

Der Inspektor öffnete die Tür und entdeckte Madame Caliano, die von einer entsetzlichen Übelkeit geschüttelt wurde.

»Er hat gesehen, daß mir übel war, daß ich vielleicht sterben würde, und anstatt mich zu pflegen...«

Die große Flasche Champagner war leer, die Gläser waren zerbrochen. Madame Caliano hatte sich übergeben. Und während sie sich so erbrach, daß sie glaubte, ihre Seele von sich zu geben, hatte dieser Mann, der mit ihr getrunken und ihr den Hof gemacht hatte, die Gelegenheit genutzt, um auf einen Stuhl zu steigen...

Der Stuhl stand noch vor einem Schrank...

»Ich weiß nicht, was er suchte«, sagte sie, »aber er suchte etwas, und da er es nicht fand, habe ich gemeint, er wolle mich töten, derart wild ist sein Gesichtsausdruck geworden...«

Fünf Uhr morgens in einem Büro des Quai des Orfèvres, während es Tag wurde über Paris.

»Aber ja... Ich sehe, daß Sie Cornélius Mops heißen und in Leuwarden wohnen... Beruf?«

»Stellvertretender Direktor der Käsefabrik van de Veld... Seit zwanzig Jahren bin ich schon in dieser Firma, und nie haben die Herren van de Veld Vater und Sohn sich über mich beklagen können... Ich habe ein Haus in dem neuen Viertel bauen lassen... Mein Sohn geht aufs Gymnasium, und meine Tochter...«

Der Inspektor hatte ihm Ammoniak zum Inhalieren gegeben, und jetzt hatte Monsieur Mops eine Haut wie Pappmaché.

»Alles ist verloren, begreifen Sie... Mit mir ist es aus... Nie wieder werde ich wagen...«

»Zigarette?«

»Danke...«

Er zündete sie mechanisch an.

»An dem allem ist Pijpekamp schuld... Jede Woche treffen wir uns in Amsterdam bei der Versammlung des Verbandes... Des Verbandes der Käsehersteller... Pijpekamp, der aus Sneek ist, hat mich in ein Café geschleppt, wo wir zwei alte Genever getrunken haben... Und sehen Sie, ich vertrage den Genever nicht... Mein ganzes Leben habe ich nichts als Milch getrunken, selten mal ein Glas Bier... Und dort war ein Mann, der...«

Telefon.

»Sind Sie es, Inspektor? Es geht... Sie schläft... Ihr Zimmermädchen versichert, es fehle ihr an nichts... Nein.... Kein Schmuckstück... Wie?... Ja... Das können Sie mir gleich erzählen...«

Monsieur Mops fuhr fort:

»Dieser Mann, Monsieur, war elegant, vornehm... Er hat gewartet, bis ich allein war, um dann an meinem Tisch etwas zu bestellen... Schließlich hat er mich gefragt, ob ich innerhalb von drei Tagen eine halbe Million verdienen wolle...«

Cornélius Mops war zusammengeschrumpft wie ein Gummitier.

»Jetzt, da ich sowieso verloren bin, kann ich Ihnen ja alles gestehen... Dieser Mann war ein Dieb... Er hat es mir offen gesagt... Ein internationaler Juwelendieb...«

Der Inspektor lächelte und griff zu einem Stapel von Fotos mit Frontal- und Profilaufnahmen.

»Schauen Sie mal, ob Sie ihn unter diesen Personen wiedererkennen.«

Das fünfte Bild war das richtige.

»Das ist er! Es verändert ihn ein bißchen, so ohne Kragen und ohne Schlips, aber ich erkenne ihn trotzdem... Er hat zu mir gesagt...«

»Er hat Ihnen gesagt, daß er Juwelen in einem Luxushotel gestohlen hat...«

»Im Grandhotel in Paris, ja... Also stimmt das?«

»Er hat hinzugefügt, daß Alarm gegeben wurde, als er sich davonmachen wollte, und daß es ihm gelungen ist, den Schmuck in einem leeren Zimmer zu verstecken...«

»Woher wissen Sie das?«

»Er hatte gerade noch Zeit, über die Grenze zu kommen... Er hat kein Geld, obwohl er über eine Million in Juwelen verfügt, die an einem bestimmten Ort verborgen sind...«

Die Augen von Monsieur Mops glichen Billardkugeln.

»Er wagt nicht, nach Frankreich zurückzukehren, wo seine Personenbeschreibung bekannt ist und wo man ihn festnehmen würde. Wenn Sie an seiner Stelle herkämen, würde er seine Beute mit Ihnen teilen...«

»Ich frage mich, wie Sie...«

»Wieviel hat er als Garantie für Ihre Zuverlässigkeit gefordert?«

»Zehntausend Francs... Aber...«

»Zimmer 125?«

»Ja... Ich traute mich nicht, mich so ins Grandhotel zu begeben, wie ich war... Ich bin in der Nähe der Gare du Nord abgestiegen und habe mir einen Anzug anfertigen lassen... Ich habe mir Schuhe gekauft...«

»Ich weiß! Ich weiß! Und Sie haben darauf gewartet, daß Appartement 125 frei würde...«

»Das kam mich teuer zu stehen... Meine ganzen Ersparnisse...«

»Weiß Gott! Und als Sie gesehen haben, daß Madame Caliano keine Anstalten zur Abreise machte...«

Der Holländer errötete. Es war sicher das erste Mal, daß er versucht hatte, eine andere Frau zu verführen als seine eigene.

»Wenn Mina wüßte!... Ich schwöre Ihnen, Herr Inspektor, ich sollte mir lieber das Leben nehmen...«

»Was haben Sie auf dem Schrank gefunden?«

»Staub... Und diese Frau schrie... Und ich... Sehen Sie, Herr Inspektor, mein ganzes Leben habe ich davon geträumt, in Amsterdam zu wohnen, und mit diesem Geld...«

»Mit dem Geld für gestohlene Juwelen...«

Monsieur Mops weinte.

»Oder vielmehr für Juwelen, die nie gestohlen worden sind, aus dem einfachen Grund, weil sie nie existiert haben... Es ist das achte Mal, Monsieur Mops, daß dieser Gauner mit seinem Trick Erfolg hatte...«

»Einen Augenblick, Madame... Ich frage meine Leute... Hallo?... Sagen Sie, haben Sie einmal von einem gewissen Cornélius Mops gehört, der... Wie?... Eine Sekunde... Sie wohnen in Leuwarden, Madame?... Ja... Hallo?... In meinem Büro, ja...«

Das Büro des Chefs am Quai des Orfèvres. Neun Uhr morgens. Eine blonde Dame mit rötlichen Wangen, hellen Augen, korrekt gekleidet, die sich unaufhörlich entschuldigte und nervös an ihrer schweinsledernen Handtasche herumfingerte.

»Sie sagten, daß Ihr Gatte, der stellvertretender Direktor einer Käsefabrik ist und für einige Tage eine Geschäftsreise machen mußte...«

Sie schniefte, tupfte sich die Augen mit dem Taschentuch ab.

»Es ist vielleicht falsch, mich an die Polizei zu wenden, aber es ist das erste Mal nach achtzehn Ehejahren, daß...«

»Treten Sie ein...«

Der Inspektor, trotz schlafloser Nacht und deutlicher Bartstoppeln recht munter, tauschte mit seinem Vorgesetzten einen Blick.

»Führen Sie ihn herein...«

Und plötzlich eine überschwengliche Stimme, fast ohne jeden Vorwurf:

»Cornélius!«

Doch sie stürzte ihm nicht entgegen, um ihn zu umarmen. Verblüfft betrachtet sie den Smoking, die weiße Hemdbrust, die Lackschuhe.

»Cornélius!«

Schließlich bemerkte sie das abgemagerte Gesicht, die Ringe unter den Augen. Das erste »Cornélius« drückte ihre Freude aus, das zweite ihre Überraschung, das dritte verriet ihr Mitleid, und sie brach in Schluchzen aus.

Der Polizeichef und sein Inspektor blieben eine Weile vor dem offenen Fenster stehen, während sich das Ehepaar besprach.

»Ist er frei, Herr Direktor?«

»Aber sicher, Madame...«

Und da folgte das vierte »Cornélius«, das sich zum Besitzergreifen aufschwang:

»Danke, Herr Direktor... Komm, Cornélius!«

»Emile?... Ja, ich bin's... Wie, die Frau Ihres Kollegen ist noch nicht niedergekommen?... Mops?... Weg, ja... Seine Frau hat ihn mitgenommen... Wie?... Aber nein... Auch nicht... Wenn ich doch sage: nein... Ganz einfach ein armer Trottel!«

Die Fräuleins vom Ende der Welt

Jedenfalls war es ein denkwürdiger Tag. Zunächst für Jean und Marie, die in zwei Tagen heiraten wollten. Und ferner war es für sie ebenso wie für alle anderen der Tag des großen Gezeitengefälles von 115, bei dem sich das Meer so weit von der Küste zurückgezogen hatte, daß man bei Nieul, Marsilly oder Esnandes bis hinüber zur Ile de Ré am Ende des Sand- und Schlickgeländes vom Wasser gerade noch ein Rinnsal wie ein Flüßchen sehen konnte.

Hochzeit oder nicht Hochzeit, das hatte jetzt keine Bedeutung, und um drei Uhr morgens war Jean mit seinem Karren, dem Pferd Octave und Tante Hortense, die als einzige weite schwarze Hosen trug, während die anderen Frauen blaue anhatten, schon bei der äußersten Austernbank angelangt.

Auch Marie Cujac war dort, weniger als hundert Meter weit weg, mit ihrem schielenden Vater und ihren beiden nichtsnutzigen Brüdern. Außerdem ganz Marsilly, die Pferde, die Kippkarren und die Burschen und Mädchen, die die Gelegenheit nutzten, um Austern aufzusammeln und Muscheln zu suchen.

Es war etwa wie anderswo an einem Tag der Weinlese, nur daß jeder sein Stück Meeresboden hatte, denn vom Strand war man über einen Kilometer entfernt. Man rammte lange Fichtenpfähle in den Grund; andere wurden ersetzt, damit man später dann die Muscheln körbeweise abernten konnte.

Beim Aufbruch in der noch kalten Nacht hatte sich Jean für einen Augenblick Marie genähert und ihr zugeflüstert:

»Ich bin fest entschlossen! Ich werde mit ihr sprechen...«

Und Marie hatte lediglich geantwortet:

»Glaubst du, daß es nötig ist?«

Jetzt stand die Sonne bereits hoch. Jean hatte alle Pfähle seiner Bank wieder instand gesetzt. Die Tante hatte vierzig Körbe mit Muscheln gefüllt, während das Pferd Octave geduldig wartend langsam im Schlamm einsank.

Der Himmel, die Erde, das Meer existierten nicht mehr. Alles war so hell, mit so blassen und zugleich leuchtenden Schattierungen, daß man den Eindruck hatte, in eine riesige Austernschale eingeschlossen zu sein: blasses Blau, blasses Grün, Gold und Silber oder vielmehr ein Gemisch aus all diesen Tönungen.

Man brauchte nicht miteinander zu reden, auf die Uhr zu schauen oder auf dem Kalender der Gezeiten nachzusehen, nicht einmal die weiße Schaumkrone da hinten brauchte man zu betrachten, die die bewegliche Grenze des flüssigen Elements markierte.

Man brach instinktiv auf. Selbst die Pferde wußten, daß die Stunde gekommen war, dem Atlantik Platz zu machen. Der Kippkarren der Cujacs war bereits unterwegs, und Jean erblickte das verwaschene Blau der Hose von Marie und das rote Kopftuch, das ihr als Hut diente, in der flimmernden Sonne.

Man mußte Octave helfen, die Räder aus dem Schlamm zu ziehen. Tante Hortense, die größer, stärker, stämmiger war als alle anderen Frauen, marschierte vorneweg, als Jean sie mit ein paar Schritten einholte, wobei er wegen der glitschigen Felsen und der Schlicklöcher auf den Boden schaute.

»Also…« begann er nach einiger Überwindung. »Ich heirate übermorgen…«

Als wenn sie das nicht gewußt hätte! Als ob nicht sie, mit ihrer Schwester Emilie zusammen ihr Einverständnis dazu gegeben hätte!

»Und anläßlich meiner Heirat hätte ich gerne etwas gewußt…«

Er war ebenso groß wie sie, größer als alle Burschen von Marsilly, die immerhin stattliche Figuren waren. Aber trotz der Breitschultrigkeit eines Ringers und dem braunen Barthaar eines richtigen Mannes hatte er den Blick und die Schüchternheit eines Mädchens.

»Du möchtest also etwas wissen?«

Sie half ihm nicht. Im Gegenteil. Sie tat wiederholt so, als müsse sie den Karren über gefährliche Stellen hinweglenken, und langsam rückte sie die Körbe zurecht, die keineswegs herunterzufallen drohten.

»Ich bin jetzt vierundzwanzig, und ich habe nie etwas gesagt… Aber wenn ich nun heirate…«

Der Hof der Boudru, der Hof von Hortense und Emilie, war der letzte in der Gegend; isoliert von den anderen, am Ufer des Meeres stehend, seit Jahrhunderten wie ein Bollwerk den Wassermassen trotzend, wurde er schon immer, vielleicht weil er am Ende von allem lag, »Ende der Welt« genannt.

Emilie, die längst die Kühe gemolken und die Milch

vom Vortag zentrifugiert hatte, stellte Tassen auf den Tisch, legte Besteck hin, überwachte das Herdfeuer, goß von Zeit zu Zeit etwas kochendes Wasser über den gemahlenen Kaffee, was sie jedoch nicht hinderte, durch das weitgeöffnete Fenster zu blicken und in der Sonne die Karren und die Leute zu sehen, die zurückkehrten, den steinernen Deich erklommen und auf dem Weg vorüberzogen; Bekannte, die sie im Hause sahen, winkten einen Gruß zu ihr herüber; Marie kam, stützte sich auf das Fensterbrett und kündigte an:

»Ich komme in drei Stunden, um das Kleid anzuprobieren...«

Und Emilie merkte wohl, daß Jean und Hortense dort hinten nicht wie gewohnt miteinander plauderten, sie gingen auffallend langsam, sprachen ein paar Worte, schwiegen, senkten oder drehten den Kopf.

Bevor Jean sich an den Tisch setzte, mußte er im Hof die Austern abladen, und Hortense betrat als erste die Küche, nachdem sie draußen ihre Stiefel ausgezogen hatte. Ihr blieb kaum die Zeit, Atem zu holen, da fragte ihre Schwester bereits:

»Hat er mit dir gesprochen?«

Wenn man sie nicht kannte, hätte man meinen können, ihr sei übel.

»... mit mir gesprochen!«

»Was hat er gesagt?«

In Wirklichkeit klang es kürzer, schärfer. Man hörte nur:

»...ter gesagt?«

Und die andere, die sich hinsetzte, um ihre dicken wollnen Strümpfe auszuziehen:

»Alles!«

»Was hast du geantwortet?«

Kürzer noch, so kurz wie der Blick, der die Frage wie ein Nadelstich begleitete:

»...stu geantwortet?«

Dann ein Schweigen. Und die Sonne fiel durch die rechteckigen Fenster, spielte auf den roten Fliesen, auf den blauen Tassen, auf dem Kupferkessel. Und das Geräusch der großen Karrenräder, die langsam über die Steine des Weges holperten...

»...stu geantwortet?« wiederholte Emilie mißtrauisch und goß erneut etwas Wasser über den Kaffee.

»Ich habe nichts gesagt.«

Emilie war drei Jahre jünger, kleiner und weniger kräftig als Hortense. Sie war immer so gewesen, gewissermaßen bleichsüchtig, das ganze Jahr hindurch blaß, mit traurig herabhängenden Mundwinkeln wie jemand, der kränklich ist, obwohl sie nie krank war.

»Bist du sicher?«

Auf dem Hof, wo der Lastwagen, mit dem die Austern zum Bahnhof von La Rochelle transportiert wurden, bereitstand, spannte Jean Octave aus und warf ihm eine Gabel Heu hin.

»Was meint er?«

Und da war Hortense nicht mehr sie selbst, ihr Gesichtsausdruck war verstört, ihre Augen wurden feucht, und sie mußte sich schneuzen.

»Ich glaube, er meint, ich sei es...«

Die Flut hatte bereits mehr als die Hälfte ihres Weges zurückgelegt, und bald würde sie zu Füßen der Queue de Vache auftauchen. Die Boote begannen zu schaukeln, und man hörte die Möwen schreien.

»Warum?«

»Er glaubt...«

»Warum glaubt er?«

Und da man Schritte vernahm, die von Jean, befahl Emilie:

»Schweig!«

Dann:

»Putz dir die Nase!«

Der Tag ähnelte anderen Tagen mit hoher Flut. Jean lud die Austern auf den Lastwagen, den er selbst nach La Rochelle fuhr. Er mußte zum Schneider und seinen schwarzen Anzug anprobieren, Wäsche kaufen, Lackschuhe, und sich auch um eine Versicherungssache kümmern.

Die beiden Frauen hatten ebenfalls ihre Arbeit; Emilie im Haushalt und im Stall, Hortense im Büro, wo sie mit den Rechnungen und dem Versand beschäftigt war.

Wenn das Meer nicht so ruhig gewesen wäre wie ein See, wäre das Wasser bis in den Hof gedrungen wie vor drei Jahren, derart hoch stand die Flut. Doch es war alles still, der Himmel, die Luft, der grüne Atlantik mit den gelblichen Flecken, dort, wo er Schlick überdeckte.

An der Biegung neben der Kirche von Marsilly, wo die Straße nach Nieul abbog, hatte Jean Gelegenheit gefunden, aus seinem Führerhaus ein paar Worte mit Marie zu wechseln.

»Was hat sie gesagt?« fragte Marie.

»Sie hat mir nicht antworten wollen.«

»Siehst du! Aber was kann dir das ausmachen?«

»Ich hätte trotzdem gerne gewußt... Zu dumm, wenn man nicht weiß, wer man ist...«

»Kümmere dich nicht darum!« riet ihm Marie mit ihrem verführerischen Mieder.

Und er fuhr weiter, nachdenklich, bedrückt, unzufrieden, manchmal bewegt oder gerührt.

Vierundzwanzig Jahre lang war er der Neffe der Schwestern Boudru gewesen oder, wie man auch sagte, der Fräuleins vom Ende der Welt.

Als er zum Jüngling herangewachsen war und gefragt hatte, wer sein Vater war, hatte man ihm geantwortet:

»Es war unser Bruder Léon, der in den Kolonien gefallen ist...«

Eine Zeitlang hatte er das geglaubt. Mit einem gewissen Stolz erzählte er:

»Mein Vater ist in den Kolonien gefallen...«

Dann hatte er Einzelheiten wissen wollen. Sein Vater war in Gabun gestorben, doch es war besser, nicht weiter darüber zu reden, weil er ein Heißsporn gewesen war und nie etwas Vernünftiges zuwege gebracht hatte.

»Und meine Mutter?« hatte er eines schönen Tages gefragt.

Tante Hortense und Tante Emilie hatten sich angeblickt. Tante Emilie hatte geseufzt:

»Sie ist auch tot...«

»Wer war sie?«

»Jemand, den wir nicht kennen...«

So waren Jahre bei den beiden Tanten vergangen, bei den Fräuleins vom Ende der Welt, die »in Austern machten« und zehn Kühe aufzogen.

Jean wußte nur, daß er keinen offiziellen Familiennamen hatte, und wenn man ihn Jean Boudru nannte, das jedenfalls nicht in seinen Papieren stand.

Er erfuhr auch, daß er in Saintes geboren war, und er wollte immer einmal dorthin, ohne daß sich eine Gelegenheit dazu geboten hätte.

Später, im Café, vor allem, wenn man bei festlichen Anlässen etwas getrunken hatte, hänselte man ihn.

»Welche von beiden ist deine Mutter?«

Anfangs hätte er sich beinahe geschlagen, um die Ehre seiner Tanten Hortense und Emilie zu verteidigen. Er lauerte seinen Kameraden manchmal auf, zog sie beiseite, spielte den starken Mann, um sie am Ende zu fragen:

»Wie verhält es sich genau? Was weißt du darüber?«

Man wußte nichts, höchstens, daß Jean nicht der Sohn von Léon Boudru sein konnte, da der sich zum Zeitpunkt der Geburt des Jungen in Gabun aufhielt, von wo er kein einziges Mal zurückgekommen war.

Oder vielmehr, man wußte lediglich, daß die beiden Schwestern eines Tages verschwunden und vier Monate fortgeblieben waren. Einige hatten sie in Saintes getroffen. Als sie zurückkamen, brachten sie ein Kind mit und behaupteten, es sei ihr Neffe.

»Sag Tante Emilie guten Abend...«

»Gib Tante Hortense einen Kuß...«

Für den Jungen waren sie stets zwei Tanten gewesen, die eine groß und kräftig, Tante Hortense, die sich wie ein Mann um die Austern kümmerte; die andere schmal und nervös, mit Migräneanfällen, Tante Emilie, die den Hof in Ordnung hielt.

Die Knechte schliefen außerhalb, in einer Hütte, die sie in der Nähe von Esnandes besaßen. Es kam nie ein Mann ins Haus.

Die beiden Fräuleins hatten Jean wie ein Mädchen erzogen, wobei sie so weit gingen, mit Steinen zu werfen oder andere Jungen zu verhauen, wenn sie sich an ihm vergriffen.

Er war siebzehn, als sie ihm noch eine Wärmflasche ins Bett legten, und als er zum erstenmal erst abends um elf Uhr heimgekommen war, hatten die beiden Tanten in ihre Kissen geheult.

Sie hatten sogar geweint, als er ihnen von Marie erzählte.

»Die Tochter von Cujac?« hatte Tante Emilie gefragt. »Schielt ihr Vater nicht?«

»Jedenfalls schielt sie nicht...«

»Einer ihrer Brüder ist wegen Dienstuntauglichkeit wieder entlassen worden, nicht wahr?«

»Weil er sich an der Dreschmaschine zwei Finger abgeschlagen hat...«

»Nun... Wir werden sehen... Sag ihr, sie soll nachmittags mal vorbeikommen...«

Marie war eines Nachmittags erschienen, als Jean nicht da war. Hinterher hatte er sie ausgefragt.

»Was haben meine Tanten gesagt?«

»Nichts...«

»Worüber haben sie gesprochen?«

»Nur so... Über alles...«

Es war das erste Mal, daß Marie so wenig gesprächig war, aber er hatte nicht darüber nachgedacht. Vom nächsten Tag an waren es die Tanten, die sich um die Formalitäten der Hochzeit kümmerten.

»Marie, weißt du, daß ich ein uneheliches Kind bin?«

»Das ist mir egal.«

»Ich muß trotzdem eine meiner Tanten ausfragen...«

»Wozu? Was hättest du davon...«

Und tatsächlich! Er hatte Tante Hortense ausgefragt, als sie im Sonnenschein von der Austernbank zurückkehrten. Er hätte nicht zu sagen vermocht, warum er Tante Hortense ausgewählt hatte, vielmehr, er hätte es nicht zu sagen gewagt, weil es lächerlich und peinlich war. Die Wahrheit war, daß Tante Hortense eine starke Brust hatte, während Tante Emilie flach war. Also hatte er gedacht...

Auf all seine Fragen hatte sie lediglich geantwortet:

»Ich weiß nicht, was du meinst...«

»Trotzdem...«

»Frag Tante Emilie...«

So daß er heiraten würde, ohne zu wissen, wer er war. Er erreichte La Rochelle, fuhr an den Quais entlang, um zum Bahnhof zu gelangen, und versuchte sich plötzlich an einen Auftrag zu erinnern, dessen Gegenstand er jedoch vergessen hatte.

Die beiden Schwestern hatten jede ihre Arbeit, und dabei trafen sie sich manchmal zufällig auf dem Hof oder in einem der Zimmer des Hauses. Dann führten sie ihre einzigen Gespräche, die nur sie verstanden, denn sie waren mit Worten noch geiziger als mit Geld.

»Warum hat er mit dir gesprochen?« fragte Emilie auf dem Weg ins Büro, wo sie die Kooperative anrufen wollte, die die Milch abholte.

»Sicher, weil er gefühlt hat...«

»Hallo?... Nummer 12 in Esnandes... Hier Mademoiselle Boudru... Ich wollte Ihnen sagen...«

Einen Augenblick später bemerkte sie:

»Wenn er schon eine ausgewählt hat, dann bestimmt diejenige, die er nicht für seine Mutter hält...«

»Warum...«

»Nur so ein Gedanke...«

Über dem zweihundert Jahre alten rötlichen Sekretär hingen zwei Porträts, das von Vater Boudru und das von Mutter Boudru.

Doch die beiden Schwestern blickten das erste Foto nie an, das, gleichsam absichtlich schlecht vergrößert, ziemlich verschwommen war und einen blassen Mann darstellte, irgend jemanden, der so bedeutungslos wirkte, daß man ihn unter anderen nicht erkannt hätte, wäre da nicht sein rötlicher Schnurrbart gewesen und das kleine Haarbüschel, das er mitten auf dem Schädel trug.

Und noch etwas, worüber man nicht sprach und was Jean erst im Dorf erfahren konnte: Der alte Boudru war ein Bauernknecht gewesen, ein Knecht auf dem Hof, den die Mutter geheiratet hatte, als sie auf die achtunddreißig zuging und fürchten mußte, allein zu bleiben.

Man erinnerte sich in der Gegend kaum an ihn. Er war gestorben, man wußte nicht, woran, und das war auch unwichtig.

»Es ist gleich drei... Marie wird kommen...«

»Ich weiß...«

»Soll man ihr Kuchen anbieten?«

»Wenn du willst...«

Ein langes Schweigen, weil beide Schwestern in ihrer Arbeit fortfuhren.

»Sag mal, Hortense...«

»Ja...«

»Glaubst du, daß sie es ihm sagen würde, wenn sie es wüßte?«

»Warte... Siebenunddreißig und acht... Fünf...«

»Glaubst du, daß er etwas gesagt hat?«

Da lag das Meer, einen Kilometer weiter weg Marsilly, die Sonne schien ihnen auf den Kopf, doch sobald die beiden Schwestern den Mund aufmachten, sprachen sie ihre eigene Sprache und lebten in einer anderen Welt.

»Wir haben ihn lange nicht gesehen...«

»Er ist am Montag hier gewesen...«

»War er besoffen?«

»Er hat geweint...«

Also, wenn er geweint hatte, war er besoffen gewesen. Und wenn er besoffen war, hatte Emilie einen Skandal gefürchtet und ihm Geld gegeben.

Das alles war so selbstverständlich miteinander verbunden, daß Hortense sich auf die Frage beschränkte:

»Wieviel?«

»Fünfzig Francs...«

»Dann wird er morgen wiederkommen...«

»Mir wäre das lieber als übermorgen... Wenn er während der Hochzeit käme...«

Es handelte sich um jemanden, dessen Namen man vierundzwanzig Jahre lang nicht ausgesprochen hatte: den alten Joseph, um es gleich zu sagen, der bald hier, bald dort einen Tag lang arbeitete, dann, wenn man wirklich jemanden brauchte, denn im Grunde war er zu nichts nutze und betrank sich, sobald die Sonne aufging.

Die einen behaupteten, er sei einfältig. Die anderen versicherten, er sei gerissener, als es den Anschein habe. Er lächelte, führte Selbstgespräche und schlief in einer verlassenen Hütte fünfhundert Meter vor dem Dorf.

»Du hast nicht von der Summe geredet?«

»Er will nicht...«

Auch diese Summe spielte eine Rolle im Vokabular der beiden Schwestern: Es war die Summe, die man Joseph auszahlen mußte, um ihn zu bewegen, endlich zu verschwinden.

Er hingegen wies sie zurück! Er lehnte lächelnd ab! Hundertmal hatte der Zufall ihn im Café mit Jean zusammengeführt...

»Da kommt Marie«, verkündete Emilie.

Das junge Mädchen trat ein, trug einen Karton, der ihr Kleid enthielt.

»Wollen Sie mir bitte helfen, es überzuziehen, damit ich sehe, ob es mir steht?«

Jean fuhr durch La Rochelle, wo er seinen schwarzen Anzug probiert hatte. Hortense und Emilie warfen sich Blicke zu, die nur sie verstanden.

»Was hat Jean dir gesagt?« fragte Emilie plötzlich.

»Mir?« wunderte sich Marie.

»Ja... Vorhin... An der Ecke zur Straße nach Nieul...«

»Daß er Tante Hortense ausgefragt hat...«

»Und was noch?«

»Daß sie ihm nicht geantwortet hat...«

»Und du?«

»Ich? Ich habe ihm geraten, sich nicht weiter damit zu beschäftigen...«

Emilie schien erleichtert, und ein auf ihrem Gesicht seltenes Lächeln erweckte den Eindruck, Pluspunkte zu verteilen.

»Das Kleid ist hübsch. In welcher Zeitschrift hast du das Muster gefunden?«

»Etwas anderes hat er nicht gesagt?« beharrte Hortense.

»Nein... Ich glaube nicht...«

»Versuch, dich zu erinnern...«

»Laß sie! Schau her!« mischte sich Emilie ein. »Reich mir die Nadeln dort! Links ist eine Falte zuviel. Das gibt ungleiche Hüften...«

Und Emilie kniff die Lippen zusammen, um die Nadeln halten zu können, kniete sich vor Marie hin, während Hortense mit herabhängenden Armen dastand.

»Was kann dir das ausmachen?«

»Ich weiß nicht... Ich finde es dumm...«

Marie wußte noch nicht, ob sie sprechen sollte oder nicht. Jean, der wie ein Mädchen erzogen war, schien auch listig wie ein Mädchen und sagte nichts.

»Welche, glaubst du?«

»Ich weiß nicht...«

»Hortense?«

»Ich weiß nicht...«

»Welche ist netter?«

»Das hängt davon ab…«

»Wen hast du lieber?«

»Manchmal Tante Hortense… Manchmal Tante Emilie…«

»Also! Warum zermürbst du dich!«

»Ich möchte es wissen…«

Hortense weinte, denn es war der Hochzeitstag, und die Jungverheirateten waren soeben allein in ihr Schlafzimmer hinaufgestiegen, um die Kleidung zu wechseln.

»Wenn du es sagst…«

»Wenn du es sagst, dann sage ich…« drohte Emilie.

Eine Erpressung, die seit vierundzwanzig Jahren anhielt. Im Klartext bedeutete das:

»Wenn du die Wahrheit sagst, verrate ich alles und eröffne Jean, daß er der Sohn von Joseph ist, unserem alten Knecht…«

»Sag es!« bat Jean.

»Bestehst du darauf?«

»Wie du willst!« sagte er plötzlich kalt.

Und sie, erschrocken:

»Ich sage es… Sei nicht böse… Es ist Hortense…«

Sie verbesserte sich, fügte hinzu, da sie ja jetzt zur Familie gehörte:

»Tante Hortense… Nur, Tante Emilie ist eifersüchtig… Sie wollen dich alle beide für sich…«

Jean war ein bißchen verwirrt und wußte nicht mehr, was er denken sollte.

»Und nun bin ich es, die dich hat!« triumphierte Marie.

Er achtete in dem Augenblick nicht auf ihre Worte. Er dachte an seine beiden Tanten oder vielmehr an seine Mutter und seine Tante.

»Aber sag ihnen nichts...«

»Aber nein!«

»Tu nicht so, als ob...«

»Ich verspreche es dir...«

»Psst!« machte sie, als sie Schritte auf der Treppe hörte. »Reden wir schnell von etwas anderem... Ich habe ihnen versprochen...«

»Was?«

Sie fand keine Zeit zu antworten. Sie hat die Frage nie beantwortet.

Von nun an waren sie zu dritt am Ende der Welt.

Der Morgen der drei Absolutionen

Warum hätte das nicht wahr sein sollen? Weil sozusagen alle Kinder lügen? Er behauptete, daß er es *vorher* hörte, wie das nicht faßbare Geräusch einer Spinne, daß er die Augen weit aufriß, daß er nahezu atemlos wartete und daß er die Sekunde vorausahnte, da das wilde Klingeln des Weckers ausgelöst wurde.

Daß man ihm nicht glaubte, na ja! Es war an diesem Morgen wie an allen anderen. Um halb sechs war es noch Nacht. Es war kalt. An den Fensterscheiben mußten Eisblumen sein. Die Nachtlampe in der Ecke des Kamins warf ihr gelbrotes, diffuses Licht in den Raum. Er hatte nie im Dunkeln geschlafen, weil er plötzlich voller Schrecken aufwachen und dann keuchend und mit schweißbedeckter Stirn daliegen konnte. Es war eine kleine, gedrungene braune Flasche, die einst Gott weiß was enthalten hatte und der man einen Öldocht aufgesetzt hatte. Die geringste Bewegung im Zimmer genügte, um die Flamme aufflackern zu lassen.

Er stand auf, mit nackten Füßen und in langem weißem Hemd. Im Bett schlief sein jüngerer Bruder mit aufgeworfener Oberlippe. Die Matratze im Nebenraum knarrte; der Vater oder die Mutter, die sich umdrehte.

Der kalte Linoleumboden unter den Füßen. Das eisige Wasser in der Waschschüssel. Und der Wecker, der die Sekunden schneller anzeigte als zu jeder anderen Tageszeit. Diese Sekunden waren gezählt. Die Socken. Die kurzen Hosen. Das Flanellhemd und die einreihige, bis zum Hals geknöpfte Jacke. Der angefeuchtete Kamm in den blonden Haaren, die sich wie Ähren auf der Kopfmitte aufstellten.

Dann die dunkle Treppe. Der Ratinémantel, den er im Flur vom Bambusgarderobenständer nahm. Er mußte sich vorwärtstasten. Der Schlüssel. Endlich der kühle, feuchte Hauch des Morgens. Eine Dunkelheit, die nicht ganz die der Nacht war, und die Glocken der Kapelle, die genau in diesem Augenblick am anderen Ende des Viertels das erste Mal zur Sechs-Uhr-Messe läuteten. Gleich, wenn er um die Straßenecke biegen würde, würden andere Glocken einfallen, die von der Kirche Saint-Denis zum Beispiel, deren Uhr nachging.

Er beeilte sich. Er marschierte dicht an den Häusern entlang. Er kannte sie alle, aber er war fast der einzige, dem ihr Aussehen zu dieser Stunde vertraut war. In seiner Straße hatte er keine Angst. In der Rue de l'Enseignement auch nicht. Es war etwa so, als würde er noch von zu Hause an einem Faden gehalten.

Danach mußte er den Place du Congrès überqueren, mit seinen schwarzen Bäumen und dem gigantischen Telefonmast, an dessen Spitze Hunderte von Drähten im Wind erzitterten. Er ging noch schneller. Manchmal war er gerannt. Alle Fensterläden waren geschlossen. Die Geschäfte hatten zu. Man konnte kaum das Ladenschild von Horisse, dem Kolonialwarenhändler, erkennen. Dessen Junge war bei ihm in der Klasse und fürchtete sich so vor Hunden.

Es war der zweite Winter, in dem er täglich, bis auf

die seltenen Male, wenn der Wecker nicht klingelte, den gleichen Weg zur gleichen Stunde zurücklegte.

Die Rue Pasteur, die einem Kanal glich, in dem kein Wasser floß... Er trat absichtlich mit seinen Schuhen laut auf... Da hinten, am Ende, hinter der sechsten Gaslaterne, würde es vorbei sein... Er würde nach rechts abbiegen und...

In der Ferne, auf einer Querstraße, Fahrräder... Ein vertrauter Anblick... Es waren die Arbeiter des Gaswerkes, die zu ihrer Arbeitsstelle fuhren...

Und plötzlich... Er war ganz sicher... Seit Monaten fürchtete er diesen Moment... Zehn Meter vor ihm, mindestens zehn Meter, stand jemand, in die Einfahrt des Sprudelherstellers gedrückt, jemand, der wartete... Es war zu spät, um kehrtzumachen... Es gab nur einen Ausweg: losrennen, die Straße überqueren, den anderen Bürgersteig erreichen und bis zum Hospital flitzen...

»He! Kleiner...«

Rannte er wirklich? Er wußte es nicht. Es drehte sich ihm im Kopf. Wie in seinen schlimmsten Träumen, wenn er aufschrie; seine Knie wurden ihm weich, er spürte keinen Boden mehr unter den Füßen, eine Starre überfiel ihn, eine Schwerfälligkeit aller Glieder, wie eine Lähmung.

»Hör mal!...«

Er war tatsächlich gerannt, denn er befand sich vor der Ladentür des Metzgers, zu dem seine Mutter ihn so oft schickte, um Koteletts zu holen. Doch die Tür war geschlossen, wie alle anderen. In der ganzen Straße sah man nur ein einziges rötliches Licht in einer Mansarde. Und wie hätte er schreien sollen? Er hatte keine Beine mehr, keine Stimme. Er hörte lediglich Männerschritte, die schneller waren als seine. Er fürchtete die Sekunde, in der wie beim Wecker…

Und es traf ein! Er sah sich angehalten. Eine Hand packte ihn an der Schulter. Sein Atem war heiß wie Feuer. Er wollte schon stammeln:

»Töten Sie mich nicht…«

Warum er es nicht tat, wurde ihm nie klar. Er riß die Augen auf. Ein Mann, der ihm sehr groß erschien, betrachtete ihn von Kopf bis Fuß, und es kam ihm vor, als sei er ebenso gehemmt wie er selbst und als keuche er auch. Vielleicht war er es nicht gewöhnt, zu rennen?

»Hör mal, Kleiner…«

Der Junge ahnte nicht, daß er in diesem Augenblick trotz seines Entsetzens scharfe Züge, einen durchdringenden Blick und eine dreiste Miene zeigte.

»Ich muß dich etwas fragen… Seit mehr als drei Tagen sehe ich dich hier vorbeikommen…«

Es war nicht auszudenken. Das ging zu schnell. Es war zu schrecklich. Länger als drei Tage in dieser Ecke…

»Wenn man dir ein hübsches Geschenk machen würde, ein wunderbares Geschenk, was würdest du am liebsten haben?«

Weglaufen!… Endlich auf Zehenspitzen an der schweren, lackierten Tür des Hospitals klingeln, wo er Meßdiener war!

»Sprich… Hab keine Angst…«

In einer halben Stunde, in zwanzig Minuten würde es Tag, und die Leute begännen zu leben, Fenster und Türen öffneten sich, während die erste Straßenbahn noch mit Beleuchtung vorbeifahren würde.

Ein Polizist, es gab einen am Ende der Straße, mehr als dreihundert Meter entfernt, in der Nähe der Brücke.

»Schnell, antworte mir... Ich will dir nichts Böses antun...«

Wie hätte er hinterher den Mann beschrieben? Es war nicht jemand aus diesem Viertel, vielleicht nicht einmal aus der Stadt. Er war sehr groß, sehr mager. Er hatte eine merkwürdige Stimme, und er trug keinen Mantel, trotz der Jahreszeit. Womöglich war er grausam? Seine Hand jedenfalls krallte sich um die Schulter des Jungen und schmerzte ihn.

Georget sagte es ihm:

»Sie tun mir weh!«

Und er war überrascht, gesprochen zu haben.

»Antworte! Was möchtest du haben?«

»Ein Fahrrad!«

Woher war das gekommen? Er wußte es nicht. Vielleicht aus seiner großen Angst heraus. Und er hob den Kopf, reckte den mageren Hals und blickte dem anderen in die Augen.

»Du sollst eins haben!... Ich verspreche dir, daß du es bekommst... Hörst du?... Aber paß auf, was ich dir zu sagen habe... Was befindet sich rechts, bevor man die Kapelle des Hospitals betritt?«

»Eine Tür.«

»Diese Tür ist mit einem Riegel verschlossen... Im Vorbeigehen ziehst du ihn auf... Schwör, daß du ihn aufziehst...«

Schweigen. Das Licht in der fernen Mansarde war erloschen.

»Schwör, daß du ihn aufziehst...«

»Ich schwöre es...«

»Wenn du es vergißt, wenn du ihn nicht aufziehst, werde ich dich schnappen, und dann...«

»Ich schwöre es!... Lassen Sie mich los!«

Ließ ihn der Mann los? Befreite sich der Junge durch eine unvermittelte Bewegung? Er lief so schnell, daß er fast gefallen wäre. Er sah von weitem die Uhr des Hospitals, die fünf vor sechs zeigte. Er hatte sich um zwei Minuten verspätet. Normalerweise erreichte er diese Stelle um sieben Minuten vor sechs.

Um ihn herum war Leere. Eine Leere, die sich in ihrer Eigenschaft änderte, die bereits lauer wurde. Er brauchte nur auf den Eckstein zu klettern, den Klingelzug zu fassen und das Gebimmel des Glöckchens auszulösen, das an ein Kloster erinnerte. Dann vernahm er in der Stille der geräumigen Toreinfahrt ein leises Trippeln. Ein Schlüssel drehte sich in dem gutgeölten Schloß. Der Pförtner lächelte, ohne etwas zu sagen.

In seinem Schwung wäre das Kind beinahe gegen einen Leichenwagen gerannt, der unter dem Gewölbe stand. Am Ende dieses Gewölbes erhellte wie durch ein Wunder ein schwacher Morgenschimmer den Hof des Hospitals, wo sich zwischen den Bäumen unzählige Gebäude erhoben.

Ein vertrauter Geruch stieg ihm in die Nase. Die Luftströme selbst waren übrigens unterschiedlich. Man sah von weitem Schwestern kommen, ein paar erleuchtete Fenster, Krankenpflegerinnen, die schnellen Schrittes vorbeigingen.

Er kam an den Küchenräumen im Untergeschoß vorüber, und ein anderer, warmer, etwas ekelerregender Geruch hüllte ihn ein.

Schwör, daß du ihn aufziehst...

Die Kapelle erhob sich rechts im Hof hinter einem Vorbau, den durchquert zu haben er sich nachher nicht erinnerte. Dort war die Tür, die zum Boulevard führte und mit einem dicken Riegel verschlossen war.

Er zitterte. Ihm war, als habe hinter ihm jemand gesprochen, und er errötete, als sei er bereits bei einem Fehler ertappt worden. Er dachte nicht an das Fahrrad. Es war ganz anders. Es war ein Befehl, dem er sich unterwarf, ein Wille, der stärker war als er und der ihn leitete. Seine Hand berührte den Riegel. Er war so sorgfältig geölt, daß er sich mühelos bewegen ließ.

»Beeil dich, Georget...«

Er erfuhr auch nie, ob Schwester Adonie, die Küsterin, seine Tat bemerkt hatte. Eine Sekunde früher oder später.

Als er die Kapelle durchquerte, erblickte er jedenfalls einen Katafalk. Also würde die Absolution erteilt werden, und er würde drei Francs verdienen. Die Kerzen waren noch nicht angezündet. In der Sakristei lagen zwei Meßgewänder bereit, ein rotes und ein schwarzes, und er zog mechanisch das schwarze über, wegen des Katafalks.

»Das rote, Georget!... Du ziehst dich nach der Messe um... Es wird kein Requiem abgehalten... Ich habe dir einen Riegel Schokolade mitgebracht, denn es sind heute drei Absolutionen...«

Drei Absolutionen an einem Tag! Früher wäre er freudig erregt gewesen. Neun Francs!

Der Anstaltsgeistliche glitt herein. Das war seine Art, sich zu bewegen. Er war lang aufgeschossen, mager, blaß und erweckte den Eindruck, Teil eines Kirchenfensters zu sein. Er lächelte wortlos, es war ein Lächeln, wie es die Heiligen zeigen mußten, wenn sie die Hände auflegten. Dann neigte er sich über sein Meßgewand, küßte es und versank in ein kurzes Gebet.

Schwester Adonie schritt von einem Altarende zum anderen, ihr Löschhorn mit aufgestecktem Wachsstock in der Hand, und mit ihrem Vorbeigehen entflammten die Kerzen. Aus der Kapelle stieg das Geräusch von gedämpften Schritten herauf.

Die Schwestern nahmen oben auf der Empore Platz. Unten rückten die Kranken, in verwaschene Wolluniformen gekleidet und mit dicken Pantoffeln an den Füßen, die Stühle zurecht, einige von ihnen humpelten auf Krücken, andere wurden in kleinen Wagen geschoben, und ein junges wachsbleiches Mädchen wurde jeden Morgen auf einer Bahre hereingetragen.

Ein Wink des Geistlichen. Der Junge schwenkte seine Altarsglöckchen. Kniefall. Und schon zündete Schwester Adonie im Hinblick auf die Absolutionen die Stäbchen im Weihrauchkessel an.

Dominus vobiscum...

Et cum spiritu tuo...

Die Antworten schwangen sich empor, die Flammen der Kerzen flackerten, der Geist des Jungen entwich, ging und kam zurück, vergaß die Erwiderungen, vergaß die Messe, dachte an den Riegel, an das Fahrrad, an die Kranke auf der Bahre. Zweimal mußte der Priester warten, denn der Chorknabe hatte sogar das Meßkännchen vergessen, so daß ihn Schwester Adonie von der Sakristei aus mit einem traurigen Lächeln zur Ordnung rufen mußte.

Agnus dei, qui tollis peccata mundi...

Dona eis requiem...

Er hatte sich wieder geirrt. Das »Dona eis requiem« war für die Totenmessen, und heute gab es doch nur Absolutionen.

Agnus dei, qui tollis...

Er trottete auf seinen elfjährigen Beinchen mit den blaugefrorenen Knien umher, brachte Meßkännchen, machte kehrt, griff nach der Schelle mit den drei Glöckchen.

Ite missa est...

Er spürte die aufgeweichte Schokolade in seiner Tasche und empfand eine Art Übelkeit. Wo war er? Schon in der Sakristei. Schwester Adonie half ihm, das rote Meßgewand gegen ein schwarzes einzutauschen, zog ihm das Chorhemd über.

»Bist du auch nicht zu hungrig, Georget?«

Sie ging in ihrem weiten Wollgewand wieder hinaus, um die Kerzen um den Katafalk herum anzuzünden. Die Kranken entfernten sich. Die meisten Schwestern ebenfalls. Männer brachten den ersten Sarg. Ohne zu wissen, was er tat, pustete der Junge in die Asche des Weihrauchkessels, und seine Wangen wurden purpurrot.

Noch war nichts geschehen, aber er hatte den Riegel aufgezogen... Bestimmt passierte es jetzt, während der Absolutionen...

Ein Wink des Anstaltsgeistlichen. Er nahm das große

schwarze Kreuz, schritt vorweg, stolperte in seinem Meßgewand.

Libera me, domine…

Schwester Adonie saß bereits an der Orgel, und Georget war nach Weinen zumute, wie jedesmal, wenn er an einer Absolution teilnahm. Dicke, fast glückliche Tränen ohne Trauer.

Dies irae, dies illa; solvet saeclum in favilla…

Er kannte die Worte auswendig. Manchmal sagte er sie selber her, allein, mit der gleichen gedämpften Stimme wie der Geistliche.

Die Kapelle war nahezu leer. Nur auf den vordersten Stühlen eine Frau in Trauer und ein junger Mann von fünfzehn oder sechzehn Jahren.

Pater noster…

Der Augenblick, den er am liebsten mochte. Diese beiden Wörter, wie einen höchsten Appell an den Himmel gerichtet, worauf der Priester nach dem Weihwedel griff und in absoluter Stille langsam um den Sarg herumschritt.

Dann der Weihrauchkessel…

Et ne nos inducas in tentationem…

Sed libera nos a malo…

Warum hatte man ihm ein Fahrrad versprochen? Er hatte seine Schokolade noch immer nicht gegessen. Er knetete sie in seiner Tasche durch die Öffnung seines Chorhemds hindurch.

Requiescat in pace!

Amen…

Geräusche. Es waren wenige Teilnehmer da, doch die Schuhsohlen schurrten über die grauen Steinfliesen. Der

Sarg wurde hinausgetragen. Die Frau und der junge Mann verließen den Raum. Man brachte einen anderen Toten. Wieder die Orgel.

De profundis clamavi...

Dies war ein einfacher Sarg ohne Schmuck, ein weißer Holzkasten, den die Wohlfahrt gestellt hatte. Eine einzige Schwester betete in einer Ecke neben dem Beichtstuhl.

Pater noster...

Hatte der Geistliche Hunger? Es ging jetzt schneller. Selbst die Orgel erschien munterer.

Requiescat in pace...

Nun der dritte. Und niemand, der ihm folgte. Draußen hörte man die Räder des zweiten Leichenwagens.

De profundis...

Warum sollte ihm der Mann ein Fahrrad schenken? Er hatte gelogen. Er würde ihm das Fahrrad nie geben. Man verschenkt kein Fahrrad an jemanden, den man nicht kennt.

Seit Jahren, seit er zur Schule ging, hatte er sich ein Fahrrad gewünscht, aber...

Pater noster...

Er vertat sich, reichte den Weihwasserkessel anstelle des Weihwedels, war nahe daran, in Tränen auszubrechen. Morgen würde er zur Beichte gehen. Nein, heute noch, denn wenn er sterben sollte, nachher...

Et ne nos inducas...

Es war heller Tag. Die Sonne schien. Er merkte es plötzlich, als die Tür geöffnet wurde, um den dritten Toten hinauszutragen.

»Du warst diesmal nicht bei der Sache, Georget.«

Er sah die Schwester Küsterin an und fragte sich, ob er nicht besser daran täte, ihr alles zu gestehen.

»Hast du deine Schokolade gegessen?«

Warum log er? Er bejahte, obwohl die Schokolade in seiner Tasche nur noch eine klebrige Masse unter seinem Taschentuch bildete.

Und Schwester Adonie fingerte in den Falten ihres weiten Gewandes, so daß ihr Rosenkranz klimperte, und zog aus einem geheimnisvollen Versteck Ein-Franc-Stücke hervor, die sie auf den Tisch zählte...

»Hier sind neun Francs, Georget... Sei morgen früh pünktlich...«

Er würde nicht da sein, das wußte er. Er würde nie wiederkommen. Er war traurig. Der Anstaltsgeistliche kniete wie jeden Tag in seiner Soutane am Fuß des Altars nieder und sprach sein persönliches Gebet. Es zog etwas, da die Tür offen geblieben war. Sonne drang von draußen herein und ließ den Kerzenschein verblassen.

Würde er es wagen, das Hospital zu verlassen? Im Laufschritt kehrte er heim, ließ sich auf seinen Stuhl am Küchentisch fallen, und da er seiner erstaunten Mutter nichts zu sagen wußte, stieß er hervor:

»Ich habe Hunger!«

Vor allem durfte er nicht darüber sprechen! Mit niemandem! Um keinen Preis! Aus diesem Grund gesellte er sich in der Pause nach der Rechenstunde zu dem Kameraden, den er am wenigsten mochte, zu Gallet, einem blassen Jungen mit großem Kopf, der der gehässigste Petzer war.

»Ich bekomme ein Fahrrad!«

»Das ist nicht wahr.«

»Was wetten wir, daß ich ein Fahrrad bekomme?«

»Deine Eltern sind zu arm dazu!«

»Es sind nicht meine Eltern, die es mir kaufen.«

»Wer denn?«

Dennoch glaubte er nicht an das Fahrrad.

»Was wetten wir? Ein Rad mit zwei Gängen und verchromten Schutzblechen...«

Dann kam die Erdkundestunde. Danach, fast gleich darauf, um halb zwölf, strömten die Schüler durch das große grüne Tor.

Er bummelte absichtlich langsam durch die Straßen, trat mit dem Hacken gegen die Türschwellen der Häuser, blieb lange vor dem Schaufenster von Luska, dem Spielwarenhändler, stehen.

»Deine Mutter sucht dich schon!« rief ihm die Nachbarin Ledoux zu, die eilig vorbeiging.

»Das ist nicht wahr!«

Denn das Fahrrad...

Nun, das Fahrrad war da. Er erblickte es auf dem Flur, zum Teil noch in seiner Verpackung. Er sah auch seine Mutter und seinen Vater, die das Gefährt verblüfft betrachteten.

»Ich sage dir, das war Mathilde!« behauptete die Mutter, die das Bedürfnis hatte, in den glücklichsten Augenblicken eine traurige Miene zu machen. »Die arme Frau bereut, was sie uns angetan hat. Ihr ist eingefallen, daß Georget bald Kommunion hat. Sie ist immerhin seine Patin...«

»Als wenn sie sich bisher um ihn gekümmert hätte!«

»Ich behaupte nicht, daß Mathilde nicht falsch gehandelt hat, aber... Faß es nicht an, Georget!... Du wirst es kaputt machen... Wer könnte dem Kind ein Fahrrad geschickt haben, wenn nicht Mathilde?«

»Ich wüßte nicht wie, sie ist doch in Kairo, da hat sie...«

»Sie hätte doch den Nouvelles Galeries schreiben können, sie sollten Georget ein Fahrrad liefern...«

»Es paßt nur nicht zu ihr, uns nicht wissen zu lassen, daß es von ihr kommt...«

»Vielleicht folgt der Brief noch...«

Es wurde weiterdiskutiert, weil der Lenker nicht an seinem Platz war und niemand wußte, wie man ihn befestigen sollte.

»Wir brauchen nur den Sohn von Dupain zu rufen... Er repariert doch alle Fahrräder in der Straße.«

Man wunderte sich, daß Georget nicht essen wollte.

»Er ist zu aufgeregt... Wir hätten es ihm nicht gleich zeigen sollen...«

»Ich bin nicht aufgeregt... Und wenn ich gewußt hätte...«

»Was gewußt hättest?«

»Daß ich ein Fahrrad bekomme...«

Seine Mutter seufzte, als ob sie sagen wollte:

»Da lügt er schon wieder!«

Sein Vater schaute auf die Uhr, denn er mußte ins Büro, und er hätte doch vorher gerne das Fahrrad ausprobiert.

»Beeil dich! Du wirst zu spät in die Schule kommen...«

Als wenn die Schule noch wichtig wäre! Er ging hin, weil er es mußte. Er verkündete diesem Mistkerl von Gallet:

»Ich habe mein Fahrrad!«

»Das ist nicht wahr!«

»Du kannst es dir ja um vier Uhr ansehen...«

Er hätte am liebsten etwas anderes hinzugefügt. Es brannte ihm auf der Zunge. Ihm zum Beispiel zu sagen:

»Ich hab es mir selbst verdient! Meine Eltern glauben, es sei ein Geschenk von Tante Mathilde, aber das stimmt nicht. Heute morgen hat ein Mann...«

Er würde es niemandem verraten! Um keinen Preis! Wer weiß, vielleicht würden nachher Polizisten am Schuleingang auf ihn warten, um ihn festzunehmen?

»Wer hat den Riegel der kleinen Pforte aufgezogen?«

»Das war ich nicht.«

»Schwester Adonie hat dich gesehen...«

»Schwester Adonie ist eine Lügnerin...«

»Dann erklär mir mal, woher du das Fahrrad hast!«

Er hob nachdrücklich den Finger. Es war dringend. Kaum auf der Toilette, erbrach er alles, was er zu Mittag gegessen hatte, und es hatte den Geschmack von Tomaten. Er erinnerte sich nicht, Tomatensauce mit einem Rest Suppenfleisch zu sich genommen zu haben.

»Na, was hast du denn?«

»Ich, Herr Lehrer, ich habe nichts.«

»Du bist ja ganz blaß...«

»Ich habe nichts...«

»Lutsch das mal...«

Diese Manie des Lehrers, Pfefferminzpastillen zu verteilen, und zwar keine ganzen, sondern in Viertel geschnittene!

»Ich verbiete dir, das Fahrrad anzurühren, bevor dein Vater nach Hause gekommen ist...«

Am Tisch, unter der Lampe, machte er seine Schulaufgaben, lernte er laut seine Lektion. Es war ein Text für den Geschichtsunterricht über Philipp den Schönen. Es wurde gegessen. Er hatte noch den Nachgeschmack des Pfefferminzbonbons im Mund.

»Ich meine, wir müssen Mathilde schreiben, um ihr zu danken...«

»Und wenn sie es nicht war?«

»Wenn sie es nicht war, was undenkbar ist, wird es sie daran erinnern, daß sie ein Patenkind hat, das bald seine Erste Kommunion feiert...«

»Schreib!«

»Schreib du. Sie ist deine Schwester...«

»Was soll ich ihr denn schreiben?«

Der Vater diktierte. Die Mutter schrieb. Vier oder fünf Bogen Rechenpapier wurden zerrissen.

»Ich frage mich nur, wie sie gerade auf ein Fahrrad gekommen ist... Normalerweise schenkt eine Patin ihrem Erstkommunikanten eher eine Uhr...«

Der kleine Bruder lag schon im Bett. Es war ein Wunder, daß man nicht daran dachte, Georget schlafen zu schicken, der sich in einer Ecke ganz klein machte.

Doch genau in dem Augenblick, da er diese Überlegung anstellte, dachte man daran.

»Mein Gott! Er ist noch nicht im Bett und muß um halb sechs aufstehen.«

Da erklärte er:

»Ich geh nicht mehr ins Hospital...«

»Warum nicht?«

Er merkte, daß er knallrot wurde und ihm das Blut in den Schläfen hämmerte.

»Darum nicht!«

»Warum gehst du nicht mehr ins Hospital? Du hast es doch selbst gewollt... Du weißt, es ist für dein Sparbuch...«

»Ich will nicht mehr hin.«

»Hat man dir etwas getan? Sind die Schwestern nicht nett zu dir?«

Er antwortete nicht.

»Geh schlafen... Morgen werde ich Schwester Adonie aufsuchen...«

Am nächsten Morgen wachte er kurz vor halb sechs auf, blieb mit offenen Augen liegen und wartete auf das Klingeln des Weckers, den er jedoch nicht aufgezogen hatte, dann schlief er wieder ein und träumte von gewaltigen Türriegeln, die selbst zwei Männer nicht aufzuziehen vermochten.

Beim Frühstück schmollte seine Mutter mit ihm.

»Ich verstehe nicht, wenn man als Kind neun Francs für drei Absolutionen beiseitelegen kann...«

Sein Vater war zum Briefkasten gegangen, um die Zeitung zu holen. Er trank seinen Kaffee aus, hielt die Füße vor den Herd und rauchte seine Morgenzigarette. Der jüngere Bruder saß im Nachthemd in einem Sonnenstrahl und aß ein gekochtes Ei.

»Hör mal zu, Germaine...«

Der Vater hatte die Angewohnheit, sich bei jeder Gelegenheit an seine Frau zu wenden, um ihr Passagen aus der Zeitung vorzulesen. Da sie wußte, daß nicht alles für die Ohren der Kinder bestimmt war, bemerkte sie:

»Georget ist hier...«

»Das macht nichts... Es geht um den Bankraub... Erinnerst du dich?... Giovanni... Derjenige, den man gefaßt hat und der im Hospital an Rippenfellentzündung gestorben ist... Der ist gestern beerdigt worden... Georget hat sicher bei seiner Absolution administriert...«

Vergeblich gab sie ihrem Mann immer wieder Zeichen...

»Er hat nie die Namen seiner Komplizen verraten oder sagen wollen, wo er das Geld versteckt hat...«

Resignierend hustete sie. Um so schlimmer, wenn er nicht begriff, daß so ein Kinderhirn...

»Die Zeitung schreibt folgendes:

Merkwürdiger Einbruch im Hospital Edith-Cavell

Gestern ist ein ebenso makabrer wie unerwarteter Einbruch im Hospital Edith-Cavell kurz vor oder nach der Beerdigung von Giovanni verübt worden, einem der Mittäter beim Raubüberfall auf die Bank Lert & Chauvin.

Man weiß, daß dieser mit Geschick und Kühnheit begangene Überfall die Mitarbeit von mindestens drei Komplizen erfordert hat. Bekannt ist auch, daß er den Tätern mehr als sechshunderttausend Francs eingebracht hat, die bisher nicht aufgefunden worden sind.

Nur Giovanni ist gefaßt worden. Da er kränklich war, hat er im Gefängnis eine Rippenfellentzündung bekommen und mußte ins Krankenhaus überführt werden, wo er bald verstorben ist. Es braucht nicht erwähnt zu werden, daß er streng bewacht war.

Nun hat sich gestern während der Beisetzung ein Unbekannter in die Leichenhalle des Hospitals geschlichen, wo die Kleidungsstücke des Toten lagen, die zur Wäscherei gebracht werden sollten.

Lediglich ein Schuh, und zwar der linke Schuh, ist von dem Dieb entwendet worden. Das läßt darauf schließen, daß dieser Schuh das Geheimnis des Bankräubers enthielt, den die Polizei nicht hatte zum Sprechen bringen können.

Handelte es sich nur um das Namensverzeichnis der Komplizen? Ging es nicht eher um Hinweise auf den Ort, wo das Geld versteckt ist?...

Hörst du? Ein Schuh!« wiederholte der Vater und zündete seine Zigarette wieder an. »Wenn man daran denkt, daß solche Dinge um uns herum geschehen, daß ausgerechnet Georget bei der Absolution administriert hat... Worauf wartest du, Georget? Geh zur Schule!«

Wortlos nahm der Junge seinen Ranzen, warf seinen Ratinémantel über den Arm und trat hinaus in den Flur, wo noch immer das Fahrrad stand. Die Haustür schlug zu. Später, während des Unterrichts, schob er Gallet einen Zettel zu, auf den er geschrieben hatte:

Ich habe gewonnen. Du schuldest mir zwei Lutscher.

Wenn Schwester Adonie...

Ein Tag... Zwei Tage...

»Bist du bei Schwester Adonie gewesen?«

»Sie ahnte schon, daß der Junge nicht lange durchhalten würde. Eine Weile macht ihnen das Spaß. Sie sind alle gleich. Dann...«

Man erlaubte ihm nicht, vor Beginn des Frühlings Fahrrad zu fahren, um das Rad zu schonen.

Schließlich traf eine Karte von Tante Mathilde ein, eine Ansichtskarte, auf der der Suez-Kanal unter dunkelblauem Himmel zu sehen war.

Ich habe mich sehr gefreut, von Euch zu hören. Somit sind unsere kleinen Mißverständnisse ausgeräumt. Hector geht es gut. Den Kindern auch. Berthe kommt nächstes Jahr in die Schule. Wir werden unseren Urlaub sicher in Vichy verbringen. Herzliche Grüße

Mathilde

Unten in der Ecke, etwas kleiner geschrieben:

Meinem Patenkind die besten Wünsche zur Erstkommunion!

»Was hab ich dir gesagt?«

»Natürlich!... Trotzdem...«

»Wie ich Mathilde kenne... feinfühlig, wie sie ist... hat sie es vorgezogen, Georget etwas zu schenken, bevor sie uns schrieb...«

Und Georget sagte nichts. Er sagte auch seinem Feind Gallet nichts. Niemandem sagte er etwas. Selbst im Beichtstuhl fand er eine vage Formulierung.

»... ich bekenne mich schuldig, aus Unüberlegtheit gesündigt... und nicht immer die volle Wahrheit gesagt zu haben...«

Erst später... Er war achtzehn Jahre alt... Sein Vater war tot... Mathilde lebte im Elend, denn ihr Mann hatte sie mit ihren drei Kindern sitzenlassen, um irgendeiner Frau zu folgen, von der man nur durch die Blume sprach...

Georget war mit seiner Mutter allein in der Küche, wo sich nichts verändert hatte, lediglich er selbst hatte einen Flaumbart am Kinn, eine etwas rauhe Stimme, und anstatt zur Schule zu gehen, ging er ungefähr zur gleichen Stunde in seine Bank.

»Sag mal, Mama... Ich wollte dir schon lange etwas sagen... In bezug auf Tante Mathilde... Erinnerst du dich an das Fahrrad?...«

Seit Jahren hatte er auf diese Minute gewartet, und nun war sie endlich gekommen. Er war nahezu das Familienoberhaupt. Er sorgte für den Unterhalt. Er konnte sich erlauben...

»Was ist mit Tante Mathilde?... Du scheinst wie dein armer Vater zu werden, der sie nicht ausstehen konnte, weil sie vielleicht zu einem bestimmten Zeitpunkt etwas falsch gemacht hatte...«

»Nein, es geht um...«

Sie schenkte Kaffee in die Tassen, holte die Zuckerdose aus dem Schrank, setzte sich ihrem Sohn gegenüber.

»Mathilde ist viel besser, als ihr denkt... Das beweist schon das Fahrrad, das sie kommentarlos geschickt hat... Möglicherweise, wie ich mich manches Mal gefragt habe, ohne Wissen ihres Mannes, der unsere Familie nicht mochte... Was hast du denn gegen sie?«

Auf dem Aufsatz über dem Herd tickte der Wecker, der ihn einst morgens um halb sechs geweckt hatte, immer noch eilig, immer noch lautstark.

»Nichts, Mama... Ich...«

Wozu? Das Fahrrad war inzwischen verrostet, zu klein für ihn und sogar für seinen Bruder. Wer hörte früh um Viertel vor sechs das erste Läuten zur Messe im Hospital? Welcher Junge strich am noch dunkeln Morgen an den Häusern entlang und hoffte auf möglichst viele Absolutionen zu drei Francs?

»Reich mir bitte die Marmelade herüber«, seufzte er lediglich.

Dann bestieg er sein Herrenrad, um wie alle Erwachsenen zur Arbeit zu fahren.

Der Schiffbruch des »Eisschranks«

Wenn Sie in diesem Paradies auf Erden, das die Insel Porquerolles, einige Meilen südlich von Hyères-l'endormie, darstellt, an Land gehen, ist es möglich, daß man Ihnen die Geschichte vom Schiffbruch des »Eisschranks« anders erzählt. Es kann sogar sein, daß man Ihnen unterschiedliche Berichte liefert, je nachdem, ob Sie sich an Grimaud-le-grand-patron wenden, an Tadot-tête-de-pirate, an Entrouille, an Maurice-la-Bouillabaisse oder die vielen anderen, die Sie beim Boule-Spiel im Schatten der dürren Eukalyptusbäume auf dem Platz antreffen.

Sie müssen wissen, daß weder die einen noch die anderen lügen. Doch da sie die einzige Wahrheit, die Ihnen hier geboten wird, nicht kennen, erfinden sie Wahrheiten. Und je mehr Zeit vergeht, desto reicher schmücken sie sie aus.

Für die Stunde, in der es geschehen ist, gibt es keinen Zeugen. Die Kirchturmuhr, die übrigens eine Phantasiezeit anzeigt, ist mehrere Kilometer von der Pointe des Mèdes entfernt. Diese Pointe des Mèdes wiederum liegt ein gutes Stück weg vom Gut Notre-Dame, und die Leute dieses Gutes waren an diesem Tag wie an den anderen irgendwo in der Sonnenglut über die Rebstöcke gebeugt. Vielleicht hätte man von dem Kriegsschiff aus, das in der Bucht von Salins ankerte, das Drama mit dem Feldstecher verfolgen können?

Jedenfalls hatte Boussus, der dicke Boussus, in seinem zweifelhaften Pyjama, mit Sandalen an den schmutzigen Füßen, einen helmartigen Strohhut auf dem Kopf, sein blütenumranktes Haus am Platz verlassen und war gegen sechs Uhr morgens am Hafen eingetroffen. Er war weder rasiert noch gewaschen. In einem Korb trug er eine Flasche Insel-Rosé, ein zweipfündiges Brot, eine Büchse Sardellen in pikanter Sauce und eine dicke Scheibe Roquefort.

Casimir, der in aller Frühe seine Netze eingeholt hatte, sah ihn wie fast jeden Morgen an Bord seines Schiffes »Girelle Royale« gehen, das jedoch bekannter war unter dem Namen »Eisschrank«.

Und wie immer machte der Motor, ehe er ansprang, Schwierigkeiten. Und während er warmlief, schlug Boussus hinten das rot-gelb gestreifte Zelt auf, stellte den Klappstuhl hin, vergewisserte sich, daß die Fangleinen in Ordnung waren und zog den Behälter mit Einsiedlerkrebsen aus dem Wasser, die ihm als Köder dienten.

Wenig später durchschnitt die »Girelle Royale«, die nicht mehr als sechs Meter maß (in der Gegend sagte man achtundzwanzig Bahnen), eine weiße Furche hinter sich lassend, die seidenglatte Oberfläche des Wassers in Richtung der Pointe des Mèdes, der äußersten Spitze der Insel.

Boussus hatte seinen festen Platz und wechselte ihn nie. Die Pointe des Mèdes ist ein Steilfelsen außer Sichtweite jeder Ortschaft. Kaum zwanzig Meter hoch erhebt sich eine Felsennadel aus dem tiefen Meer.

»Mein Sonnenschirm!« sagte Boussus gerne, dem dieser Felsen Schatten spendete.

Dort, wo man durch das klare Wasser in zwanzig Meter Tiefe den Meeresgrund erkennen konnte, versenkte er einen Stein, der an einem Tau hing und ihm als Anker diente. Dann setzte er sich auf seinen Klappstuhl, rollte die Angelschnüre aus und begann zu fischen.

Eines ist sicher: um neun Uhr hatte er in seinem Korb, über den ein feuchtes Tuch gebreitet war, etwa vierzig Lippfische, zwanzig orangene Meerbarsche, fünf Drachenköpfe, eher braun als rot und voller Stacheln, sowie zwei oder drei grün-blau schimmernde Krallenfische.

Die Flasche Wein aus Porquerolles, die in Reichweite von Boussus stand, war schon lange nicht mehr voll. Die Büchse Sardellen in pikanter Sauce war geleert. Die Sonne stand bereits hoch am Himmel. Und das spiegelglatte Wasser, über das keine Brise wehte, hob und senkte sich in einer leichten, langsamen Dünung wie die Brust einer bewegten jungen Frau.

Einige haben von zwei Flaschen gesprochen, andere von dreien. Fest steht, daß man nur eine einzige gefunden hat. Boussus wollte eben seine Angelleinen einziehen, an denen zwei Meerbarsche hingen. Als er sich vorbeugte, konnte er auf dem Grund des klaren Wassers die Felsen sehen, die er kannte, wie ein Landwirt die geringsten Einzelheiten seines Feldes kennt, mit ihren schattigen Löchern, den Algen, den Schwärmen von flinken, wie Zicklein umhertollenden Lippfischen.

Kein menschliches Wesen weit und breit. Nicht das geringste Motorgeräusch. Niemand an Land oder auf See. Und dennoch rief plötzlich eine Stimme:

»Mimile!«

Nun, Boussus zuckte nicht zusammen. Er sagte sich nur:

›Ich wußte es!‹

Seit fünfundzwanzig Jahren hatte ihn niemand mehr Mimile gerufen. Niemand wußte auf Porquerolles, daß dies früher sein Beiname gewesen war. Kein Mensch hielt sich in seinem Blickfeld auf.

Trotzdem hob er langsam den Kopf. Seine Augen, stets von Rauchglas geschützt, suchten die Landschaft ab. Und wie einst Kain stammelte er lediglich:

»Wo bist du?«

»Mimile...«

Einer der Fische entglitt ihm. Er war verloren, denn da er aus einer Tiefe von zwanzig Metern kam, würde er bald sterben, und man würde ihn mit dem Bauch nach oben auf dem Wasser schwimmen sehen.

»Mimile...«

In diesem Augenblick vernahm er ein Plätschern. Hinter dem Felsen, an dem die »Girelle Royale« gleichsam lehnte, tauchte fast lautlos eine flache Barke auf, in der ein einzelner Mann saß.

»Du bist es...«, murmelte Boussus.

Sagte er es wirklich? Oder sprach er es nicht aus? Jedenfalls bewegten sich seine Lippen, und er hatte den Eindruck, zu sprechen. Desgleichen hatte er die Vorstellung, sich zu bücken, aus einer Schublade, die sich in Reichweite befand, einen geladenen Revolver zu nehmen, den er dort aufbewahrte.

Worauf der andere in seiner flachen Barke, deren Ruder er losgelassen hatte und die nun wenige Meter von der »Girelle Royale« entfernt auf dem Wasser trieb, in vorwurfsvollem Ton brummte:

»Wovor fürchtest du dich?«

»Ich wußte, daß du wiederkehren würdest...«

»Weil die Zeitungen davon berichtet haben, nicht wahr? Ich hätte allerdings woanders hingehen können...«

»Ich wußte, daß du hierher kommen würdest... Ich wußte, daß du meine Adresse ermitteln würdest...«

»Schieß nicht, Mimile....«

»Was willst du von mir?«

»Ich bin gekommen, um dir wie einem alten Kumpan guten Tag zu sagen... Ist es nicht natürlich, nach so langer Zeit einen Kameraden wie dich zu begrüßen?...«

Der Himmel war türkisgrün, das Meer opalfarben und immer noch von diesem langsamen, ruhigen Atem beseelt, der dem Rhythmus der Natur zu entsprechen schien. Der Schiffsrumpf wiegte sich in der Dünung. Das Wasser stieg an den Felsen hoch, floß zurück und legte dabei Stellen frei, die mit grünem Moos und Muscheln besetzt waren.

Doch es war der Mann in der flachen Barke, der am meisten Ruhe, ja Glück ausstrahlte. Seit Monaten, seit Jahren hatte sich Boussus gefragt:

›Werde ich ihn wiedererkennen?‹

Einen Mann, der bei ihrer letzten Begegnung zweiundzwanzig Jahre alt und mager wie ein Dachhase gewesen war... Wieviel Zeit war seither vergangen?... Fünfundzwanzig Jahre... Fünfundzwanzig Jahre Strafkolonie, unten in Guayana...

Seit Monaten hatte Boussus die Fremden beobachtet, die auf der Insel landeten, und sich gefragt:

›Ähnelt der Mauvoisin?‹

Vielleicht hatte er ein Auge verloren? Vielleicht war seine Nase gebrochen, hatte er Blumenkohlohren, eine krächzende Stimme, einen verkrüppelten Körper?

Wie würde Mauvoisin sich geben? Haßerfüllt, wild, rachelustig?

Und nun kam dieser Mann in der flachen Barke und sagte einfach leise, fast schüchtern:

»Guten Tag, Freund...«

Während Boussus sich ein Lächeln abzuringen versuchte und stammelte:

»Guten Tag...«

»Du siehst, ich bin gekommen, um dir guten Tag zu sagen...«

Darin lag keine Ironie, nicht die geringste Drohung. Frieden senkte sich auf das Land oder vielmehr aufs Meer.

»Du hast ein recht hübsches Schiff, Mimile...«

Mimile war verlegen, als wenn ihm eine schöne Frau ein Kompliment gemacht hätte. Wußte Mauvoisin, daß man seinem Schiff in der Gegend den Spitznamen »Eisschrank« gegeben hatte? Wußte er, daß Boussus es allein gegen den beißenden Spott der Grimaud, Tadot, Entrouille und all derer bei Maurice und im Café des Iles d'Or verteidigen mußte?

»Ich hab es nach meinen Vorstellungen eingerichtet...«, murmelte er.

Er war groß, fett, weichlich, und seine breiten Schenkel zwangen ihn, beim Gehen die Beine zu spreizen. Er liebte Komfort, seine Bequemlichkeit. Deshalb hatte er ein gestreiftes Zelt hinten auf seinem Boot. Und darum hatte er sich eine winzige Kabine eingerichtet, mit einem Schrank, Schubladen, einem Miniatureisschrank und Kissen...

Auf der Insel hieß es:

»Mit seinen vielen Aufbauten wird er das Schiff noch versenken... Das ist übrigens kein Schiff mehr... Das ist ein Eisschrank...«

Mauvoisin war der einzige, der es lobte.

»Ein sehr schönes Schiff, Mimile... Wenn wir das und das Mittelmeer in Saint-Quentin gehabt hätten...«

Boussus war noch mißtrauisch. Doch nein! Das war nicht der Mauvoisin von früher, den er da vor sich hatte, auch nicht der Mauvoisin, dessen Auftauchen er gefürchtet hatte.

Zwölf der gefährlichsten Sträflinge sind aus Guayana entflohen und haben versucht, mit einem Boot nach Venezuela zu gelangen, hatte in den Zeitungen gestanden.

Und weiter:

Sieben von ihnen sind von Haifischen verschlungen worden...

Schließlich:

Unter denen, die es geschafft haben, die Insel Margarita völlig entkräftet, halb verhungert und nach acht Tagen ohne Wasser zu erreichen, wird Jules Mauvoisin genannt, der Mörder des Kassierers der Drahtziehereien von Saint-Quentin...

Und dieser Mauvoisin zeigte sich nun sanft wie ein Lamm. Er sprach ohne Haß, mit der Sentimentalität eines Trinkers. Seine Haare waren schneeweiß geworden, auch seine Hautfarbe war weiß, seine Augen wirkten wie durchsichtig, und er saß winzig klein, ganz mager mitten in seiner himmelblauen Barke.

»Ich bin froh, Mimile, daß du davongekommen bist... Ich hab mir da unten immer gesagt: Hauptsache, Mimile kommt da raus!... Du hast ein schönes Schiff... Offenbar hast du auch ein hübsches Haus am Platz...«

Boussus fühlte, ebenfalls nach Art der Trinker, sein Herz dahinschmelzen.

»Es ist das hübscheste, das stimmt, Mauvoisin.«

»Nenn mich Jules...«

»Es ist das hübscheste, Jules! Letztes Jahr habe ich die Wände in der Küche kacheln lassen. Dieses Jahr habe ich die Terrasse mit Blumen umpflanzt. Ich habe sogar ein Bad eingerichtet, obwohl ich das nicht benutze.«

»Das hast du richtig gemacht, Mimile.«

»Du kannst das nicht verstehen... Ich bin so allein... Da muß ich mich eben zerstreuen...«

»Du hast in deinem Garten die besten Pfirsichbäume der Insel gepflanzt...«

»Dabei mag ich gar keine Pfirsiche!... Erinnerst du dich, Jules?... Der Kerl... Dieser Michel... Nun, ich kann machen, was ich will, ich habe immer ein unbehagliches Gefühl...«

»Das ist lange her, Mimile!«

»Und dann, siehst du, gibt es dich... Dich, den ich da unten wußte, der auf der Straße Steine zerkleinern mußte...«

»Das hat meine Lungen geheilt... Ich hatte es auf der Brust. Die Ärzte hatten mich durchleuchtet und wollten mich in die Berge schicken... Du siehst, daß die Kur mir geholfen hat...«

Mauvoisin lächelte ein Lächeln, das so eisig war wie der Meeresgrund.

»Du bist mir nicht böse, Jules?«

»Weshalb?«

Er war so gutmütig, so voller Sanftmut, daß Boussus nicht umhin konnte, zu sprechen:

»Ich will dir die Wahrheit sagen... Ich hab ein schönes Haus, Hunderttausende von Francs auf der Bank, ein hübsches Schiff, was sie auch darüber sagen mögen... Jedenfalls ist es nach meinem Geschmack... Trotzdem, Jules, bin ich nie glücklich gewesen...«

»Warum?«

»Wegen dir...«

»Hab ich dir je Vorwürfe gemacht?«

»Du hast mir nie geschrieben...«

»Ich hätte es tun können... Es gibt da Möglichkeiten über andere Kumpels... Warum hätte ich dir etwas vorwerfen sollen?«

»Weißt du das nicht, Jules?«

»Ich bin über alles auf dem laufenden...«

»Über alles?...«

Vor soviel Güte wäre Boussus am liebsten in Tränen ausgebrochen.

»Weißt du, wenn man von da unten zurückkehrt, ist es etwa so, als käme man aus der Hölle. Man sieht die Dinge anders. Du kannst nicht wissen...«

Er zeigte immer noch die Sanftmut eines Kirchenheiligen. Und Boussus war über Jahre hin von einem grinsenden Gespenst verfolgt worden!

»Erinnerst du dich an alles, Jules?«

»An alles...«

»Es war Samstag...«

»Im November, ja... Es regnete... Es war windig... Ich hatte eine kleine Werkstatt an der Landstraße, fünf Kilometer von Saint-Quentin entfernt... Da ich mit meinen Einkünften nicht auskam, hatte ich neben der Werkstatt eine kleine Kneipe eröffnet... Dennoch drohten sie mir mit Pfändung... Meine Frau, die recht hübsch war, hatte gerade in Paris ihre kranke Tante besucht... Ich frage mich heute, ob es wirklich ihre Tante war...«

»Nun gut, Jules! Da wir unter Brüdern sind, kann ich dir ja sagen...«

»Ich ahnte es... Das ist unwichtig... Übrigens hat sie danach die Scheidung verlangt...«

»Ich bin abends gegen sechs zu dir gekommen... Ich wohnte zweihundert Meter weiter und verrichtete in der Gegend Gelegenheitsarbeiten...«

Es war unerhört! Nie hätte Boussus sich träumen lassen, daß diese Begegnung so verlaufen würde! Sie waren gleichsam im Himmel, wo die Seelen wohl in aller Ruhe über ihre irdischen Angelegenheiten sprechen.

»Als ich bei dir reinkam, ragten seine Füße aus der Schranktür...«

»Ich hatte ihn eben getötet...«

»Mit einem Schraubenschlüssel...«

»Ich habe genommen, was mir gerade in die Hand fiel...«

Selbst die schmutzigsten Kleinigkeiten verloren dank der sozusagen vergeistigten Stimmung von Jules Mauvoisin das, was ihnen an Grausamkeit anhaftete!

Dennoch... Die nasse Straße... Die Werkstatt und die Kneipe... Der arme Michel, der Kassierer der Drahtziehereien von Saint-Quentin, der ein Holzbein hatte und auf einem Moped herumfuhr... Es war nicht nur Samstag, sondern der 30. des Monats... Er war bei der Bank gewesen, um für Tausende von Arbeitern und Angestellten der Fabrik die Lohngelder zu holen...

»Hallo, Jules... Sieh doch mal nach, ob da nicht Wasser in meinem Vergaser ist...«

In seinem Motor hörte er ein Klopfen, und er hatte Angst, mit einer Panne steckenzubleiben.

»Wollen Sie nicht einen Schluck Wacholder trinken, während ich das repariere, Monsieur Michel?...«

Mauvoisin wußte, daß die Umhängetasche Hunderttausende von Francs in Banknoten enthielt. Boussus war zu dem Zeitpunkt noch nicht da.

Boussus hatte das Drama nicht miterlebt, den Schlag mit dem Schraubenschlüssel auf den Kopf des Kassierers, die weiteren Schläge, die Bewegungen, um den leblosen Körper in den Schrank zu zerren.

Mit der gleichen Heiterkeit wie sein Gesprächspartner sagte er jetzt:

»Ich habe die Füße gesehen, die herausragten, und du hast zu mir gesagt: ›Wenn du mir hilfst, diesen Kameraden loszuwerden, machen wir halbe-halbe...‹«

»Wir waren jung!«

»Wir haben den Lieferwagen genommen und sind zum Kanal gefahren, nachdem wir den Leichnam in einen Kohlensack gesteckt hatten... Das war weich... Ich habe dieses weiche Paket nie vergessen können...«

»Wir waren jung...«

»Seither habe ich jeden Tag, ob ich mit Fangleinen fische oder Boule spiele, ob ich meinen Garten umgrabe oder bei Maurice Manille spiele...«

»Man merkt, daß du nicht da unten gewesen bist.«

»Vielleicht weißt du nicht alles, Jules...«

»Da unten wissen wir alles.«

»Auch das, was ich nachher getan habe?... Ich bin ein mieser Kerl, verstehst du... Niemand weiß, daß ich ein mieser Kerl bin, und das ist das Schlimmste... Ich hab auf dich gewartet, um es dir zu sagen... Deine Frau...«

»Fernande?«

»Ja... Also... Schon vorher...«

»Das ist doch so unwichtig!«

»Ich hab mich gefragt, warum sie mich dir vorgezogen hat... Ich war nicht gerade schön...«

»Ich auch nicht.«

»Ich war nicht reich...«

»Ich auch nicht... Vielleicht hatte sie Lust, mal zu wechseln?«

»Aber nachher... Als man dich festgenommen hatte...«

»Das spielt doch keine Rolle.«

»Ich schwöre dir, Jules, daß es trotzdem eine spielt... Ich habe wie ein Schwein gehandelt, wie... ich weiß nicht, was!... Wir hatten die siebenhunderttausend Francs aus seiner Geldtasche geteilt...«

»Das war gerecht.«

»Nicht ganz, da du Michel allein getötet hast... Ich habe dir nur geholfen, ihn in den Sack zu stecken und...«

»Das ist das gleiche.«

»Aber acht Tage später, als die Polizisten angefangen haben, dich schief anzusehen...«

»Da habe ich dir meinen Anteil gebracht und dich gebeten, ihn während der Nachforschungen aufzubewahren.«

»Darauf habe ich mich wie ein Schwein benommen, Jules!... Ich hatte die siebenhunderttausend Francs... Ich wollte Fernande für mich allein behalten... Ich habe den anonymen Brief geschrieben... Du hast bestimmt angenommen, daß ich den anonymen Brief geschrieben habe...«

»Ja...«

»Und du warst nicht böse?«

»Das ist alles so lange her!«

»Das ändert nichts daran, daß ich dem Kommissar geschrieben habe, daß Michel von dir mit einem Schraubenschlüssel erschlagen worden ist, daß das Handtuch, mit dem du dir die Hände gereinigt hast, in deinem Garten vergraben lag, neben dem Brunnen, und daß die Geldtasche in deiner Werkstatt verbrannt worden ist, wo man Asche gefunden hat... Ich bin ein Schwein, Jules!... Aber ich schwöre dir, daß ich seither nicht glücklicher gewesen bin als du... Fernande ist abgehauen, weil sie nicht mit mir leben wollte... Sie scheint vor zwei Jahren in einem Krankenhaus gestorben zu sein...«

»Wie gut für sie!«

»Und ich... Ich lebe, natürlich, ich stehe morgens auf, ich fange Fische, ich esse Bouillabaisse, ich spiele Boule und Manille, doch den ganzen Tag, die ganze Nacht denke ich:

›Und der arme Jules hat während dieser Zeit...‹«

Kann das Zuchthaus einen Menschen wirklich derart verändern? Jules ging ihm ins Garn. Er schüttelte den Kopf.

»Du bist ein Bruder!« versicherte er.

»Ich bin ein Schwein!«

»Ach was! Schwein hin, Schwein her... Du siehst doch... Ich bin gekommen, um dir guten Tag zu sagen... Von Zeit zu Zeit melde ich mich wieder...«

»Wo wohnst du?«

Mit einer Geste deutete er auf die Berge an der Küste:

»Da hinten...«

»Hast du nicht Angst, daß sie dich erneut schnappen?«

Und während er sprach, dachte Boussus an den Hammer, den er in seinem Eisschrank mit sich führte, um die dicke Schale der Einsiedlerkrebse zu zertrümmern. Wenn sich die flache Barke näherte...

»Das ist alles so lange her...« wiederholte Jules Mauvoisin philosophisch.

Er war sanftmütig. Von einer derartigen Sanftmut, daß...

Über Jahre hin die Zeitungen gelesen zu haben, immer mit der Befürchtung zu erfahren, daß der Sträfling Mauvoisin ausgebrochen war... Seit Monaten alle Fremden gemustert zu haben, die auf Porquerolles an Land gingen... Seit...

Und es war so einfach! So harmlos! So leicht!

Es heißt, daß unsere Träume, selbst die längsten, nicht viel mehr als ein paar Sekunden währen.

Haben wir hier vielleicht einen Beweis dafür?

Boussus schlug die Augen auf und war überrascht, keine flache Barke zu erblicken. So weit er sehen konnte, nichts auf dem Meer, bis auf einen dicken grauen Zerstörer, der in der Bucht von Salins ankerte.

Die Flasche Inselwein war leer – oder fast. Die Sardellenbüchse mit der pikanten Sauce war von Fliegen übersät. Der Brotkanten trocknete in der Sonne.

Schlagartig verzerrte sich Boussus' Gesicht, als ob ihm seine Leber zu schaffen machen würde, und seine Augen glichen Kugeln, die in etwas Feuchtem schwammen.

Wenn es nun kein Traum gewesen wäre?... Wenn es wahr gewesen sein sollte?... Wenn Jules wirklich mit dieser – wie sollte man sagen – überirdischen Gesinnung zurückgekehrt wäre?...

Er hatte ein großes rotes Schnupftuch in seiner Tasche. Er zog es hervor, um seine beschlagenen Rauchgläser zu putzen.

Er fragte sich...

Aber nein! Da war niemand. Kein Schiff. Keine Barke! Er beugte sich vor, um hinter den Felsen zu schauen, und war nahe daran, sich beruhigt zu fühlen.

Dennoch war es das Datum, oder annähernd. Er hatte seine Berechnungen angestellt. Seit Jules Mauvoisin ausgebrochen war, hatte er, unter Berücksichtigung der Schwierigkeiten, Zeit gehabt, sich nach Frankreich einzuschiffen, sich im Norden umzusehen und von Anfang an Boussus' Fährte zu verfolgen und schließlich nach Porquerolles zu gelangen.

Diese Berechnung hatte er schon vor Jahren angestellt!

Alles übrige war wahr... Die Füße des Kassierers... Der weiche Körper in dem Sack... Der Lieferwagen... Der Kanal...

Und vor allem der anonyme Brief!

Warum hatte er das getan? Offengestanden, zweifelte er jetzt manchmal daran. Um Fernande für sich allein zu haben? Um die siebenhunderttausend Francs nicht teilen zu müssen?

Seither lebte er in Angst. Waren sie dort unten auch *gut bewacht?*

Er fischte, hielt sein Schiff, sein Haus in Ordnung. Er spielte Boule oder Karten. Jedesmal, wenn man ihm auf dem Platz unter den schattenspendenden Eukalyptusbäumen zurief:

»He! Boussus...«, glaubte er die Stimme von Jules zu erkennen.

Er erhob sich halb, um eine der beiden Fangleinen einzuziehen, die er in seinem Schlummer nicht losgelassen hatte.

»Mimile!...«

Die Stimme kam nicht vom Meer her, sondern vom Land, von dieser Pointe des Mèdes, die nur ein nackter Felsen in der Sonne war.

»He, Mimile! Das ist für dich, du Schuft!«

Das war alles. Er vernahm undeutlich eine Detonation. Er schwankte. Ihm war gleichzeitig kühl und heiß am Körper, und für einen Augenblick sah er ganz nah den bläulichen Meeresgrund, über dem die Lippfische dahinzogen.

»Ich hab ja immer gesagt, daß sein Eisschrank so enden wird!« erklärte Grimaud, während man das Schiff kieloben einholte.

»Er muß einen Schwindelanfall gehabt haben... Weil er dauernd aufs Meer gestarrt hat...«

Ein Seeigel-Fischer hatte die Leiche beim Tauchen gefunden.

Erst am Abend entdeckte der Arzt ein kleines rundes Loch an der Schläfe.

»Der Mann ist durch einen Revolverschuß getötet worden...«

Es gab eine Ermittlung, Polizisten kamen aus Hyères und Toulon. Am Ende erfuhr man, daß ein Unbekannter von Bord der »Cormoran« gegangen war, ein widerlicher Kerl, behauptete Baptiste, der Kapitän, und geschielt habe er auch. Er war mit dem Drei-Uhr-Schiff wieder abgefahren und hatte in sich hineingelächelt.

Man hatte ihn dann gesehen, als er am Gut Notre-Dame vorbeiging.

Schließlich hatte er einen Jungen gefragt, wo er Monsieur Boussus finden könne.

»Der ist beim Fischen!« hatte man ihm geantwortet.

»Wo denn?«

»An seinem Platz!«

»Und wo ist sein Platz?«

»Bei der Pointe des Mèdes... Gleich am Fuß des Felsens... Sie können sein Schiff ganz leicht erkennen... Es wird ›Eisschrank‹ genannt...«

Der Einäugige hatte es erkannt.

Das ist allerdings nicht von Belang. Wichtig ist, daß

er dem eingeschlafenen Boussus vom Ufer aus hatte zurufen müssen:

»Mimile!...«

Und daß dieses »Mimile« den Fischer im tiefen Schlaf erreichte und einen Traum auslöste, der nur wenige Sekunden dauerte – vielleicht einige Zehntelsekunden?

Als der Schläfer die Augen aufschlug und noch benommen war von der Vision eines Jules, der die Vergangenheit honigsüß und ohne jeden Groll heraufbeschwor, sah er ein Individuum vor sich, das ihm mit der Rachsucht von fünfundzwanzig Jahren Guayana entgegenschleuderte:

»He, Mimile! Das ist für dich, du Schuft!«

Ein kurzes trockenes Knacken in der Stille eines Vormittags am Mittelmeer. Ein schwerer schwankender Körper. Die Lippfische, die Meerbarsche, die Drachenköpfe, die Krallenfische und das gesamte Angelgerät verloren...

Die »Girelle Royale« trieb kieloben wie ein richtiger Eisschrank im Meer...

Schade, wenn man Ihnen bei Maurice die Geschichte anders erzählt.

Mit vollen Händen

Seit zwei Stunden lag er schlaflos da, den Blick in eine Ecke des Zimmers gerichtet, in der der Mond die gekalkte Wand erhellte, einen schwarzen Rahmen, der einen Farbdruck enthielt, und die Stäbe vom Bett seiner Schwester. Aus dem Nebenraum konnte er das Schnarchen seines Vaters hören. Er hatte absichtlich den Abend eines Markttages gewählt, weil dann sein Vater ein paar Gläser Weißwein trank und einen tiefen Schlaf hatte.

Er glitt mit den Beinen unter der Decke hervor, zog sich lautlos an, seine Füße klebten an den kühlen Fliesen. Er merkte an der Eigenart der Stille sehr wohl, daß seine Schwester nicht schlief; er erriet ihre gespannten Nerven; er hätte nahezu sagen können, während er einen Schritt machte, in welchem Augenblick sie ihr Wachsein verraten würde.

»Du gehst hin?«

Es war kaum ein Flüstern. Das Schwingen der Silben berührte ihn nur eben, und mit den Schuhen in der Hand näherte er sich ihrem Bett, hauchte seine Lippen auf eine feuchte Stirn, die fraulich roch.

»Ich glaube, es ist soweit«, flüsterte er. »Morgen sagst du ihnen...«

Wie hatte sie es erraten? Und er, war er sich nicht seit Tagen sicher, daß sie es wußte? Sie hatte keinerlei Anspielung gemacht. Überdies arbeitete sie den ganzen Tag als Hausgehilfin beim Metzger und nahm nicht einmal die Mahlzeiten zu Hause ein. Und so war es immer gewesen: Sie sprachen kaum miteinander, und sie wußte Bescheid. Allerdings nur ihm gegenüber. Man hätte meinen können, es bestehe eine Verbindung zwischen ihnen, wie es sie zwischen anderen Lebewesen nicht gab.

Sie weinte nicht, machte ihm keine Vorwürfe. Er ging, öffnete die Tür und spürte weiterhin, daß ihre offenen Augen im Dunkel des Zimmers auf ihn gerichtet waren. Er ging über den Hof hinaus, sprang über die Hecke hinten im Garten und schritt durch die tiefer gelegenen feuchten Wiesen hinter der Kirche. In einiger Entfernung von dem Dorf zog er seine Schuhe an und schnürte sie zu.

Er war sehr ruhig. Er hatte jede Bewegung so gut durchdacht, daß er sie mechanisch ausführte. Ein dicker runder Mond hing am Himmel. Eine leichte Nebelschicht lag über den Wiesen und Feldern ausgebreitet.

So erreichte er nach zwei Kilometern in der Nähe des Flusses die Stelle, die er sich ausgesucht hatte, und dort fand er im hohlen Stamm einer toten Kastanie das Jagdgewehr.

Vielleicht hatte er Glück? Vielleicht war er aber auch gezwungen, in zwei oder drei Nächten neu zu beginnen. Das Gewehr seines Vaters, das er ohne dessen Wissen vor vierzehn Tagen ausgegraben hatte, war ganz sauber, ohne jeden Rostflecken. In jedem Lauf befand sich eine Schrotpatrone, drei weitere hatte er griffbereit in seiner Tasche. Würde er jedoch Zeit haben, die Waffe wieder zu laden? Es war besser, nicht damit zu rechnen.

Am vorbereiteten Ort legte er sich hinter der Hecke auf die Lauer. Er überblickte die Straße, die von der

Brücke aus zu ihm anstieg. Und auf dem Asphalt hatte er vorsichtigerweise am selben Tag einen Kreidestrich gezogen. Wenn das Motorrad diesen Strich erreicht hatte – und nicht eher –, mußte er schießen.

Danach wäre alles verändert. Jetzt war er allein, er war ein Nichts, in dieser Nacht war er ein zwanzigjähriger Bursche, dessen Finger in der Kälte steif wurden. Die Luft war so still, daß er auf über hundert Meter Entfernung das Murmeln des Flusses vernahm, von dem manchmal ein leichtes Plumpsen herüberklang. Eine Wasserratte? Ein Fisch?

Vor über einer Woche, vor neun Tagen, hatte er sie aufgesucht, da hinten im Wald, fünfzehn Kilometer entfernt, wo *sie* sich, wie er wußte, versteckt hielten. Mitten am Tag. Die Hände in den Hosentaschen, mit zugeschnürter Kehle, war er auf sie losmarschiert. Jeden Moment rechnete er damit, den Lauf einer Maschinenpistole aufblitzen zu sehen, doch man hatte ihn bis zu dem Gutshof herankommen lassen. Ein großer Kerl in Stiefeln und Overall saß auf der Türschwelle und spielte mit einem Kind.

»Was willst du?«

»Den Anführer sprechen.«

»Wo kommst du her?«

Er hatte den Namen seines Dorfes genannt und hinzugefügt, daß er bei einem Stellmacher arbeite. Und aus dem Hintergrund der Halle tauchten junge Burschen auf, die ihn umringten und ihn anstarrten.

»Glaubst du, daß man ihn wecken sollte?«

Der Anführer schlief in der Scheune auf Stroh. Ebenfalls ein ganz junger Kerl mit gelocktem Haar, blauen

Augen, einem blauen Pullover mit feinen roten Streifen und mit Sandalen an den Füßen.

Ein Pariser. Ein Maschinenschlosser. Gespickt mit goldenen Strohhalmen.

»Du bist ja reizend, mein Junge! Aber was zum Teufel sollen wir mit dir? Wir haben zu viert ein Gewehr und zu zwei Mann ein Paar Latschen...«

Diesen Satz hatte er sich auf dem ganzen Rückweg immer wiederholt:

»Zu viert ein Gewehr und zu zwei Mann ein Paar Latschen...«

Und er hatte sich mit leeren Händen angeboten! Er schämte sich dessen jetzt, als habe er bei wohlerzogenen Leuten etwas Unschickliches begangen. Vielleicht war der Wunsch, diese Scham zu tilgen, noch eher als das Bedürfnis, nicht länger allein zu sein, der eigentliche Grund, warum ihn fieberte, während er hinter der Hecke lauerte.

Es hatte Nächte gegeben, in denen er stündlich von seinem Bett aus Motorräder vorüberknattern hörte. Auch Autos, aber an die war nicht zu denken. Er vernahm eines aus weiter Ferne, das jedoch abbog, bevor es den Fluß erreichte. Dann Stille. Er hatte Lust, zu rauchen. Das Gewehr war wirklich eiskalt. Die Glocken aus seinem Dorf schienen hinter ihm herzulaufen.

Darauf plötzlich, endlich ein Brummen, bei dem er sich nicht täuschen konnte. Er rührte sich nicht, zitterte nicht, hatte vielleicht zuviel Spucke im Hals. Zuerst dauerte es sehr lange, so daß man meinen konnte, das Motorrad würde nie an den Fluß gelangen.

Danach ging es sehr schnell, ganz einfach, fast zu leicht. Die Maschine mit ihrem schwachen rosigen Schimmer erreichte den Kreidestrich, und er schoß. Der Motor heulte stärker auf, schien auseinanderzubersten, das Motorrad rollte mit seinem komisch tanzenden Reiter etwa zwanzig Meter weiter und warf sich am Grabenrand nieder, während der Motor noch immer bedrohlich dröhnte.

Er hatte sich nicht von der Stelle bewegt. Er wartete. Der Mann rappelte sich im feuchten Gras auf. Er gab seinen zweiten Schuß ab.

War seine Schwester nicht genau in diesem Augenblick in ihrem Bett zusammengezuckt? Jedenfalls dachte er an sie, ohne zu wissen, warum. Er steckte das Gewehr wieder in das Loch des toten Baumes und schlich sich auf die Straße. Zuerst mußte er den Motor abstellen und den Scheinwerfer ausmachen.

Dann mußte er bedächtig, beherrscht und ohne das Geringste zu vergessen, tun, was er zu tun hatte. Er brauchte nicht darüber nachzudenken. Er wußte es. Er war kein bißchen verwirrt.

Zunächst nahm er sich den Deutschen vor. Er hatte einen Karabiner auf dem Rücken und einen Revolver in der Gürteltasche. Mit dem sorgfältigen Eifer einer Ameise legte er den Karabiner mit der Munition in den hohlen Baum. Die Stiefel? Er müßte sie mitnehmen, doch das hatte er nicht vorgesehen und er zog es vor, in nichts von seinem Plan abzuweichen.

Zweihundert Meter weiter gab es einen unbenutzten Brunnen, in den er den Leichnam hinabfallen ließ. Er fror jetzt nicht mehr, sondern er schwitzte. Darauf mußte er das Motorrad auf die Wiese ziehen und die Reifen abmontieren. Er hatte alles so genau durchdacht, daß er die Werkzeuge in seinen Taschen hatte.

Die Maschine stürzte er ebenfalls in den Brunnen.

Auf diese Weise vermied er Repressalien gegenüber seinem Dorf. Nichts blieb auf der Straße zurück, nicht einmal eine Glasscherbe.

Aber er hatte noch einige Kilometer zurückzulegen, und zwar mit den Reifen auf den Schultern. Der Morgen graute bereits, als er an die Tür des Schuhmachers klopfte, den er drei Tage zuvor in einem Nachbarort aufgesucht hatte. Ein Fenster öffnete sich. Ein Mann im Nachthemd.

»Du bist es? Um diese Zeit?«

»Ich bringe, was ich versprochen habe...«

Denn der andere hatte zu ihm gesagt:

»Schnürstiefel? Ich kann dir keine Schnürstiefel geben. Oder schaff mir zwei Motorradreifen herbei. Damit käme ich schon zurecht...«

Er schlurfte mit seinen Pantoffeln in den Laden.

»Hast du Durst?«

»Nein... Du müßtest mir eine alte Tasche borgen, um sie zu transportieren... Vier Paar, nicht?«

»Kleine oder große?«

»Lieber große...«

Der Schuster überlegte natürlich, aber auch er zog es vor, nicht nachdenklich zu erscheinen.

»Wenn du nach Hause kommst, sag deinem Vater...«

»Ich gehe nicht gleich nach Hause...«

»Also viel Glück...«

Er rief ihn zurück.

»Sag mal!... Die Tasche... Die mußt du mir wiederbringen...«

In den Ställen war jetzt Licht zu erblicken, und auf den Höfen sah man Frauen mit Milchkannen.

Es war kurz nach sechs, als er den Bauernhof im Wald erreichte. Das heißt, fünfzig Meter davor wies ihn eine Stimme an:

»Halt!... Hier entlang... Links...«

Er marschierte, ohne jemanden zu sehen, bis ein Mann auftauchte, der seine Tasche befühlte.

»Was bringst du da?«

»Schnürstiefel... Neue... Vier Paar...«

Schweiß perlte ihm auf der Stirn, die Knie wurden ihm weich. Er hatte es jetzt eilig, in dieses Haus zu kommen, sich neben die anderen auf die Bank fallen zu lassen, so daß er mit unverständlichen Worten seinen ganzen Reichtum preisgab.

»Gegenwert für die zwei Reifen von dem Deutschen... Aber braucht keine Angst zu haben... Er liegt im Brunnen... Und im Baum steckt ein Karabiner... Außerdem dies hier...«

Eine schöne schwarze, glitzernde automatische Pistole, die er dem Wachhabenden mit Tränen in den Augen hinhielt.

Diesmal war er mit vollen Händen gekommen.

Nicolas

Zu Anfang waren die beiden Freunde vorsichtig. Abends ab halb zehn ging Nicolas, immer noch verschnupft, mit einem dicken baby-rosa Wollschal um den Hals, auf dem linken Bürgersteig der Rue de Turenne auf und ab. Es war gewissermaßen ein Lotteriespiel. An manchen Abenden gab es sozusagen keine Wartezeit; an anderen mußte Nicolas eine gute Stunde patrouillieren und zusehen, wie die Lichter hinter den Fenstern nacheinander erloschen.

Von all diesen Lichtern war ein einziges wichtig, ein etwas rötliches im zweiten Stock der Hausnummer 37b. Wenn es ausging und zweimal hintereinander wieder angeschaltet wurde, gab Nicolas sein Verhalten eines umherirrenden Hundes sofort auf, überquerte die Straße und klingelte an der Tür, deren elektrischer Öffner sogleich betätigt wurde.

Um diese Zeit war die Concierge noch nicht im Bett. Meistens war sie im Hintergrund der feuchten Pförtnerloge damit beschäftigt, die Windeln ihres Babys einzuweichen, und wendete sich kaum um, so wenig schienen sie die heimkehrenden Mieter zu kümmern.

Nicolas ging schnell, den Kopf etwas abgewandt, um nur ein undeutliches Profil sehen zu lassen, an ihr vorbei, begab sich zur Treppe, und hatte er die erste Etage erreicht, hielt er einen Augenblick inne, um seine fast immer nassen Schuhe auszuziehen, die er dann in der Hand trug.

Das Minutenlicht war so eingestellt, daß es erlosch, bevor er im zweiten Stock angekommen war. Rechts öffnete sich eine schmale, häßliche braune Tür zu einer Wohnung, die gut geheizt und voller Küchengerüche war.

Er trat lautlos ein, durchquerte auf Zehenspitzen den nicht erleuchteten Flur, während sein Freund Paul hinter ihm die Korridortür wieder schloß und verriegelte.

Oft vernahm man hinter einer anderen Tür eine beunruhigte Frauenstimme:

»Was machst du da, Paul?«

»Nichts, Tante. Ich sehe nur nach, ob der Riegel vorgeschoben ist.«

Die Wohnung war nicht groß. Links ein Zimmer, dann eine Küche; im Hintergrund eine Kammer, die man zum Bad umgebaut hatte und in der die Wanne, obwohl es ein kleines Modell war, den meisten Raum einnahm; schließlich ein Zimmer rechter Hand, das auf den Hof hinauswies. Da wohnte die Tante. Das beste Zimmer nach vorne hinaus war wie durch ein Wunder Paul überlassen worden, denn andernfalls wären die Lichtsignale nicht möglich gewesen.

Jeden Abend zitterte Paul während dieses geheimen Durchschleusens, und Nicolas erblickte unverändert ein blasses und verkrampftes Gesicht, wenn sich die Zimmertür hinter ihnen schloß.

In Wirklichkeit hatte Paul es nicht absichtlich gemacht, hatte er dieser Sache nicht einmal voll zugestimmt, die durch Zufall zustande gekommen war, dann aber zur Gewohnheit wurde und schließlich von Nicolas wie ein angestammtes Recht betrachtet zu werden schien.

Es hatte sich auf dumme Weise so ergeben. Sie waren eines Abends aus einem kleinen Café am Montmartre heimgekehrt, wo sie sich zu viert oder fünft getroffen hatten, alle aus Lille, alle mehr oder weniger Künstler und zu hohen Dingen berufen.

»Wo gehst du hin?« hatte Paul gefragt, der in Paris bei einer Schwester seiner Mutter wohnte.

»Ich weiß nicht.«

»Hast du nicht mehr dein Hotel in der Rue des Dames?«

»Schon seit drei Tagen bin ich da weg.«

»Wo übernachtest du?«

»Nirgendwo.«

Nicolas sagte das mit einer Schlichtheit, als sei es selbstverständlich. Er schritt gelassen aus wie ein Mann, der weiß, wo er hingeht, und statt dessen...

»Und diese drei Nächte?«

Eine unbestimmte Geste, um auf die Straßen zu verweisen, wo die Gaslaternen flackerten.

»Bei dieser Kälte?«

Ein Achselzucken. So war er eben.

»Ich begleite dich ein Stück zurück«, murmelte er dann. »Ist es weit bis zu deiner Tante?«

»Rue de Turenne...«

Und der andere schien nach der stummen Art streunender Hunde, die den erstbesten Passanten als ihren Herrn anerkennen, zu sagen: »Ich komme mit zur Rue de Turenne!«

Er fragte:

»Ist deine Tante reich?«

»Nein. Sie ist die Witwe eines Bahnbeamten und bezieht eine kleine Pension.«

»Hast ein Zimmer für dich allein?«

»Natürlich.«

Das war alles. Er verlangte nichts weiter, blieb vor der Haustür stehen. Es war kalt und finster, ein leichter Regen fiel, und es war Paul, der den Vorschlag machte, als der andere nicht gehen wollte, aber auch nicht aufdringlich wurde:

»Komm mit rauf zu mir... Meine Tante wird schon schlafen... Du mußt nur morgen früh vor sieben wieder weg...«

Er hatte ihm auf der Treppe geraten, die Schuhe auszuziehen. Dann hatte er seiner Tante durch eine Tür zugerufen:

»Ich bin's...«

Nicolas hatte in jener Nacht darauf bestanden, angekleidet auf dem Fußboden zu nächtigen, und behauptet, er könne so besser schlafen. Um sieben war er gegangen. Am Abend war Paul seinem Freund an der Straßenecke begegnet.

»Wo willst du hin?«

»Ich weiß nicht... Ich hätte in einem Chanson-Keller bei den Markthallen jemanden vertreten können, aber sie haben mich vor die Tür gesetzt, weil ich dem Chef gesagt habe, er singe falsch... Aber ich kann doch niemanden am Klavier begleiten, der nicht richtig singen kann...«

»Hast du was gegessen?«

Wieder eine unbestimmte Geste, die zum Ausdruck bringen sollte, daß das nicht wichtig sei.

»Und wie ist es mit dem Schlafen?«

Die gleiche Gebärde.

»Na gut, ich muß jetzt nach Hause... Aber wenn meine Tante zu Bett gegangen ist, lösche ich das Licht und schalte es zweimal wieder an... Ich werde dir das Fenster zeigen... Du brauchst dann nur raufzukommen...«

Nicolas ging hinauf, streckte sich am Boden auf einer Decke aus, entledigte sich diesmal jedoch seiner Schuhe und durchlöcherten Socken.

»Verstehst du, so kann ich sie auch gleich trocknen...«

Um sieben Uhr hatte Paul einige Mühe, ihn zu wecken, und Nicolas schien nicht damit einverstanden, mit solcher Beharrlichkeit auf die Straße geschickt zu werden, während man hörte, wie sich die Tante in ihrem Bett umdrehte.

»Bis heute abend!« verkündete er.

So ging es etwa acht Tage, vielleicht neun. Am schwierigsten wurde es mit der Zeit, ihn morgens wachzukriegen. Und eines Tages war einfach nichts zu machen.

»Nein, mein Freund... Das ist nicht sehr human... Was soll ich zu dieser frühen Stunde draußen machen?... Du wirst sehen...«

Er kroch unters Bett bis hinten an die Wand, zog seine Schuhe und Socken zu sich heran.

»Deine Tante wird mich nicht sehen... Sie geht sicher mal weg, um ihre Einkäufe zu machen, und das werde ich nutzen... Laß mir den Schlüssel da...«

Paul, der sich dem Journalismus verschrieben hatte und Reporter in Roubaix gewesen war, arbeitete, bis er eine bessere Stelle finden würde, als Korrektor in einer Druckerei der Börse. Er machte sich um halb neun auf den Weg, nachdem er zusammen mit seiner Tante Kaffee getrunken und Hörnchen gegessen hatte.

Es gab keine Zentralheizung in der Wohnung. Und damit die Zimmer von der Küche aus erwärmt wurden, ließ man die Türen auf.

Es war peinlich, Nicolas unter dem Bett zu wissen... Und ihn mit der Tante allein zu lassen... Aber was sollte er tun?

An diesem Tag ging alles gut. Nicolas sah von der braven Frau nur die Pantoffeln und die ein wenig dicken Waden, während sie das Bett richtete und das Zimmer ausfegte.

Gegen zehn ging sie fort, wie er es erwartet hatte, und er verließ das Haus kurze Zeit später, nicht jedoch, ohne die Kaffeekanne geleert zu haben, in der noch ein Rest geblieben war, und zwei Stückchen Zucker in seiner Tasche verschwinden zu lassen.

Die Concierge war im Hausflur. Sie sah mit einigem Erstaunen diesen jungen Mann mit dem abgetragenen Anzug, dem zartrosa Schal und der roten Löwenmähne, doch er grüßte sie so selbstverständlich, daß sie vergaß, über ihn nachzudenken.

Am Abend war Nicolas erkältet, und Paul machte ihm in seinem Bett Platz, erlaubte ihm, sich zu entkleiden. Am nächsten Morgen hatte Nicolas abermals Glück. Beim Frühstück verkündete die Tante ihrem Neffen:

»Wir haben leider Frost. Ich muß Madame Micou in Grenelle besuchen und werde wahrscheinlich vor Abend nicht zurück sein.«

Paul ahnte, was geschehen würde. Es geschah. Warum sollte Nicolas weggehen, wenn er sich in einer gutgeheizten Wohnung befand, in der es ein Bett für ihn gab?

Die Tante war kaum draußen, als er sich in Unterhosen in die Küche begab, im Herd Kohlen auflegte, sich ein Ei kochte, das er zu einer dick mit Butter bestrichenen Scheibe Brot aß. Nachdem er erneut den Ofen gestochert hatte, kehrte er ins Bett zurück und schlief wieder ein. Er hatte den Wecker auf drei Uhr gestellt, und um vier, nachdem er sich aufgewärmt und Zucker geknabbert hatte, nahm er seinen Platz nicht im, sondern unter dem Bett ein, wo Paul ihn fand.

»Bist du nicht draußen gewesen?«

»Wozu?«

»Hast du etwas gegessen?«

Eine unbestimmte Geste, seine unbestimmte Geste, die so beredt war, daß der andere ihr nicht widerstehen konnte und ihm gegenüber beim Fleischer zwei Sandwichs mit Schinken holte.

Schade, daß die Tante nicht alle Tage fort war! Aber wenigstens machte sich Nicolas jetzt täglich einen schönen Vormittag unterm Bett und kam nur hervor, wenn die gute Frau in der Umgebung ihre Einkäufe tätigte.

Sooft sie ihm begegnete, zuckte die Concierge zusammen und zeigte die gleiche gerunzelte Stirn wie jemand, der sich fragt:

›Aber wo zum Teufel habe ich dieses Gesicht schon gesehen?‹

Zumal Nicolas, in seiner Körperpflege recht nachlässig, beschlossen hatte, sich einen Bart wachsen zu lassen.

Manchmal befragte sie ihre Mieter.

»Ist nicht jemand zu Ihnen gekommen, Madame Roy?«

»Ich habe niemanden gesehen...«

»Dann muß es im fünften Stock sein...«

Oder im dritten... Oder...

Er grüßte höflich und mit entwaffnender Sicherheit und schlüpfte auf die Straße, wo er täglich mit dem gleichen entschlossenen Schritt Kilometer um Kilometer auf den Bürgersteigen zurücklegte.

»Weißt du, Alter, ich glaube, in der nächsten Woche werde ich dich verlassen...«

Er kündigte das bescheiden und rücksichtsvoll an wie eine schlechte Nachricht.

»Es ist davon die Rede, daß ich mit einer Operettentruppe, die einen Pianisten braucht, auf Tournée gehen soll. Zuerst in den Süden, dann in die Pyrenäen...«

Hin und wieder murmelte die Tante:

»Hast du dir von dem Zucker genommen, Paul?«

»Ja, Tante...«

»Es ist merkwürdig... Ich weiß nicht, ob mein Gedächtnis nachläßt, aber ich habe immer den Eindruck, daß mir Eier fehlen...«

»Du weißt doch... Manchmal... manchmal schlürfe ich eins aus, wenn ich gehe oder heimkomme...«

»Ich dachte, du magst keine rohen Eier...«

Natürlich ging Nicolas nicht auf Tournée und sprach nicht mehr davon.

Was Paul außerdem quälte, war das Gefühl, daß sein Freund sich keine Arbeit suchte und auch keinerlei Verlangen zeigte, woanders Unterschlupf zu finden.

Er mußte vor Hunger umkommen. Es war kein Vergnügen, nachts unter einem Bett zu schlafen und die Tage damit zu verbringen, ziellos im winterlichen Paris umherzuirren.

Das geschah doch nicht aus Faulheit... Also?

Paul spürte undeutlich, daß da etwas anderes war, etwas, was er nur unklar ahnte und was ihn quälte.

Nicolas hatte sich eingewöhnt, bitte! Er hatte seine bestimmten Zeiten, seine Schrullen. Er hatte sich eine kleine Welt geschaffen, an der er festhielt und aus der er sich bei Gott nicht vertreiben lassen wollte.

Selbst die Tante... Konnte man behaupten, daß sich eine gewisse Vertrautheit zwischen ihr und Nicolas eingestellt hatte? Nicht von ihrer Seite, da sie ja von der Existenz ihres Gastes nichts wußte. Aber von ihm aus.

Er sah ihre malvenfarbenen Pantoffeln näherkommen, ihre etwas fetten Waden. Er hörte sie vor sich hin summen, mit sich selbst sprechen. Sie setzte sich zwei Meter von ihm entfernt nieder, nachdem sie das Bett gemacht hatte, um sich an der Fußsohle zu kratzen. Sie machte sich samstags das Badewasser heiß, und wenn er gewollt hätte, hätte er sie durch das Schlüsselloch beobachten können.

»Weißt du, daß sie eine gute Frau ist?« sagte er ernsthaft zu Paul.

»Ich weiß...«

»Sie ist lustig, alter Freund! Wenn sie ganz allein ist, gibt sie sich sehr fröhlich...«

»Wirklich?«

»Dir gegenüber zeigt sie sich streng, weil sie fürchtet, daß du auf die schiefe Bahn kommst... Aber ja!

Ich weiß, was ich sage... Gestern ist die Concierge heraufgekommen, um ihr die Post zu bringen, und sie haben über dich gesprochen... Wie es scheint, ist dein Vater...«

»Wie, mein Vater?«

»Nun, er ist wohl nicht immer seriös gewesen... Was hältst du von meinem Bart?«

Und ein anderes Mal:

»Sag mal, kannst du dir vorstellen, daß die Concierge sich derart an mich gewöhnt hat, daß sie mich auf der Treppe grüßt?... Am Ende hält sie mich für einen Mieter... Wenn ich reich wäre, würde ich ihr ein Neujahrsgeschenk machen...«

Eines Abends fragte die Tante ihren Neffen:

»Bist du tagsüber nicht nach Hause gekommen?«

»Nein, Tante... Ich glaube nicht...«

»Wie, du glaubst nicht?«

»Ich meine...«

»Gib zu, daß das merkwürdig ist... Ich hatte Seifenlauge in einer Schüssel gelassen, um Strümpfe zu waschen. Als ich vom Einkaufen zurückkam, war sie weg... Ich bin doch nicht so alt, daß ich das Gedächtnis verliere...«

Wenig später befragte Paul seinen Freund.

»Hast du die Seifenlauge meiner Tante benutzt?«

»Hat sie es bemerkt? Um meine Wäsche zu waschen, stell dir vor...«

»Wie?«

»Ich wußte, daß sie viel zu besorgen hatte... Das hab ich ausgenutzt... Ich ekelte mich am Ende vor mir selbst... Ich stank ja schon, mein Alter!«

»Am Schluß machst du dir noch Wasser für ein richtiges Bad heiß...«

So unvorsichtig war er! Wenn er geahnt hätte, daß diese Perspektive eines warmen Bades seinen Freund seit Wochen fiebern ließ!

Nun, es bot sich eine Gelegenheit dazu! Eines Morgens sprach die Tante davon, zum Grab ihres Mannes auf dem Père-Lachaise zu gehen. Warum und durch welchen Instinkt gewarnt, versuchte Paul, sie von diesem Vorhaben abzubringen?

»Es ist Glatteis... Es wäre besser, du würdest an einem anderen Tag gehen, Tante...«

»Schon seit einer Woche sage ich mir das... Weil gerade bei diesem Wetter der Friedhof so traurig ist...«

Dennoch brach sie auf, nahm in der Rue Saint-Antoine die Metro, und nach zwei Stationen stieg sie wieder aus. Sie war unruhig. Wirklich, sie begann an ihrem Gedächtnis zu zweifeln. Hatte sie nun vergessen, das Gas abzustellen, oder nicht? Sie wollte Sicherheit haben und kehrte um. Sie hatte die Wohnungstür kaum geöffnet, da gab es für sie keinen Zweifel mehr. Dampf strömte durch die Räume, ein warmer Geruch wie nach Wäschelauge schlug ihr entgegen...

Sie lief zur Küche... Als sie an der offenen Badezimmertür vorbeikam, erblickte sie in der Zinkbadewanne einen Mann, ein roter Bart schwamm auf dem Seifenwasser, ein flammendroter Schopf.

Als Paul an diesem Abend heimkam, zuckte er zusammen, erblaßte, denn er sah seine Tante zusammen mit

Nicolas unter der Lampe sitzen. Nicht einmal, daß ihm sein Freund zuzwinkerte, beruhigte ihn.

»Komm rein, Paul«, sagte seine Tante in strengem Ton. »Du siehst, daß doch alles an den Tag kommt und daß du unrecht hattest...«

»Ich bitte um Verzeihung«, stammelte er drauflos.

»Dein Freund hat mir alles erzählt... Ich mache dir keine Vorwürfe, obwohl du sie verdientest!... Im Grunde hast du es gut gemeint und du...«

Sie füllte ihm Suppe in seinen Teller.

»Iß...«

»Wie hast du...«

»Spielt keine Rolle... Reden wir nicht davon... Ich sehe nur eins: Dein Freund ist unglücklich, und wir können ihm noch ein paar Tage helfen. Auf dem Speicher steht ein altes Feldbett, und das schlagen wir gleich in deinem Zimmer auf.«

Nicolas aß, wie Paul nie jemanden hatte essen sehen, er war mit dieser beachtlichen Tätigkeit derart beschäftigt, daß er nichts hörte, nichts sah und an der Unterhaltung nicht teilnahm.

»In Zukunft bringst du mir mehr Vertrauen entgegen, und in ähnlichen Fällen... Trinken Sie einen Schluck Wein, Monsieur Nicolas, das wird Sie stärken... Wenn ich daran denke...«

Sie war nichts als eine kleine gute Frau, einfach und einfühlsam, die sich nun fragte, ob sie genügend Bettdecken hatte und wo der Speicherschlüssel geblieben war, dann...

»Komm mit rauf, wir holen das Feldbett... Entschuldigen Sie uns ein paar Minuten, Monsieur Nicolas...«

Bei Kerzenschein kramten sie beide zwischen den unerwartetsten Gegenständen und zwischen Spinnennetzen herum.

»Wenn ich denke, was dieser arme Junge hat erleiden müssen! Aber stell dir nur vor, daß ich ohne jeden Argwohn in der Nähe eines Mannes gelebt habe, daß ich manchmal unbekleidet durch den Flur gegangen bin, daß ich hätte... Das war unvernünftig von dir, Paul... Na ja, jetzt...«

Sie stiegen wieder hinunter und sahen sich erstaunt um. Paul rief:

»Nicolas!... Nicolas!...«

Nicolas war verschwunden, ohne ein Wort zu sagen.

»Was ist nur in ihn gefahren?«

»Ich weiß nicht... Ich frage mich... Verstehst du, er ist ein bißchen wild...«

»Glaubst du, er ist aus Schüchternheit...«

Es war besser, das zu bejahen.

Aber es stimmte nicht, Paul fühlte es. Er war einfach gegangen, weil die Sache für ihn keinen Reiz mehr hatte. An dem Punkt, wo er angelangt war, zog er es vor, durch die Straßen zu schlendern, sich auf einer Bank auszustrecken oder in tristen Cafés herumzusitzen.

Er traf ihn am übernächsten Tag in einem Bistro am Montmartre, und es war Paul, der Verlegenheit zeigte, keineswegs Nicolas.

»Hör her, Alter, du bist ein Schuft. Meine Tante macht sich die Mühe, für dich ein Bett vom Speicher zu holen und in meinem Zimmer aufzustellen... Die gute Frau erlaubt dir...«

»Na und? Du möchtest doch nicht, daß ich eure Gastfreundschaft annehme?«

Paul hätte beinahe von den Zuckerstückchen gesprochen, von den ausgeschlürften Eiern, dem Brot, das..., und von der Wäsche, die..., und von dem Herdfeuer, das immer rot glühte, obwohl niemand nachgelegt hatte...

Es verschlug ihm die Sprache. Das war zu kompliziert für ihn. Und wenn er Nicolas gegenüber so nachtragend war, daß die Clique, die er anführte, das Café wechselte, um den Musiker abzuschütteln, dann geschah das, ohne daß er genau gewußt hätte, warum.

Annette und die blonde Dame

I

Das Kaninchenfell oder Annette hat nicht alles gesagt

Der Streich ist wieder einmal geglückt. Er glückt fast jeden Sonntag, mit einigen Variationen allerdings. Selbst wenn man es weiß, kann man sich vor Annette nicht genug in acht nehmen, vor allem, wenn sie ihre entrückte Miene annimmt, ihre vornehme Haltung, wie sie selbst sagt.

Sie sitzen alle auf der Terrasse des Café Français. Kein Tisch ist mehr frei. Die Kapelle spielt hinter der geöffneten Glaswand einen langsamen Walzer, während die Sonne mit der ganzen gewünschten Majestät über dem Hafen von La Rochelle untergeht.

»Sagt mal, ihr Kleinen...«

Annette hat sich zu ihren Kameradinnen hinübergebeugt, zu Lucette, Gigi und Marie-Louise.

»Laßt euch nichts anmerken... Seht euch die Dame in Lila an, neben dem Cello...«

Keine wird argwöhnisch. Es stimmt übrigens, da sitzt eine Dame reiferen Alters, in aggressives Lila gekleidet, die Wangen fast ebenso violett wie das Kleid, und diese Dame schmachtet, als seien nur sie beide auf der Welt, mit halbgeöffneten Lippen den pomadigen Cellisten an.

»Mist!« ruft Gigi plötzlich aus.

Zu spät! Annette hat unterdessen Zeit gehabt, in den Karton zu greifen, der mitten auf dem runden Tischchen steht und die Törtchen enthält... Wieviel hat sie sich genommen? Zwei oder drei. Sie hat sie alle angebissen. Und jetzt können sie sich ruhig ärgern, sie schaut sie an, ohne daß Gewissensbisse die Heiterkeit ihres Gesichts, die Reinheit ihrer großen Rehaugen trüben.

»Gemeiner Freßsack!... Du hast inzwischen mindestens fünf...«

Mit vollem Mund deutet sie auf das angeknabberte Törtchen, das sie in der Hand hält, und artikuliert unter Schwierigkeiten:

»Das schmeckt am besten... Von denen solltet ihr noch welche kaufen... Die Konditorei hat noch offen...«

Sie haben sich Portwein bestellt. Die kleinen vernaschten Zungen lecken die Gläser aus. Annette ist ihr Streich geglückt, das ist klar, aber noch kein einziges Mal hat man schallend gelacht.

»Was hast du?«

»Ich habe nichts...«

Sicher, sie zeigt immer diese Würde einer kleinen Statue. Und je ernster sie ist, desto mehr amüsiert man sich sogar, denn um so lustiger ist es, sie in einem Augenblick, da man am wenigsten damit rechnet, eine ihrer üblichen Ungeheuerlichkeiten loslassen zu hören.

»Hast du gesehen, Annette?«

Natürlich hat sie gesehen, und ihre Stirn hat einen eigensinnigen Ausdruck angenommen, der letzte Kuchenhappen in ihrem Mund schmeckt jetzt etwas merkwürdig. Ein Sportwagen, der mit Staub bedeckt ist, hat eben neben der Terrasse gehalten.

»Mir gefällt der Wagen dunkel besser als hell«, erklärt Gigi, die kaum sechzehn Jahre alt ist.

Es ist Maurice. Welcher Maurice? Es gibt nur einen Maurice, den da. Wo und wann immer sie sich treffen, stets läßt eine am Ende den kurzen Satz hören:

»Hast du Maurice gesehen?«

Ja, Maurice, der junge, der ideale Mann, ein großer Bursche, der wahrscheinlich von der Bewunderung, deren Gegenstand er ist, nichts weiß und der sein glückliches Lächeln durch die Welt spazierenführt. An diesem Abend ist sein Gesicht ein wenig von Müdigkeit gezeichnet, von der Müdigkeit vom Fahren vermutlich. Wie weit sind sie gefahren? Bis nach Royan?

Hart wie eine Elfenbeinstatue, zieht Annette es vor, woanders hinzublicken.

»Ich«, sagt Lucette, »ich finde ihn nicht mal so schlecht...«

Und Annette mit böser Zunge:

»Ihr anderen haltet am besten den Mund...«

»Hast du ihre strahlende Miene gesehen?... Sie führt ihn aus, als ob sie ihn eben gekauft hätte...«

»Die wird gleich nicht mehr lachen...«

»Warum?«

»Darum!«

Das Pärchen hat sich in die Korbsessel an einem Tischchen gesetzt. Annette leidet. Es ist schrecklich, so zu leiden, sich zu fragen, wo sie gewesen sind, was sie gemacht haben...

Dabei müßte es geschiedenen Frauen verboten werden. Denn sie ist geschieden, jedermann weiß es... Man hat keine Ahnung, woher sie kommt, aber bereits vor einigen Wochen hat sie sich im Hotel Trianon mit soviel Koffern wie eine Luxusreisende einquartiert, und jeden Tag wechselt sie ihre Kleidung.

Für wen? Für Maurice natürlich! Er ist ihr Anwalt, schön. Aber warum hat sie einen so jungen Rechtsanwalt gewählt, der gerade erst bei Gericht zugelassen worden ist und noch nicht einmal plädiert hat? Und warum sucht sie ihn jeden Morgen punkt zehn Uhr auf? Annette weiß es. Sie arbeitet in dem Haus gegenüber von Maurice, und sie sieht alles, sie weiß, wen er empfängt, was er macht, wann er weggeht...

Düster und mit einem Blick auf den Hafen vor ihr mit seinen schaukelnden Segelschiffen, wiederholt sie:

»Die wird gleich nicht mehr lachen... Rückt mal näher... Laßt vor allem nicht merken, daß ihr zu ihnen hinüberschaut!«

Es ist auch der Fehler der anderen! Vielleicht hätte man Annette in Ruhe lassen sollen? Sie hat vor mehr als einem Jahr, beim ersten Mal, als sie zusammen Maurice begegnet sind – sie wußten nicht einmal, wer er war –, das Pech gehabt, mit ihrer unbeirrbaren Sicherheit zu sagen:

»Der ist für mich!«

Und sie haben sich klarmachen müssen, daß sie es nicht im Spaß gesagt hat. Seither hat sie mit keinem Jungen mehr gesprochen. Sie verbringt Stunden damit, von den Fenstern ihres Chefs aus das Haus des Anwalts zu beobachten. Eines Tages hat sie die Dreistigkeit besessen, zum Fotografen Morillon zu gehen. Er hatte ein Porträt von Maurice in seinem Schaufenster.

»Ich möchte, daß Sie mir diese Fotografie verkaufen...«

»Aber, Mademoiselle, die ist nicht verkäuflich... Ich müßte wenigstens die Zustimmung meines Kunden haben...«

Wie sie von Morillon herausgekommen ist, hat Annette den anderen kaltblütig erklärt:

»Was soll's! Dann klaue ich sie eben!«

Sie hat sie noch nicht entwendet, doch heute morgen... Es ist zehn Uhr. Sie kommt von zu Hause und will zu Gigi. Die Straßen liegen ruhig und verlassen da. Sie trägt ihr neues Kostüm... Als sie die Ecke der Rue Réaumur erreicht, überholt ein Auto sie, und sie zuckt zusammen, denn es gibt nur ein hellgrünes Auto in La Rochelle, den Wagen von Maurice... Eines Maurice, der nicht auf sie achtet, der sie nicht einmal sieht, der sie beinahe überfährt, als er schnittig die Kurve nimmt und mit quietschenden Bremsen vor dem Hotel Trianon hält.

Er hat einen hellgrauen Anzug an. Er strahlt. Er betritt die Halle des Hotels, und Annette...

Sie erzählt es mit gedämpfter Stimme, und die anderen erschauern. Gigi seufzt:

»Du bist ja verrückt, Mädchen...«

Warum hat Annette hinter Maurice das Hotel Trianon betreten? Sie weiß es nicht. Niemand in der Halle hat sie gefragt, wo sie hinwollte. Es ist unerhört, wie leicht es ist, in ein Hotel einzudringen und sich frei darin zu bewegen!

Vor ihr springt Maurice leichtfüßig die Treppe hinauf, und sein ganzes Wesen drückt an diesem Morgen Freude am Leben aus. Weiß Gott... Er ist glücklich!... *Sie* erwartet ihn... Er hat kaum den Flur der ersten Etage erreicht, als sich eine Tür öffnet... Die blonde geschiedene Frau muß ihn vom Fenster aus erspäht haben...

»Ich bin bereit, mein Freund...«, murmelt sie mit dem übertriebenen Lächeln, das Annette verabscheut.

Eine Frau mit affektierten Gesten, die mit theatralischer Gebärde beide Hände reicht statt einer.

»Gefällt Ihnen mein Kleid?... Ich habe es Ihrem Wagen anpassen wollen...«

Und Annette knurrt zwischen den Zähnen:

»Turtle nur, Täubchen!«

Sie haßt sie. Sie hat nie jemanden so gehaßt wie diese Frau, die indessen sanftmütig wirkt, eine Frau von fünfunddreißig Jahren, fett wie eine Wachtel, gepflegt, parfümiert, eingewickelt wie ein Bonbon in einem besseren Süßwarenladen.

Sie wird ihre Tür schließen, um Maurice zu folgen, denn sie ist ausgehbereit. Bevor sie den Schlüssel abzieht, besinnt sie sich eines anderen.

»Man wird sicher das Zimmer machen«, bemerkt sie.

Und sie läßt den Schlüssel stecken. Sie redet, sie redet wie eine Frau, die überzeugt ist, daß man selbst ihren unwichtigsten Worten Gehör schenkt.

»Stellen Sie sich vor, mein Lieber, als ich heute morgen erwachte, habe ich mir gesagt...«

Annette ist ihnen auf den Fersen. Sie will nicht gesehen werden. Hinter ihr ist eine Tür nur angelehnt. Sie weicht zurück und stößt sie auf...

»Und wenn ein Mann in diesem Zimmer gewesen wäre?« fragt Lucette. »Ein Mann, der sich zum Beispiel gerade anzieht...«

Annettes Augen werden noch starrer, und sie trinkt einen Schluck Portwein. Übrigens nicht aus ihrem Glas, das schon lange leer ist, sondern aus Gigis.

»Erzähl weiter... Was hast du gemacht?«

Was sie gemacht hat? Nun, sie hat... Ihr zittern die Knie, wenn sie nur daran denkt. Es gibt Augenblicke wie diese, in denen man vor nichts Angst hat... Sie hörte noch auf der Treppe die exaltierte Stimme der blonden Frau... Sie fuhren beide im Auto davon... Nach Royan... Sie frühstückten zusammen... Sie...

»Ich bin in ihr Zimmer gegangen«, gesteht sie.

»Nein!«

»Doch!... Es roch dort so stark wie bei einem Friseur... Und sie hat ihm erlaubt, einen Blick in dieses unordentliche Zimmer zu werfen, mit der Wäsche auf dem ungemachten Bett, den... Überall Koffer, große Kabinenkoffer, die man wie Schränke öffnet. Die Unordnung einer eleganten Frau, die soviel Kleider hat, wie sie haben will, und fünf, sechs Paar Schuhe, die dazu passen... Sie hat drei oder vier Kleider anprobieren müssen, ehe sie sich entschloß... Auf dem Bett ein durchsichtig seidener Morgenrock von einem Rosa, das...

Ich habe ihn zerrissen«, erklärte Annette, die eine trockene Kehle hat und deren Hand nach einem neuen Glas Portwein sucht.

»Du hast ihren Morgenrock zerrissen?«

»Mit einem Ruck... Ratsch!... Er war nicht fester als Papier, er war völlig durchsichtig...«

Den anderen stockt der Atem, und sie blicken automatisch zu der blonden Dame hinüber, die verklärt lächelt, sich vielleicht den Erinnerungen dieses herrlichen Tages hingibt, ohne zu ahnen, daß...

»Der größte Koffer war offen... Ein Pelz quoll hervor, ein Mantel... Da habe ich im Bad die Schere geholt...«

»Das hast du getan?«

Mit wildem Blick kramt Annette in ihrer Handtasche. Sie zieht etwas Leichtes, Weiches hervor, das einem Haarbüschel ähnelt.

»Ich hab mir sogar ein Stück davon mitgenommen... Das ist bestimmt Kaninchenfell...«

Lucette hat in ihre Tasche gegriffen.

»Und das?«

»Das habe ich auch genommen... Wenn ich daran denke, daß sie die Kühnheit hatte, es auf ihrem Nachttisch herumliegen zu lassen...«

Es ist ein Foto von Maurice, genau das gleiche Porträt, das Annette dem Fotografen abkaufen wollte und das er ihr nicht gegeben hat.

»Mein Gott, du armes Mädchen...«

»Geschieht ihr ganz recht!«

»Aber wenn dich jemand gesehen hat...«

Sie ringt sich ein Lächeln ab. Das Pärchen steht auf. Das Auto fährt davon.

»Wenn man sich vorstellt, daß sie in wenigen Minuten sehen wird, daß...«

Auch für die Mädchen wird es Zeit zu gehen. Die Terrasse leert sich. Die reife Dame betrachtet den Cellisten, der sein Instrument an die Wand lehnt, noch immer wie ein unerschwingliches Spielzeug.

»Also, bis morgen...«

Annette und Gigi wohnen in derselben Straße. Nach dem traditionellen allgemeinen Wangenkuß machen sie sich untergehakt auf den Weg.

»Das muß man schon sagen«, seufzt Gigi. »Du hast einen verdammten Schneid gezeigt... Ich an deiner Stelle...«

Und sie verstummt, erwartet von Annette eine Antwort.

»Und dabei hab ich nicht einmal alles gesagt...«

»Du hast noch etwas gemacht?«

»Nicht ich... Weißt du... Du erinnerst dich an das, was ich ihnen erzählt habe?... Als Maurice und... und diese Frau den Flur entlanggegangen sind, habe ich automatisch die Tür aufgestoßen...«

»Und dann?«

»Nun, es stimmt nicht, daß niemand in dem Zimmer war...«

Der Abend sinkt hernieder, taucht die Straßen in dämmriges Blau. Es wird kühler.

»Da war ein Mann drin... Ich hab ihn nicht gut sehen können, da er sich gerade rasierte, und das Gesicht war mit Seifenschaum bedeckt... Ich erinnere mich nur an den verdutzten Blick, den er mir zugeworfen hat...«

»Was hast du darauf getan?«

»Ich habe gestammelt: ›Oh! Verzeihung... Ich glaube, ich hab mich im Zimmer geirrt...‹«

»Und du bist trotzdem zu dieser Frau hineingegangen? Ich frage mich, wie du so ruhig darüber sprechen kannst...«

»Ich mußte es tun... Ich mußte mir den Anschein

geben, mich in der Zimmertür geirrt zu haben... Ich glaube, er ist mir auf den Flur gefolgt und hat gesehen, wie ich mich entfernt habe...«

»Du, sag mal...«

»Ja?«

»Wenn diese Frau Anzeige erstattet... Wenn man eine Ermittlung anstellt... Wenn dieser Mann aussagt...«

Sie haben Gigis Haustür erreicht.

»Wenn schon!« erwidert Annette. »Gute Nacht! Sag vor allem den anderen nichts...«

Sie wohnt in der Rue de l'Escale, einer alten Straße mit Arkaden, und sie kann sich in der Tür nicht irren. Schon aus fünfzig Metern Entfernung hört man das Haus Barnavon – das ist der Familienname von Annette. Man hört es, denn es ist eine Musikschule. Madame Barnavon, Preisträgerin des Konservatoriums, erteilt Klavier- und Gesangsunterricht. Monsieur Barnavon lehrt Geige, Cello, Klarinette und wer weiß noch was.

»La, la, la, la...«

»Do, re, mi...«

Es sind immer, selbst an Sonntagen, Schüler in dem einen oder anderen Zimmer des Hauses, sofern nicht drei oder vier auf einmal da sind.

Deshalb hat Annette es übrigens vorgezogen, Stenotypistin bei Monsieur Etrillard, dem Immobilienmakler, zu werden.

»Wenn schon!« wiederholt sie, schiebt den Schlüssel ins Schloß, und Musik schallt ihr entgegen.

2

Der Freund von Bon-Chien-Chien oder Annette beginnt wieder zu lügen

Psst!... Schon gut! Annette kennt das. Sie sieht, daß ihre Mutter am Klavier sitzt und ihre Hornbrille aufgesetzt hat. Sie begleitet Bon-Chien-Chien, der wie verzückt, seine Spanielaugen halb geschlossen, Geige spielt. Wenn sie sich in dem großen Salon befinden, der dem Unterricht der ältesten Schüler vorbehalten ist, dann offenbar deshalb, weil »jemand« da ist.

Von diesem »Jemand«, der in einem Sessel sitzt, sieht sie nur die Beine.

Annette weiß sich zu benehmen. Sie kennt die Regeln. Sie schließt lautlos die Tür und bleibt unbeweglich, mit dem Rücken an den Türrahmen gelehnt so still stehen, daß man glauben könnte, sie atme nicht mehr.

Sie versucht, das Stück zu erkennen, das ihr Vater spielt, um zu wissen, ob es lang oder kurz ist. Ein feiner Typ von Vater, wie sie gerne sagt. Er ärgert sich nicht einmal, wenn sie ihn Bon-Chien-Chien nennt. Tatsächlich sieht er mit seinem rötlichen Barthaar, das fast sein ganzes Gesicht bedeckt, und seinen geradezu goldenen Pupillen wie ein Spaniel aus. Die Mama ist strenger. Sie wird von den Schülern Madame la directrice genannt. Brrr!... Vor allem, wenn sie ihre Hornbrille aufhat...

Obwohl er die Geige unters Kinn geklemmt hat, zwinkert Bon-Chien-Chien ihr kurz zu. Das Stück ist nicht allzu lang. Man lockert sich.

»Ah! Da ist ja endlich unsere Tochter Annette... Meine kleine Annette, darf ich dir Bernard vorstellen, den Sohn meines alten Freundes Borchin aus Montpellier... Bernard ist für ein paar Tage in La Rochelle...«

»Mademoiselle...«

Die langen Beine, die aus dem Sessel hervorragen, werden eingezogen, dann erneut, aber in vertikaler Richtung gestreckt, und ein riesiger junger Mann steht mitten im Salon, stammelt ein umständliches Kompliment, ohne zu wagen, das Mädchen anzublicken.

»Guten Abend, Monsieur... Sehr erfreut... Sie sind auch Musiker?«

»Das heißt... Nein. Ich bin bei einer Versicherung.«

»Aber er hat Verständnis für Musik«, unterbricht die Mutter. »Ich glaube, es ist Zeit, zu Tisch zu gehen.«

Ein paar verstohlene Blicke während des Mahls unter dem Eßzimmerkronleuchter mit den elektrischen Kerzen. Genau der Mann, den Gigi braucht. Gigi wünscht sich einen ruhigen und sanftmütigen Ehemann, der sie machen läßt, was sie will. Nun, wenn Bernard einen Bart hätte, wäre er ebenfalls ein Bon-Chien-Chien.

»Ich meine, Kinder, es wäre für euch amüsanter, zusammen ins Kino zu gehen...«

Papa ist auf den Gedanken gekommen. Braver Papa! Vielleicht macht es ihm keinen Spaß, den ganzen Abend zu musizieren! Bernard zu Ehren gibt es Crêpes. Annette vergißt, daß sie einen Gast haben, und ißt zwei, drei, vier, fünf davon. Ihre Mutter muß sie unter dem Tisch mit dem Fuß anstoßen... Ist es ihre Schuld, wenn sie immer Hunger hat?

»Beeilt euch, Kinder... Sonst kommt ihr zu spät...«

Klasse wäre es, wenn sie Maurice begegnen würden... Maurice, der bestimmt überrascht wäre, Annette mit einem jungen Mann zu treffen, vor allem einem jungen Mann wie diesem, denn Bernard macht etwas her, er wirkt wie ein Verlobter...

Auf der Straße schreitet er kräftig aus. Was hat er? Warum hüstelt er so verlegen?

»Ich bin verwirrt, Mademoiselle... Ich bitte um Verzeihung... Ich versichere Ihnen, daß es nicht meine Schuld ist... Es war Ihr Vater, der...«

»Der was?«

»Ich bin mir der Situation voll bewußt... Natürlich bin ich Ihnen lästig... Ich zwinge Sie, mich ins Kino zu begleiten, während...«

Sie hat Angst, es zu erraten. Mit gerunzelter Stirn wartet sie ab, und er fährt mit einer Miene fort, als würde er sich ins Wasser stürzen:

»Ich schwöre Ihnen, daß ich nichts sagen werde... Übrigens geht mich das nichts an, nicht wahr?«

Sie könnte sich damit zufriedengeben. Sie hat begriffen. Wie es doch einen Mann verändern kann, im Pyjama dazustehen, mit Seifenschaum an den Wangen und ungekämmten Haaren!

»Ich verstehe nicht...«, bringt sie hervor.

»Ich... Sie... Heute morgen. Zimmer 12...«

Und sie mit gespielter Naivität:

»Sind Sie sicher, daß es Zimmer 12 war?... Ich erinnere mich nicht an die Nummer...«

Armer Bernard! Was soll er nur von ihr denken? Das ist also der Grund, warum er während des Abendessens nicht gewagt hat, die Nase von seinem Teller zu heben!

Sie sind fast auf der Place d'Armes angelangt, an der das Kino liegt, wo schon das Klingelzeichen ertönt. Doch Annette lenkt ihre Schritte in die entgegengesetzte Richtung zum Park, der von orangefarbenen Laternen beleuchtet wird.

Das ist auch so eine Eigenart von Annette, etwas zu improvisieren, ohne über die Folgen nachzudenken. Oft weiß sie ganz genau, daß sie im Begriff ist, eine Dummheit zu begehen, aber in diesen Augenblicken kann sie nichts davon zurückhalten.

Ist sie nicht nahe daran, sich bei diesem großen blonden Teufel von Bernard einzuhaken? Und woher nimmt sie diese gedämpfte, dramatische Stimme, um zu stammeln:

»Hören Sie, Bernard... Verzeihen Sie, wenn ich Sie so anrede...«

Und er ist der Verlegene, der am liebsten antworten würde:

»Aber ich bitte Sie...«

»Hören Sie, Bernard... Ich kenne Sie nicht näher, ich spüre jedoch, daß man Ihnen vertrauen kann... Sie sind ein Ehrenmann, nicht wahr?«

Mein Gott, was mag sie ihm sagen wollen? Sie weiß es noch nicht. Sie erfindet etwas. Ihr Dämon drängt sie dazu. Na, man wird ja sehen!

»Heute morgen, als Sie mich bemerkt haben...«

Sie spielt nicht absichtlich Komödie, und dennoch kommt etwas Larmoyantes in ihre Stimme, sie hätte ebensogut auf der Bühne stehen können.

»Ich habe alles aufs Spiel gesetzt... Ich kann Ihnen nicht alles sagen... Mein Geheimnis gehört mir nicht... Sie sollen nur wissen, daß es da einen Mann gibt...«

Er schreitet aus. Er geht schnell. Bewegt, verspürt er das Bedürfnis, ihr zur Ermutigung die kleine unbehandschuhte Hand zu tätscheln, die sich tatsächlich unter seinen Arm geschoben hat.

»Ich habe eine Dummheit begangen... Und jetzt will dieser Mann...«

»Er versucht, das auszunutzen?«

Nur weiter! Man braucht bloß den Kopf zu senken, alles im Unbestimmten zu lassen.

»Er war heute morgen im Hotel?« fragt der artige, der heilige Bernard.

»Darauf kann ich Ihnen keine Antwort geben...«

»Ich verstehe Sie... Sagen Sie nichts... Er war da... Er hat von Ihnen verlangt... Sagen Sie, Annette... Sie erlauben doch, daß auch ich Sie so anrede... Er hat Briefe von Ihnen, nicht wahr?«

Sie beschränkt sich darauf, die Lider niederzuschlagen, und fühlt genau, daß er seine Lippen auf die langen Wimpern drücken möchte.

»Ich erwarte von Ihnen nicht, daß Sie sich mir anvertrauen. Jedenfalls nicht gleich, aber wenn es Sie danach verlangt... Sicher wollen Sie mir seinen Namen nicht nennen...«

»Maurice...«, haucht sie, beglückt, diese Silben laut aussprechen zu können.

»Und Sie haben... Er hat Ihnen... Er hat Sie wirklich kompromittiert?«

Annettes kleines Herz klopft wie wild. Es spielt keine

Rolle, was morgen geschieht! Sie denkt an den zerschnittenen Pelz, an den durchsichtigen Morgenrock, an das Pärchen, das mit triumphierender Miene aus dem Wagen steigt.

»Ja...«, stammelt sie mit gesenktem Kopf.

Eine breite Männerhand drückt innig die ihre.

»Wenn Sie gestatten... Wenn Sie es mir überlassen wollen...«

»Noch nicht, ich bitte Sie...«

»Versprechen Sie mir wenigstens, daß Sie mir einen Wink geben... Daß ich im gegebenen Augenblick... Was ist er von Beruf?«

»Rechtsanwalt...«

Au!... Sie beißt sich auf die Zunge. Vielleicht war dieses Wort zuviel? Manchmal werden solche Lämmer wie Bernard tollwütig, und dann...

Also Schluß! Für heute abend genügt es.

»Sollen wir jetzt ins Kino gehen...«

Er sieht nichts von dem Film. Sie spürt, daß er bewegt ist, verstört. Wiederholt neigt er sich zu ihr hinüber und flüstert:

»Wie sehr Sie doch leiden müssen...«

»Oh ja...«

Ein anderes Mal fleht er sie an:

»Denken Sie nicht mehr an den Elenden...«

Und sie, die in dem dunklen Saal nur an Maurice denkt, wild und leidenschaftlich an Maurice und immer wieder Maurice, sie murmelt:

»Ich will es versuchen.«

In der Pause spendiert Bernard ihr etwas zu trinken. Im Pfeifen- und Zigarettenqualm nehmen sie im Café de la Paix Platz. Die Stammgäste spielen Karten. Annette schnappt ein paar Worte auf:

»Ich nehme an... Die Polizei tappt im dunkeln...«

Bernard betrachtet sie voller Mitleid, in das sich bereits Verliebtheit mischt. Wenn Maurice sie nur so sehen könnte! Oder lieber nicht. Sie will von Maurice nicht bemitleidet werden. Mit ihm wäre es etwas anderes, alles oder nichts! Und er müßte sie stolz wie ein Hahn in seinem Auto nach Royan fahren...

»Am unbegreiflichsten ist, daß nichts gestohlen wurde... Nach Aussage eines der Zimmermädchen, das am Vormittag Dienst hatte...«

Mist! Gerade in dem Augenblick, als es interessant wird, kommt der Kellner mit seinem Tablett, macht Lärm, als er die Biergläser auf die Marmorplatte stellt und aus seinem Ledertäschchen das Wechselgeld heraussucht. Das Klingelzeichen des Kinos ertönt.

»Ich frage mich, Bernard, ob ich Ihre Hilfe nicht eher brauche, als Sie glauben...«

Sie sieht sich in dem Spiegel, der ihr gegenüber hängt und vom Rauch etwas beschlagen ist. Sie hat große runde Augen, richtige Puppenaugen. Sie erweckt stets den Eindruck, an etwas anderes zu denken, und trotzdem...

Sie haben kaum ihre Plätze im Kino wieder eingenommen, als Bernard nach einem Räuspern stammelt:

»Ich begreife nicht, daß ein Mann...«

Und während er es zu verstehen sucht, hat er wie aus Versehen ihre Hand genommen und läßt sie nicht mehr los, er wagt es sogar, zärtlich die Fingerspitzen zu streicheln.

»Ein junges Mädchen, das nicht weiß...«

In der Dunkelheit kann Annette es sich erlauben zu lächeln.

»Wenn man bedenkt, daß einige über Sie den Stab brechen würden...«

Vorsicht, Annette! Nur jetzt nicht lachen! Du hast dir geschworen, Maurice zu kriegen. Vielleicht hast du dich in die Nesseln gesetzt. Aber hier sitzt du neben einem braven Burschen, der...

»Lieben Sie Musik?«

Er sagt das in einem so sentimentalen Ton, daß sie sofort antwortet:

»Leidenschaftlich!«

Und er, der keine drei Noten kennt, fühlt sich verpflichtet, die Unterhaltung fortzusetzen:

»Ich auch...«

Wie wutentbrannt die blonde Dame angesichts der Reste ihres Kaninchenfellmantels und ihres durchsichtigen Morgenrocks sein mußte!

Die Vorstellung geht zu Ende. Die Menschenmenge zerstreut sich. Annette beschleunigt ihren Gang, denn Bernard findet offenbar Gefallen an ihrer kleinen Hand, die er unaufhörlich drückt.

»Gute Nacht, Bernard...«

»Gute Nacht, Annette... Und vergessen Sie nicht...«

Sie träumt nicht einmal. Sie träumt nie. Sie hat einen guten Appetit und einen gesunden Schlaf. Als sie aufsteht, ist sie die erste, und so holt sie die Zeitung aus dem Briefkasten.

Ein rätselhaftes Ereignis...

Annette hat lediglich einen Morgenrock aus himmelblauem Molton. Das sieht nicht nach Luxus aus. Darunter zeichnen sich die Körperformen nicht ab. Aber sie hat bestimmt keine kleinen Fettröllchen über den Hüften wie die blonde Dame.

Ein Nerzmantel im Werte von ungefähr achtzigtausend Francs ist blindwütig...

Wie? Was? Das war kein Kaninchen? Annette verschlägt es den Atem. In ihrem Kopf dreht es sich leicht. Sie bleibt unbeweglich im Flur stehen und liest bruchstückweise:

Es ist Anklage erhoben worden, und die Polizei unserer Stadt...

»Annette!... Annette!« ruft die Mutter aus dem ersten Stock.

Sie rührt sich nicht. Sie hat nackte Füße. Die Fliesen sind eiskalt.

... die Aussagen eines Zimmermädchens geben zu der Hoffnung Anlaß, daß eine heiße Spur...

»Hallo, Annette!«

»Ja, Mama...«

»Zieh dich schnell an. Geh zu Monsieur Etrillard und bitte um drei Tage Urlaub. Dein Vater und ich haben keine Zeit, uns um Bernard zu kümmern, und...«

»Ja, Mama...«

»Zieh dein blaues Kostüm an. Und versuch vor allem, ein wenig netter zu sein als gestern abend. Bernard ist ein Junge... Na ja, ein Junge, der...«

»Ja, Mama...«

»Was, ja, Mama?... Was soll das heißen?«

»Das soll nichts heißen... Er ist ein Junge, der..., wie du sagtest...«

»Wenn dein Vater dich nicht so schlecht erzogen hätte...«

Achtzigtausend Francs! Mein Gott! Mein Gott! Und sie hat noch ein Büschel davon in ihrer Handtasche...

»Du kannst ihm ja die Stadt zeigen...«

»Ja, Mama...«

»Und du...«

Annette vernimmt nichts mehr, hört nicht mehr zu. Sie wäscht sich schnell, wobei sie an den Nerz denkt, an diesen dreckigen Nerz, den sie für Kaninchen gehalten hatte, und mechanisch wiederholt sie, während sie die Stimme ihrer Mutter hört:

»Ja, Mama...«

3

Das mutige Lamm oder Annette macht alles komplizierter

Sie ist mit ihren Haaren beschäftigt, dem Alptraum der Familie. Vor zwei Jahren runzelte ihre Mutter eine Zeitlang bei jeder Mahlzeit die Stirn.

»Ich frage mich, was mit Annettes Haaren los ist... Bist du sicher, daß du dir nichts hineintust?«

Annette schwor es. Drei Monate später war sie, die vorher brünett gewesen war, unmerklich blond wie Weizenähren geworden. Nicht einmal wegen eines Liebhabers. Sondern wegen eines Filmschauspielers, den sie nie persönlich vor sich gesehen und der in einem Interview erklärt hatte, daß nur die Blonden Sex-Appeal besäßen.

»Ich versichere dir, Mama, daß das natürlich ist...«

Jetzt hingegen ist sie dunkler als von Natur aus, rabenschwarz. Ihre Haare sind so fettig, daß ihre Hüte Flecken haben. Sie hat nämlich – von der kleinen Maud im Frisiersalon – die Marke der Brillantine erfahren, die Maurice benutzt, und sie verbraucht wöchentlich eine ganze Tube davon.

»Ich schwöre dir, Mama, daß ich mir erst vorgestern die Haare gewaschen habe...«

Sieh an! Im Erdgeschoß wird die Musikfabrik in Betrieb gesetzt! Es ist Mademoiselle Binet, die Rothaarige, die so fad wirkt und den Anfangsunterricht im Klavierspielen erteilt. Papa telefoniert im Flur. Armer Bon-Chien-Chien! Immer muß er die Telefongespräche führen, dabei ist es ein Greuel für ihn. Annette jedoch hat die Wahrheit entdeckt, aber sie wird nicht darüber sprechen, das hat sie sich geschworen, ernsthaft geschworen und dabei in die Hände gespuckt: Papa wird taub. Ein Tauber, der Musikunterricht gibt...

Jetzt am Telefon schwitzt er Blut und Wasser.

»Hallo?... Ja, Monsieur Etrillard... Ein sehr wichtiger Besuch, der für unsere Annette weitreichende Folgen haben könnte... Ich weiß nicht, ob Sie verstehen... Also, ich bitte Sie, ihr zwei oder drei Tage Urlaub zu geben...«

Madame Barnavon kommt nahezu lächerlich herausgeputzt aus ihrem Zimmer.

»Ruf nun Bernard an, um ihm zu sagen... Bist du fertig, Annette?«

»Gleich, Mama...«

Dabei hat sie alles in allem erst ihre Strümpfe angezogen, und die haben eine Laufmasche. Es klingelt. Jemand tritt ein. Steigt die Treppe herauf.

»Verzeihung, Madame... Ist Annette in ihrem Zimmer?«

Es ist Gigi, ganz außer Atem, Gigi, die vorsichtig die Tür hinter sich schließt, sich auf den Bettrand fallen läßt und seufzt:

»Oh je, meine Liebe...«

»Was gibt's?«

»Ich komme vom Hotel Trianon. Da ist ein Menschenauflauf am Eingang. Die Polizei ist dort mit einem Sonderkommissar und irgend jemandem vom Gericht... Die blonde Dame... Sie scheint die Frau von einem hohen Tier zu sein, einem Gouverneur in den Kolonien oder etwas in der Art...«

»Sie ist ja geschieden!« erwidert Annette, feuchtet ihren Zeigefinger an und streicht damit über die Laufmasche.

»Immerhin, altes Haus, nach dem, was ich gehört habe...«

»Annette!... Annette!... Bist du fertig?«

»Fast, Mama.«

»Du mußt Bernard im Hotel Trianon abholen... Dann zeigst du ihm das Museum, den Turm der Quatre-Sergents, die Kirche Saint-Nicolas und hinterher bringst du ihn zum Essen mit... Versuch vor allen Dingen, ein bißchen nett zu sein...«

Und Gigi, die ihre Freundin aufmerksam mustert, kann nicht umhin, anerkennend zu murmeln:

»Bist du aber gelassen!«

Allerdings fügt sie gleich hinzu:
»Aber blaß bist du!«

Alles, was Gigi verkündet hat, entspricht der Wahrheit. Wenn das Hotel Trianon auch nicht gerade belagert wird, so doch nahezu. Drei Autos stehen vor der Eingangstür und ein Polizist, der den Neugierigen den Zutritt verwehrt. In der Halle bilden einige Herren eine Gruppe. Maurice, den man telefonisch benachrichtigt hat, trifft soeben ein.

Auch die blonde Dame ist zugegen, und sie scheint die wichtigste Rolle ihres Lebens zu spielen. Sie hat den berauschendsten ihrer Morgenröcke angezogen. Sie kommt, sie geht, sie nimmt alle Welt zum Zeugen, insbesondere den jungen Anwalt.

»Nicht wahr, Maurice... Ich war überglücklich, meine Herren... Maurice holte mich gerade zu einer Spazierfahrt ab... Als ich die Tür abschließen wollte... Nicht wahr, Maurice?«

Und jedesmal, wenn sie »Maurice« sagt, nimmt ihre Stimme einen zärtlichen, fast vertraulichen Ton an.

»Als ich die Tür abschließen wollte, sagte ich also zu Maurice...«

Das Hotelpersonal wartet im Büro, denn jeder einzelne soll verhört werden. Die Mehrzahl der Gäste ist anwesend. Unter ihnen Bernard, mit sorgenvoller Stirn, und da der Name Maurice so oft wiederholt wird, kann er schließlich nicht umhin, etwas zu zittern.

»Sehen Sie, meine Herren, ich kenne mich bei den Frauen aus und behaupte, daß es nur der Racheakt einer Frau sein kann...«

Sie schaut Maurice an. Maurice runzelt die Stirn wie jemand, der sich an etwas erinnert.

»Sie haben niemanden auf dem Flur bemerkt, als Sie weggingen?« fragte der Polizeikommissar.

»Das heißt... Mir scheint... Sagen Sie, Maurice. Erinnern Sie sich... In einem bestimmten Augenblick, als sich in Ihrer Nähe eine Tür öffnete und wieder schloß, haben Sie gemurmelt:
›Sieh an! Sieh an!‹«

Maurice errötet, und sie fährt beharrlich fort:

»Außerdem haben Sie geantwortet, als ich Sie fragte, warum Sie das gesagt haben:
›Jemand, den ich zu kennen glaubte...‹«

»Ich höre, werter Herr Rechtsanwalt«, griff der Kommissar ein.

»Sie sollen also jemanden auf dem Flur bemerkt haben, dessen Gegenwart Sie überrascht hat, und...«

In diesem Moment fällt ein Schatten auf die Gruppe, eine riesige Gestalt schiebt sich dazwischen: ein großer blonder junger Mann, auf den niemand geachtet hatte, pflanzt sich mit geballten Fäusten vor dem Anwalt auf, als wenn er ihn schlagen wollte.

»Ich hoffe, Sie besitzen nicht den Zynismus, zu antworten...«

»Verzeihen Sie... Ich...«

»Bernard Borchin... Doch was soll's... Mein Name sagt Ihnen nichts...«

»Wer ist das, Maurice?« fragt die blonde Dame.

Bernard grinst hämisch. Weiß Gott! Der Coup ist gut ins Werk gesetzt, und es ist ein Glück für die arme Annette, daß er da ist.

»Herr Kommissar, verzeihen Sie bitte mein Eingreifen... Bevor Sie diesen Herrn verhören... diesen Herrn Maurice,« – er spricht die Silben voller Verachtung aus – »möchte ich mich kurz mit ihm unterhalten...«

»Aber, mein Herr...«

»Wenn ich Ihnen sage, daß es sich um die Ehre einer Frau handelt, um die Ehre eines jungen Mädchens...«

»Maurice! Was soll das heißen?«

»Ich weiß es nicht... Ich schwöre Ihnen, daß ich nicht weiß... Wenn dieser Herr mir bitte erklären will...«

Bernard, der zum tollwütigen Lamm geworden ist, entgegnet herablassend:

»Bitte, sobald wir unter uns sind...«

Annette und Gigi haben gerade das Haus in der Rue de l'Escale verlassen. Sie treffen Lucette, das dickste der Mädchen, das vergessen hat, sich zu schminken, und so blaß ist wie ein Rettich.

»Weißt du, was der Briefträger eben zu meiner Mutter gesagt hat? Ich weiß nicht, woher er es hat, aber er ist immer gut unterrichtet... Man hat eine Spur, meine Liebe!... Ein Polizist hat versichert, daß die Schuldige noch vor Mittag hinter Schloß und Riegel sitzt...«

Und Lucette mustert Annette von Kopf bis Fuß. Wenn Annette gefräßig ist, dann ist Lucette kälteempfindlich.

»Ich an deiner Stelle würde mir wenigstens etwas Warmes anziehen... Ich habe schon daran gedacht, dir Schokolade zu kaufen, aber ich habe mir gesagt, es wäre besser... Wo gehst du hin?«

Um die Wahrheit zu sagen, Annette wußte es nicht. Das Wort Schokolade... Was soll's! Sie antwortet:

»Zuerst werde ich mal Törtchen essen...«

Um Zeit zum Nachdenken zu haben.

»In deinem Alter wird man dich in eine Besserungsanstalt stecken, und da bleibst du bis zu deinem einundzwanzigsten Lebensjahr...«

Wenn man bedenkt, daß an diesem Morgen die Sonne die Farbe von Champagner hat, daß die Luft mild, prikkelnd und voller Düfte ist... Ein Auto saust vorbei... Annette zuckt zusammen... Nein! Es ist nicht der grüne Wagen von Maurice...

»Wieviel Stück, Mademoiselle?«

Mit fester Stimme antwortet sie:

»Drei!«

Das stimmt nicht. Sie hat fünf gegessen. In dem Stadium, das sie jetzt erreicht hat...

»Wohin willst du jetzt?«

»Ihr werdet es aus den Zeitungen erfahren...«

»Annette!... Versprich wenigstens, daß du..., daß du nicht...«

Da haben wir's! Sie weinen, alle beide, und Annette nutzt den Augenblick, um sich davonzumachen.

»Wenn Sie mit in meine Kanzlei kommen wollen... Es sind nur ein paar Schritte... Ich muß zugeben, daß ich darauf brenne...«

In Wahrheit hat sich Bernard diesen berühmten Maurice ganz anders vorgestellt. Dieser Bursche ist im Grunde sympathisch und ungefähr im gleichen Alter wie er. Aber das macht ihn nur um so widerwärtiger! Sich mit einem Mädchen wie Annette einzulassen und sie dann zynisch wegen einer geschiedenen Frau fallen zu lassen...

Und die Geschichte von dem zerschnittenen Mantel? Ein fauler, unsauberer Trick, ein Mittel, die Kleine loszuwerden, indem man ihr eine üble Rolle zuschiebt.

Eilig schreiten sie auf dem Bürgersteig dahin.

»Sie müssen wissen«, murmelt Maurice, der überlegt, »daß es mir in dem Augenblick Ihres Eingreifens nicht gelungen ist, einen Namen auszusprechen...«

Dieser Zynismus! Hatte er vielleicht so viele Namen junger Mädchen im Kopf?

»Ich hab eine Gestalt wahrgenommen, das stimmt... Jemanden, den ich gut kenne, der mir vertraut ist wie...«

»Weiß Gott!«

»Wie bitte?«

»Nichts...«

»Warten Sie... Es fällt mir gleich ein... Jemanden, den ich oft am Fenster sehe. In Etrillards Büro, ehrlich, genau mir gegenüber... Dort!... Das dritte Haus links... Wir sind jetzt da... Es war die Kleine... Ich habe den Namen auf der Zunge... Die Musikschule...«

Er sucht in seiner Tasche nach dem Schlüssel.

»Nun... Da Sie mir erklären wollen...«

Das Dienstmädchen will ihnen entgegenstürzen. Sie hat bereits den Mund geöffnet.

»Schon gut, Anna...«

»Aber, Monsieur...«

»Ja, gleich... Ich bin in Eile...«

Links eine gepolsterte Tür, ein Büro, dessen Wände voller Bücherschränke stehen.

»Bitte, treten Sie ein... Nanu!... Ich... Was...«

Wie eine normale Klientin ist Annette, die in einem Sessel wartete, aufgestanden, hält ihre Tasche mit beiden Händen fest und nickt leicht mit dem Kopf.

»Ich frage mich...«, beginnt Maurice, der abwechselnd das junge Mädchen und Bernard ansieht. »Ja, ich fange an, mich zu fragen...«

»Ob Sie sich nicht in die Nesseln gesetzt haben, nicht wahr, Monsieur Maurice?«

Annette ist zusammengezuckt. Sie hat Bernard aufmerksam beobachtet. Er hat soviel Ungestüm in seine Worte gelegt, daß sie Mühe hat, nicht in Gelächter auszubrechen.

»Ja, tatsächlich in die Nesseln...«

Man könnte sie für zwei Hähne halten, die gegeneinander zum Kampf antreten. Bernard ist der erregtere, der aggressivere der beiden.

»Mademoiselle Annette, ich glaube, es wäre angebrachter, wenn Sie dieser Auseinandersetzung nicht beiwohnen würden...«

Er redet, als handle es sich nicht um eine verbale Auseinandersetzung, sondern um einen blutigen Kampf, bei dem es um Leben oder Tod geht.

»Verzeihung«, greift Maurice ein, »ich möchte trotzdem gerne wissen, mit welchem Recht...«

Sieh an! Genau im gleichen Augenblick gehen Gigi und Lucette, die Annette auf die Spur gekommen sind, auf der Straße auf und ab. Man hört sogar ein Klicken an der Scheibe, das war sicher Gigi.

Annette hat noch den Kuchengeschmack im Mund. Sie macht eine kurze Bewegung, die unbemerkt bleibt: auf dem Schreibtisch stand das Foto einer Frau, ein Porträt der blonden Dame. Nun ist es weg. Sie hält es an ihre Handtasche gedrückt.

»Sobald wir allein sind, Monsieur, werde ich Ihnen sagen, was ich Ihnen mitzuteilen habe, und dann werden wir sehen, ob...«

Sie hat zwei Schritte zur Tür getan. Sie blickt sie nacheinander an. Sie mustert vor allem Maurice, den sie selten aus dieser Nähe bewundern kann. Es kostet sie eine heldenhafte Anstrengung, nicht vor Zufriedenheit zu lächeln.

Sie sagt ganz ruhig, im natürlichsten Tonfall:

»Ich lasse Sie jetzt allein, Bernard... Bis gleich...«

Auf dem Flur stößt sie fast mit Anna zusammen, die an der Tür gelauscht hat. Anna führt sie hinaus. Die Haustür schließt sich hinter ihr. Gigi und Lucette stehen auf dem gegenüberliegenden Bürgersteig und geben ihr Zeichen, die diskret sein sollen.

»Und nun?«

»Nichts, ihr Lieben...«

»Hat man dich nicht festgenommen?... Was machen die da?«

Worauf Annette seufzt:

»Das frage ich mich auch...«

»Glaubst du nicht, es wäre besser, der Polizei alles zu gestehen?«

Auf der Straße ist es still. Das Haus von Maurice ist still. Es ist direkt auffallend, wie still es ist. Annette erwartet Wortausbrüche, zerschmetterte Scheiben, Hilferufe...

Was machen die beiden da? Was können sie wohl tun? Bernard sah so aus, als ob...

Mein Gott, wenn er..., wenn er bloß nicht...

»Wo gehst du hin?«

Und Annette zuckt nur die Achseln, als übersteige die Entscheidung, die sie soeben getroffen hat, ihr Fassungsvermögen.

4

Die Bank, die Wand und die Butterbrote oder Annette ist heldenhaft

Unter den Arkaden der Rue du Palais hat der Schatten noch die Frische des frühen Morgens. Annette geht nicht allzu schnell, aber sie schreitet aus, ohne stehenzubleiben, und mit der ganzen Gewichtigkeit, die eine solche Minute prägen muß. Was bedeutet schon die Konditorei gegenüber! Was macht es, daß dies ein idealer Tag ist, um sich am Strand auszustrecken!

Über einer Tür, die zu einem düsteren Flur führt, steht schwarz auf weißem Hintergrund: Haftanstalt. Annette sucht die Klingel. Sie findet sie nicht. Sie schiebt den mit dicken Nägeln gespickten und mit schweren Eisen verzierten Torflügel auf. Sie erblickt nebeneinanderliegende Türen, in der Mitte einen Schalter, darüber ein Fensterchen, und ein warmer Geruch schlägt ihr entgegen, nicht sehr angenehm, wie der Geruch von sehr schmutziger Wäschelauge.

»Ist hier jemand?« ruft sie.

Und eine volle Stimme donnert hinter ihr:

»Können Sie nicht klingeln?... Was wollen Sie?«

»Ich habe die Klingel gesucht«, erklärt sie, ohne sich aus der Fassung bringen zu lassen.

»Ich frage Sie, was Sie wollen...«

»Ich komme, um mich zur Haft zu stellen...«

Sie hat diese Worte mit einer schlichten Würde ausgesprochen, die sie selbst bewundert. Schade, daß Maurice sie nicht sehen kann, mit ihrem leichten Lächeln auf den Lippen, dem etwas melancholischen Lächeln dessen, der sich opfert.

»Haben Sie eine Bescheinigung?« fragt der Wärter, dessen Jacke über seinem dicken Bauch aufgeknöpft ist.

»Was für eine Bescheinigung?«

»Ich kann Sie doch nicht einfach so einsperren... Holen Sie sich einen Einlieferungsschein beim Untersuchungsrichter...«

»Na gut. Ich komme gleich wieder...«

Auf der Schwelle besinnt sie sich anders und bittet höflich:

»Könnte ich nicht einen Blick hineinwerfen?«

Vom Gericht hat man sie zum Polizeikommissariat zurückgeschickt, und länger als eine Stunde muß sie auf einer Bank ohne Lehne sitzen. Neben ihr schnarcht ein Betrunkener, den man auf den Quais aufgelesen hat. Hier riecht es nicht mehr nach schmutziger Wäschelauge, sondern nach violetter Tinte, Leim, altem Papier, erkalteten Tabakspfeifen und Junggesellen.

»Sind Sie sicher, Monsieur, daß der Kommissar noch nicht zurückgekehrt ist?«

Hinter einer Schranke verbringt ein Sekretär seine Zeit damit, langsam, sehr langsam die Seiten eines Verzeichnisses umzublättern, dann spitzt er zur Erholung einen Bleistift, worauf er wieder Seiten umblättert. Er war nicht weniger gelassen als der Wärter in der Haftanstalt, als Annette bei ihrem Eintreffen erklärte:

»Ich komme, um mich zur Haft zu stellen.«

Er antwortete ihr lediglich:

»Setzen Sie sich. Das ist Sache des Kommissars, und der ist nicht da...«

Nie hat Annette eine so träge Uhr gesehen wie diese, die an der gekalkten Wand über einem total vergilbten Plakat hängt. Der Betrunkene gleitet unmerklich zu ihr herüber und lehnt schließlich mit seinem Kopf an ihrer Schulter. Annette weicht bis zum Ende der Bank zurück.

»Könnten Sie nicht wenigstens meinen Anwalt anrufen, um ihn zu benachrichtigen...«

»Sagen Sie das dem Kommissar...«

Und da jetzt Mittag ist, erhebt er sich selbstzufrieden, wechselt seine Jacke, wäscht sich die Hände, reinigt sich die Fingernägel, während zwei Beamte in Uniform kommen und seinen Platz einnehmen. Die haben sich etwas zu essen mitgebracht, dicke, in Stullenpapier gewickelte Butterbrote, und auf dem Ofen machen sie sich in einer blauen Emailkanne Kaffee heiß.

Und man stelle sich vor, daß es in der ganzen Stadt, im ganzen Département, in ganz Frankreich Tausende, Millionen von Leuten gibt, die wie diese hier essen!

»Macht ja nichts, wenn ich ohnmächtig werde...«, murmelt Annette halblaut.

»Was sagten Sie?«

»Nichts...«

Wenn sie fortginge, würde man sie zurückhalten? Sie

würde nicht länger warten müssen und könnte nach dem Essen zurückkehren. Sie versucht es.

»He! Sie!... Wo wollen Sie hin?«

»Ich wollte...«

»Bitte, bleiben Sie sitzen... Sie scheinen auf den Kommissar warten zu müssen...«

»Aber ich bin doch selbst...«

»Hier gibt es kein Aber... Setzen Sie sich...«

In der Rue de l'Escale bemerkt Madame Barnavon, als sie sich zu Tisch begibt:

»Merkwürdig, daß Annette noch nicht zurück ist...«

»Sicher hat Bernard sie zum Essen eingeladen«, sagt Monsieur Barnavon mit vollem Mund.

Und Maurice... Wenn Annette ihn sehen könnte! Er sitzt unter einer Pergola auf der Terrasse in der Sonne und hat vor sich das Meer. Und am selben Tisch die blonde Dame, die heute ihre fröhlichste Toilette angelegt hat, ein weißes Pikeekostüm. Zwischen ihnen steht eine üppige Languste, die der Kellner soeben zerlegt hat, und in den Gläsern perlt Champagner.

»Erinnern Sie sich wirklich nicht an den Namen dieser Kleinen?«

Sie vermutet, daß er lügt, sie beobachtet seine Reaktionen, und er antwortet verlegen:

»Ich versichere Ihnen, Daisy... Übrigens ist das sehr vage, nicht wahr?... Ich hatte den Eindruck, als wir gestern morgen das Hotel verließen, ein junges Mädchen zu bemerken, das ich schon einmal auf der Straße gesehen hatte...«

»Sie achten also auf junge Mädchen!... Vermutlich drehen Sie sich nach ihnen um?«

»Aber nein... Sie hören doch, meine Erinnerung ist so verschwommen...«

»Warum hat dieser blonde junge Mann Sie angesprochen?... Warum haben Sie ihn mit in Ihre Kanzlei genommen?«

»Ich versichere Ihnen, Daisy, daß ich Ihnen das nicht sagen kann. Es ist ein Berufsgeheimnis... Sie müssen das verstehen... Ich bin Anwalt...«

Zwei Uhr... Halb drei... Endlich kommt der Kommissar, Annette steht erleichtert auf.

»Ich bin hier, um meine Inhaftierung zu erbitten. Ich habe den Mantel von der alten Schachtel zerschnitten. Und ich wette, daß das kein Nerz ist, sondern Kaninchenfell. Übrigens habe ich eine Probe mitgenommen. Man wird ja sehen, ob...«

»Verzeihung... Einen Augenblick... Wer sind Sie?... Was machen Sie hier?«

»Ich habe bereits einen Anwalt gewählt. Ich möchte ihn so bald wie möglich sprechen. Ich habe das Recht, mit meinem Anwalt zu sprechen...«

»Einen Moment bitte, Mademoiselle...«

»Es ist Monsieur Maurice Camage... Sie brauchen ihn nur anzurufen... Ihr Pech, wenn er nicht da ist, ich werde nichts sagen... Ich sage nur in Gegenwart meines Anwalts aus...«

»Ich mache Sie darauf aufmerksam, Mademoiselle, daß ich Sie nicht um eine Aussage gebeten habe... Wer hat Sie hierher gebracht?«

»Ich bin von allein gekommen.«

»Warum?«

»Ich wiederhole, daß ich es war, die den Mantel zerschnitten und den Morgenrock zerrissen hat... Und auch, daß es Schund ist... Das hat zwar seine Wirkung, aber wenn man es anfaßt, hält es nicht...«

»Nehmen Sie Platz!«

»Werden Sie ihn anrufen?«

Tatsächlich telefoniert er, jedoch nicht mit Maurice, sondern mit jemandem vom Gericht.

»Wer?... Ein junges Mädchen... Sie behauptet... Selbstverständlich... Ich bin völlig Ihrer Meinung... Auch ich werde mich hüten...«

Während er spricht, wirft er Annette in der Tat einen überaus mißtrauischen Blick zu.

»Sehr erregt, ja... Natürlich, Herr Richter... Ihr Alter?... Warten Sie... Ich werde sie fragen... Wie alt sind Sie?«

»Siebzehn...«

»Hallo?... Siebzehn Jahre...«

Er lacht. Der andere am anderen Ende der Leitung lacht wohl ebenfalls. Er steht auf, ruft einen Beamten.

»Bringen Sie das Fräulein zum Untersuchungsrichter.«

Wenn man ihr wenigstens Handschellen anlegen würde! Die ganze Stadt mit gefesselten Händen zu durchqueren, das wäre etwas... Aber keineswegs. Ein kurzer Wink des gleichgültigen Polizisten.

»Kommen Sie...«

Er bewacht sie nicht. Sie muß sogar vor einem Tabakladen warten, während er Zigaretten kauft.

»Ich wette, daß ich weiß, was Sie getan haben«, murmelt er etwas später. »Ihr seid ja alle gleich... Irgend etwas aus einer Auslage geklaut, wie?... Wenn Sie meine Tochter wären, würde ich Ihnen ordentlich den Hintern versohlen...«

»Ich bin aber nicht Ihre Tochter!« entgegnet sie würdevoll.

Das Gerichtsgebäude. In der ersten Etage läßt man sie wieder auf einer Bank im Flur warten. Und sie äußert voller Überzeugung:

»Wenn man mir nichts zu essen gibt, werde ich bestimmt ohnmächtig...«

»Bitten Sie sie herein... Ah! Sie sind das junge Mädchen, das... Nehmen Sie Platz... Ihr Name, Vorname, Alter, Beruf... Sie behaupten, Sie seien es gewesen, die in ein Zimmer im Hotel Trianon eingedrungen ist und... Können Sie das beweisen?... Hat Sie jemand gesehen?«

Sie schwenkt einen bräunlichen Fetzen Fell.

»Hier, bitte!«

»Was ist das?«

»Ein Stück von ihrem dreckigen Nerz... Wenn es sich nicht doch um Kaninchen handelt, wie ich immer gesagt habe... Ich möchte meinen Anwalt sprechen...«

»Ihren Anwalt!... Sieh an! Sieh an!«

Und der Richter zwirbelt sein Kinnbärtchen. Annette ist wütend. Seit heute morgen hat sie den Eindruck, daß man sich über sie lustig macht, daß niemand sie ernst nehmen will.

»Hallo?... Rechtsanwalt Camage?... Ja... Ich habe hier in meinem Büro ein junges Mädchen, das behauptet... Ja... So ist es. Verstanden, ich erwarte Sie...«

Annette hebt wie in der Schule den Finger:

»Herr Richter... Ich wollte nur fragen... Ich... Ich hab solchen Hunger...«

Der Untersuchungsrichter klingelt einem Amtsdiener und spricht ein paar Worte mit ihm. Wenig später bringt man Annette ein Schinkenbrot, in das sie ohne jede Rücksichtnahme kräftig hineinbeißt. Es wurde auch Zeit.

Natürlich hat sie einen vollen Mund und fettige Fingerspitzen, als Maurice herbeigeeilt kommt, er hat einen hellen Anzug an wie jemand, der den schönen Tag in der Sonne verbringt.

»Wo ist dieses Biest?«

Er baut sich vor Annette auf, die ihren letzten Bissen runterzuschlucken versucht.

»Ach, Sie sind's... Was suchen Sie hier?... Sie gestatten doch, Herr Richter?«

So... Der Bissen ist heruntergewürgt, und Annette erklärt schließlich:

»Ich bin gekommen, um mich zur Haft zu stellen... Ich habe Sie als Anwalt gewählt... Ich bin also Ihre Klientin und...« Sie war im Begriff hinzuzufügen: »... und Sie könnten ruhig etwas höflich sein...«

Doch Maurice läßt ihr nicht die Zeit dazu. Er hat sich dem Richter zugewandt.

»Erlauben Sie, daß ich mich mit ihr bespreche?«

»Aber bitte sehr... Wenn Sie hier nebenan...«

Niemand bemerkt Annettes Lächeln. Endlich mit ihm allein! Er steht vor ihr. Er ist wütend, sicher, doch er ist da! Keine blonde Dame zwischen ihnen.

Annette ist für einen Augenblick voll irrsinniger Hoffnung. Ja! Maurice ist derart aufgebracht, daß sie einen Moment überzeugt ist, daß er sie an den Schultern oder an den Handgelenken packen und wie einen Pflaumenbaum schütteln wird. Das wäre herrlich!

Leider hat er sich in der Gewalt. Er klopft lediglich eine Zigarette auf seinem Etui aus.

»Könnte ich vielleicht auch eine haben?...«

Warum schlägt er sie nicht? Sie tut alles, um ihn zu erzürnen, um ihn rasend zu machen. Sie hat ihre ruhigste Miene aufgesetzt; sie zeigt ihre großen, unschuldigen Puppenaugen.

»Hören Sie, meine Kleine...«

»Erstmal bin ich nicht Ihre Kleine...«

Er runzelt die Stirn. Ärgert er sich endlich? Ach nein! Er zündet seine Zigarette an. Seine Hand zittert.

»Ich möchte gerne wissen, warum Sie diesem Burschen... diesem Bernard einen solchen Unsinn erzählt haben... Er heißt doch Bernard, nicht?«

Annette hat nur wenige Sekunden zum Nachdenken. In derartigen Momenten kommt sie stets auf die verrücktesten und gefährlichsten Gedanken.

»Weil ich ihn liebe!«

Das trifft ihn so unerwartet, daß er sprachlos bleibt.

»Lieben Sie ihn, soviel Sie wollen... Aber ihm deshalb zu erzählen, daß ich Sie, daß ich...«

Er sucht nach Worten. Der beharrliche Blick Annettes verwirrt ihn.

»Bei Gott und allen Heiligen, wollen Sie mir nicht sagen, was Ihnen in den Kopf gefahren ist... Der Bursche ist mir fast an die Kehle gesprungen... Ich sah schon kommen, daß wir uns schlagen würden wie die Lumpensammler, und ich hatte die denkbar größte Mühe, ihm verständlich zu machen, daß...«

»Das ist Ihre Schuld!«

»Wie bitte?«

»Natürlich ist das Ihre Schuld... Erinnern Sie sich an den 13. Januar vorigen Jahres...«

Sie ist leicht errötet. Ihr Herz klopft wie wild.

»Hören Sie, Kleine. Seien Sie vernünftig. Wenn Sie sich über alles lustig machen wollen, sagen Sie es. Was soll diese neue Geschichte vom 13. Januar?... Sie sind da auf dem besten Weg, mich als lächerlich hinzustellen und...«

Sieh an! Sieh an! Sollte die blonde Dame ihm eine Szene gemacht haben?

»Also?... Was war an diesem 13. Januar?«

»Sie trugen einen buntgewebten Mantel mit Laschen...«

Er schaut sie verständnislos an, und nun nimmt sie sich Zeit.

Wenn dieses Beisammensein doch Stunden, Tage, Jahre dauern würde!

»Sie waren mit Husseau zusammen, dem Sohn des Eisenwarenhändlers. Es war fünf Uhr nachmittags. Sie gingen beide ins Café de la Paix. Sie sind einen Augenblick stehengeblieben, um mich vorbeigehen zu sehen, und Sie haben halblaut gesagt:

›Aus diesem Mädchen wird mal eine prächtige Frau!‹«

5

Ein Klingelzeichen oder Annette hat nicht gelogen

Dunkelheit. Jedermann weiß, daß Annette vor Dunkelheit graut, nicht, weil sie Angst hat, sondern weil sie sie traurig stimmt. Deshalb hat ihre Mutter, bevor sie aus dem Zimmer gegangen ist, die Glühbirne aus der Lampe geschraubt. Dann hat sie zweimal den Schlüssel herumgedreht. Darauf ist sie gegangen und hat den Schlüssel mitgenommen. So sind die Eltern.

Annette sitzt auf ihrem Bett. Sie will sich nicht ausziehen. Sie möchte sich nicht schlafen legen. Sie rührt sich nicht und lauscht. Vertraute Geräusche erteilen ihr Auskunft. Sie weiß zum Beispiel, daß Bernard bei ihnen zu Abend gegessen hat. Sie hat Teller klappern hören, das undeutliche Gemurmel der Unterhaltung. Was haben sie sich wohl zu erzählen?

»Blöder Hund!« stößt sie zwischen den Zähnen hervor.

Der blöde Hund, das ist Maurice. Nie hätte sie geglaubt, daß er sich so gemein, so gefühllos, so grausam zeigen könnte, so...

Ach! Wie hätte sie einen gesunden Zorn oder gar eine Ohrfeige vorgezogen! Nichts dergleichen! Er hat bis zum Ende zugehört. Nur hin und wieder hat er ihr einen kurzen neugierigen Blick zugeworfen, wenn er den Eindruck hatte, sie würde ihn nicht ansehen. Schließlich ist er aufgestanden und hat gesagt:

»Das ist böse...«

Er hat sie da in dem Büro sitzen lassen, ohne sich weiter um sie zu kümmern, und hat sich fast eine Stunde lang mit dem Untersuchungsrichter eingeschlossen. Sie hat gehört, daß sie Telefongespräche geführt haben. Dann eine vertraute Stimme im Flur, die ihrer Mutter.

Endlich hat sich dann die Tür geöffnet. In ihrem Rahmen stand Madame Barnavon, gerade wie ein Turm, mit strengem Gesicht und geröteten Augen. Sie hat nur gesagt:

»Eine saubere Geschichte!«

Und Maurice, er hat es vermieden, Annette anzuschauen. Er hat ihr den Rücken zugekehrt und so getan, als blicke er auf die Straße hinaus.

»Du hast noch Glück, daß diese Herren versuchen werden, das in Ordnung zu bringen... Komm...«

Es ist schwer, unter solchen Umständen Würde zu zeigen, dennoch hat Annette den Eindruck, sehr würdevoll gewesen zu sein. Sie hat sich dem Richter zugewandt. Sie hat in ruhigem Ton erklärt:

»Ich danke Ihnen, Herr Richter... Aber Sie wissen ja, ich hätte das Gefängnis vorgezogen...«

Maurice hat sie nicht auf Wiedersehen gesagt. Auf dem Heimweg hat ihre Mutter nicht den Mund aufgemacht.

»Geh rauf in dein Zimmer...«

Das ist alles. Vermutlich mußten sie den Mantel und den Morgenrock bezahlen. Wenn es Kaninchenfell ist, wird es nicht allzu teuer werden. Wenn es jedoch wirklich Nerz ist...

Worüber mochten sich ihre Eltern und Bernard da unten unterhalten?

Was Maurice betrifft, so ist er herzlos, ein... Er hat sie wie ein kleines Mädchen behandelt... Er schien überhaupt nicht bewegt zu sein... Sicher ist er zu seiner blonden Dame zurückgekehrt, und nun sind sie beide damit beschäftigt, sich über sie lustig zu machen...

Sie zuckt zusammen. Es hat geklingelt. Jetzt ist keine Besuchszeit. Sie hört die Schritte des Dienstmädchens im Flur, eine Stimme, die sie mit Sicherheit erkennt, die Stimme von Maurice, den man in den Salon bittet. Ihre Mutter ist fähig, ihm zu erklären:

»Zur Strafe habe ich Annette im Dunkeln in ihr Zimmer eingesperrt.«

Warum nicht bei Wasser und trocknem Brot? Was geht die alle das eigentlich an? Und Bernard, was mischt er sich in ihre Geschichten! Es ist aufreibend, Stimmengemurmel zu hören, gleichsam ein ununterbrochenes Brummen, und nicht einmal erraten zu können, worüber gesprochen wird! Maurice sitzt wohl in dem großen Sessel, den man immer den Gästen anweist. Klopft er eine Zigarette auf seinem Etui aus?

»Blöder Hund!« wiederholt sie. »Aber warte!... Warte nur!«

Weint sie? Jedenfalls ist niemand da, der es sehen könnte. Es stimmt, was sie ihm vorhin erzählt hat. Er war es tatsächlich, der sie zuerst bemerkt hatte. Als er seinen berühmten Satz vor dem Café de la Paix aussprach, hatte sie sich unversehens umgedreht, und ihre Blicke hatten sich gekreuzt.

Und jetzt tut der Feigling so, als ob er sich nicht einmal daran erinnert!

Schön! Das Gespräch ist bereits beendet. Die Tür zum Salon geht auf. Die Stimmen auf dem Flur werden deutlicher vernehmbar. Dann schlägt die Haustür zu...

»Nun, diese kleine Gans?...«

Blöder Hund! Sie hört seine Schritte auf dem Bürgersteig, seinen schnellen, beflügelten Gang... Weiß Gott! Er wird wieder zu ihr wollen... Sie wird ihm ironisch ihre Fragen stellen.

»Schläfst du?« flüstert eine Stimme auf dem Treppenabsatz.

Annette antwortet nicht. Ihre Mutter tritt ein, erblickt sie unbeweglich in der Dunkelheit.

»Warum antwortest du nicht?«

»Darum!«

»Monsieur Camage ist soeben wieder gegangen...«

»Ach!«

»Dank seiner Hilfe ist alles arrangiert... Ich kann dir mitteilen, daß die Dame ihre Klage zurückgezogen hat...«

Ihre Mutter ist im Licht der Treppenbeleuchtung stehengeblieben.

»Trotzdem ist die ganze Stadt unterrichtet, und man wird mit dem Finger auf uns zeigen... Wenn ich bedenke, daß du fähig warst, so etwas zu tun... Wie ich schon deinem Vater gesagt habe, es ist seine Schuld... Er hat...«

Sie würde sich bestimmt wundern, wenn sie wüßte, was ihre Tochter in diesem Augenblick denkt.

Sie denkt haargenau:

›Wenn ich jetzt losrennen und Mama ein bißchen anrempeln würde, hätte ich die Chance, die Haustür zu erreichen, bevor...‹

»Du sagst ja nichts?«

»Nein, Mama.«

»Schämst du dich nicht?«

»Nein, Mama.«

»Weißt du, daß uns das womöglich soviel kosten wird wie das Haus, das dein Vater für unsere alten Tage auf dem Lande kaufen wollte?«

»Armer Papa!«

»Ein Fachmann wird den Wert des Mantels schätzen, und wir müssen bezahlen...«

»Es ist Kaninchen...«

»Und was dich betrifft, so reist du morgen früh ab...«

Annette erstarrt. Sie fragt sich, ob sie richtig gehört hat.

»Du kannst noch dem Himmel danken, daß er uns einen braven Jungen wie Bernard geschickt hat... Er hat die Situation erfaßt... Es ist sonnenklar, daß du dich, nach dem, was passiert ist, in der Stadt nicht mehr sehen lassen kannst... Er hat bereits seine Eltern angerufen. Er wird dich mit nach Montpellier nehmen, wo du eine Weile bleiben wirst. Ich frage mich sogar... Nun, ich spreche jetzt besser nicht davon, doch es steht fest, daß Bernard ein vorzüglicher junger Mann ist und daß... Was sagst du?«

»Nichts, Mama.«

»Daran tust du recht, denn in deiner Lage hat man bestenfalls das Recht, nichts zu sagen... Man hat das Recht, zu schweigen, verstehst du?«

»Ja, Mama.«

»Leg dich schlafen... Gute Nacht... Versuch, morgen um neun Uhr bereit zu sein...«

Bernard ist gegangen. Das Dienstmädchen ist hinaufgestiegen. Man hört es in seinem Zimmer hin und her gehen. Monsieur und Madame Barnavon setzen im Bett ihre angefangene Unterhaltung fort.

Annette hingegen wartet ab. Als endlich alle Geräusche im Haus verstummt sind, tastet sie sich zum Fenster, und sie braucht unendlich lange, bis sie es geräuschlos geöffnet hat.

Die Nacht ist finster. Ihr Zimmer liegt zum Hof hinaus. Man erahnt die Dächer, die wenigen kümmerlichen

Bäume eines Gartens. In solchen Augenblicken ist Annette am ruhigsten. Sie ist übrigens immer ruhig. Sie beschließt etwas und dann führt sie es unbeirrt aus. Vor zwei Jahren hat sie beschlossen, Maurice zu heiraten. Er ist selbst schuld, wenn...

Das schwierigste ist, an die Dachrinne heranzukommen, und für wenige Sekunden stockt Annette der Atem. Wenn das Abflußrohr nachgibt...

Armer Papa! Armer Bon-Chien-Chien! Welchen Hagel von Vorwürfen mußte er in diesem Moment wohl auf sich niedergehen lassen! Denn auf ihn fällt es immer zurück.

»Du kannst deine Tochter eben nicht erziehen! Du bist nicht streng genug mit ihr...«

Aber wehe, wenn man mit Annette zu streng umgegangen wäre... Nun gut. Das Rohr hat gehalten. Annettes Hände sind etwas aufgerissen, aber das macht nichts.

Sie kehrt durch die Hoftür ins Haus zurück. Sie durchquert den Flur und sucht ihren Hut am Garderobenständer. Sie findet ihn nicht. Was soll's! Mit oder ohne Hut...

Sie hakt die Kette auf, dreht langsam den Schlüssel im Schloß. Uff!... Die Straße liegt verlassen... Annette macht sich auf den Weg, geht immer schneller... Wenn er schon im Bett läge... Diesmal wird sie alles aufs Spiel setzen... Sie wird nicht weinen. Sie wird ihm nicht mit Gefühlen kommen... Nein, sie wird ihm sagen, wie man so eine Sache behandelt...

Wahrhaftig, was soll sie ihm sagen? Sie spricht jetzt halblaut mit sich selbst, während sie weitergeht:

»Überlegen Sie sich genau, was Sie antworten... Gleich wird es zu spät sein, und vielleicht werden Sie es Ihr Leben lang bereuen... Diese Frau... Diese Frau...«

Wieso hat er nicht selbst begriffen, daß diese blonde, rundliche Frau nichts für ihn ist?

»Vor allem glauben Sie nicht, daß ich nichts kann... Ich behaupte nicht, eine gute Köchin zu sein, aber ich bin in der Lage... Und verschwenderisch, wie Mama es hinstellt, bin ich nicht, daß das nicht stimmt, beweist ja mein Sommerkostüm, das immerhin etwas hermacht, mich aber trotzdem nur hundertfünfundsiebzig Francs gekostet hat... Und obendrein mit Besatz!«

Dieser blöde Hund! Dabei hätte es nur eines Wortes bedurft... Nicht einmal eines Wortes, einer Geste, einer winzigen Rührung, eines Zitterns seiner Lippe... Hält er sich wirklich für so stark?

Eine Straße... Eine andere... Da ist es! Es ist noch Licht im Erdgeschoß, feine erleuchtete Streifen zwischen den Jalousienbrettern.

»So! Ich bin gekommen, um Ihnen zu sagen...«

Ach, Quatsch! Sie wird improvisieren. Ist doch egal. Sie klingelt. Sie hat den Eindruck, daß man die Klingel in der ganzen Straße hört. Sie lugt durchs Schlüsselloch. Der Hausflur ist nicht beleuchtet, aber links in der Kanzlei brennt Licht.

Sollte er die Dreistigkeit besitzen, ihr nicht einmal zu öffnen? Mußte sie nochmals klingeln? Nein, eine Tür geht auf, die Küchentür im Hintergrund. Die Hausangestellte knipst die Flurleuchte an. Durchs Schlüsselloch sieht Annette die Garderobe, den grauen Hut von Maurice... Es ist halb zwölf...

»Verzeihung, Madame, würden Sie mich bitte Monsieur Camage melden?«

Das Dienstmädchen ist verblüfft.

»Aber das...«

»Sagen Sie ihm, es ginge um Leben und Tod...«

Ein Satz, der ihr gerade einfällt, den sie im Kino gehört hat. Das tut seine Wirkung. Außerdem ist es angebracht.

»Aber...«, wiederholt die Frau. »Ich weiß nicht, ob...«

Sie wirft einen besorgten Blick zur Tür des Arbeitszimmers, unter der Licht durchschimmert. Mein Gott! Maurice ist nicht allein! In der Kanzlei wird gesprochen. *Sie ist da!* Eine weibliche Stimme, das kann nur *sie* sein.

»Und ich sage Ihnen, Daisy, Sie sind...«

Das ist die Stimme von Maurice. Er muß wütend sein, denn er hat lauter gesprochen. Das sie was ist?

Schade, daß sie das Ende nicht hört, daß das Dienstmädchen an die Tür klopft und vorsichtig öffnet.

»Ich bitte um Verzeihung, Monsieur... Da ist ein junges Mädchen, das sagt...«

»Ach, nein! Ich hab es satt... Sagen Sie dem Mädchen, daß...«

»Aber, Maurice...«

»Nein! Nein und nochmals nein...«

Annette ist nähergekommen und hat die Tür erreicht. Sie schaut neugierig hinein. Maurice ist tatsächlich wütend. Seine Wangen sind gerötet. Man merkt, daß er eben aufgeregt hin und her gegangen ist. Auf dem Schreibtisch stehen Gläser und eine Flasche. Die Dame sitzt in einem Ledersessel.

»Ach Sie sind es, Sie!... Sie meinen wohl, das sei die rechte Zeit, um...«

Im Grunde mag Annette ihn so am liebsten, wenn er schreit, wenn er böse zu sein versucht. Sie hat den Eindruck, daß es ganz leicht, ganz einfach sein müsse, ihn zu zähmen... Wenn er hingegen in kaltem Ton und mit gleichgültiger Miene spricht wie am Nachmittag im Gerichtsgebäude...

»Begreifen Sie denn nicht, daß es für heute genug ist, daß ich anfange, zu...«

»Ich wollte Sie nicht belästigen... Ich bin nur gekommen, um... um...«

Sie hat offenbar die Gabe, sich in unmögliche Situationen zu begeben. Was wird sie wohl nun wieder erfinden?

»Ich bin gekommen, um Ihnen adieu zu sagen...«

»Nun gut, das ist nett, nur die Stunde ist nicht gerade sehr passend gewählt... Adieu, Mademoiselle...«

»Wissen Sie, Sie... Sie sehen mich nie wieder...«

Es ist lächerlich. Ihre Brust schwellt sich plötzlich. Die letzten Silben kommen ihr kaum über die Lippen. Ihr brennen die Augen.

»Ad... ad...«

»Einen Augenblick, Mademoiselle...«

Oh, nein, die bitte nicht! Denn es ist die blonde Dame, die sie anspricht. Vermutlich, um sich über sie zu mokieren!

»Adieu!«

Ihr Blick trübt sich. Durch einen Schleier hindurch sieht sie die hohe Gestalt von Maurice, der verwundert dreinschaut und offensichtlich nicht recht weiß, was er tun soll...

Sie rempelt das Dienstmädchen an, das immer noch auf dem Korridor steht. Die Tür ist offen geblieben.

Dann beginnt Annette zu rennen.

Soll er doch selbst sehen!

6

Die »Tonnerre-de-Brest« oder Annette mogelt zum letztenmal

Soll er doch selbst sehen! Sollen die doch selbst sehen! Sollen alle doch selbst sehen!

Soll der Untersuchungsrichter doch selbst sehen, der sie nicht ins Gefängnis stecken wollte! Soll ihre Mutter doch selbst sehen, die sie wie ein kleines Mädchen in ihr Zimmer eingesperrt hat! Soll dieses Schaf von Bernard doch selbst sehen, der den albernen Einfall hatte, sie nach Montpellier mitzunehmen...

Als wenn... Nach Montpellier! Warum nicht gleich zum Nordpol? Während Maurice... Und diese verhaßte blonde Dame...

Sie ist fest entschlossen, Schluß zu machen und sich ins Wasser zu stürzen.

Während mindestens hundert Schritten, also in der Zeit, in der sie die nächste Straßenecke erreicht, ist sie allen Ernstes entschlossen zu sterben.

Erst als sie an der Straßenecke angelangt ist, verlangsamt sie ihren Schritt ein wenig, nicht viel, gerade genug, um weniger Lärm zu machen und besser hören zu können... Sie möchte wissen, ob die Tür hinter ihr zugemacht worden ist und ob Maurice... Sie wagt nicht umzukehren... Sie ist sich klar darüber, daß das einen schlechten Eindruck hinterlassen würde...

Die Tür ist nicht geschlossen worden... Das hätte sie gehört... Einen Augenblick bleibt sie an der Ecke stehen, um zu lauschen, und ...

Los! Sie kann jetzt ruhig weitergehen: Er folgt ihr!

Das ist eine Chance, denn auf diese Weise hat sie es wahrscheinlich nicht nötig, sich das Leben zu nehmen. Man wird ihr vielleicht nicht glauben, aber sie war fest dazu entschlossen. Natürlich hätte sie in der letzten Minute vermutlich gezögert...

Alles geht gut. Sie schreitet tüchtig aus. Er darf sie nicht einholen, denn das würde wahrscheinlich alles zunichte machen. Er ist fünfzig, vierzig Meter hinter ihr... Sie beschleunigt ihren Gang. Sie biegt nach rechts ab, dann nach links. Sie verschwindet unter dem Turm der Grosse Horloge... Sieh an! Ein Polizist, der sie völlig überrascht vorbeigehen sieht, ohne auch nur an eine Verfolgung zu denken.

Der Hafen... Schiffe... Der Mond geht auf, und das Wasser ist mit silbernen Schuppen übersät... Es muß eiskalt sein, dieses zu stille Wasser...

»Annette!«

Sieh an! Er hat gerufen... Und es ist ihr Name, den er ausgesprochen hat...

Was mag die blonde Dame unterdessen machen? Sie ist bestimmt nicht sehr lauffreudig. Sie hat zu dicke Hüften und darüber Fettröllchen. Sie würde lächerlich aussehen... Ist sie in seinem Haus geblieben und wartet?... Vielleicht kommt sie langsam hinterher?

Noch fünfzig Meter... Mut, Annette... Was tut's, wenn es kalt ist... Vorausgesetzt... Gott sei Dank! Ihr fällt ein, daß sie ihre Wildlederschuhe angezogen hat, die viel zu locker sitzen. Mit Kreppsohlen wäre sie eher am Schwimmen gehindert worden. Und wer weiß...

Sind ihre Eltern immer noch dabei, in ihrem großen Mahagonibett miteinander zu reden? Und der arme Bernard... Es gibt Leute, die einfach keine Ahnung haben. Er hätte sie mitgenommen, als sei es das Natürlichste von der Welt.

›Papa, darf ich dir vorstellen... Mama, darf ich dir vorstellen...‹

Er wäre errötet. Er hätte anklingen lassen, daß er vielleicht eines Tages...

Er hat also Maurice nicht angeschaut? Er hat den Unterschied nicht bemerkt? Dann...

»Annette... Ich befehle Ihnen...«

Gut! Im Moment ist es Maurice, der befiehlt. Wenn sie sich bloß umdrehen könnte! Sie gäbe viel darum, den Preis eines Nerzmantels, um zu sehen, was für ein Gesicht er jetzt macht.

Kann er wenigstens schwimmen?

Keine Zeit mehr zum Nachdenken... Sie steuert auf die Katastrophe zu... Beinahe wäre sie über ein Ankerseil gestolpert und dann wäre sie der Länge lang hingefallen; sie hätte vielleicht eine Beule an der Stirn gehabt und hätte aus der Nase geblutet. Das wäre das Ende von allem gewesen...

In letzter Sekunde umgeht sie das Ankerseil und...

»Ann...«

Plumps... Sie hört nichts weiter als das Gluckern des

Wassers in ihren Ohren. Es ist nicht so kalt, wie sie gefürchtet hatte.

Und wenn Maurice nicht schwimmen kann? Wenn er zögert, ins Wasser zu springen?

Ganz in der Nähe ankern Schiffe. Ihre Haare kleben ihr im Gesicht, so daß sie nichts sehen kann. Sie streicht sie mit einer Hand beiseite. Ein Name an einem Rumpf, ein Name, an den sie sich erinnern wird: »Tonnerre-de-Brest«...

Er darf nicht merken, daß sie schwimmt. Sie umkreist die »Tonnerre-de-Brest«. Da treibt etwas auf der Wasseroberfläche, das Tau, mit dem das Beiboot angebunden ist...

Das geht... Man kann sie vom Ufer aus nicht mehr sehen. Sie greift nach dem Tau. Sie hält den Atem an...

Plumps... Das ist ja wunderbar! Nie hätte sie sich in ihren verrücktesten Träumen vorgestellt, daß sie eine solche Minute erleben würde. Er ist im Wasser. Es plätschert. Sie hört seinen rauheren Atem.

»Ann... Annette! Wo sind Sie?«

Da er ja schwimmen kann, ist es besser, das Bad etwas zu verlängern. Sie rührt sich nicht. Sie fühlt sich sehr wohl so, wie im Strandbad, wenn man sich unter dem Sprungturm ausruht.

»Annette... Wo...«

Noch ein paar Minuten, um ihn zu bestrafen. Er hat es ja verdient. Hat er ihr etwa die Stange gehalten, am Nachmittag im Gericht, als sie gestanden hat, daß...

Diese Haare im Gesicht... Das muß häßlich machen... Aber sie konnte doch keine Bademütze aufsetzen.

»Annette...«

Armer Junge! Seine Stimme klingt jetzt wirklich ängstlich. Man hört, wie er hin und her schwimmt, taucht, Wasser ausspuckt...

Sie denkt:

›Ich zähle bis zehn, und... Eins... zwei... drei... vier...‹

Nein! Er ist zu besorgt. Sie wartet nicht bis zehn. Sie stößt einen unartikulierten Schrei aus, läßt das Seil los und läßt sich nach hinten gleiten wie eine wirklich Ertrinkende. Was macht's, wenn sie Wasser schluckt. Es muß ja echt wirken.

»Annette... Halten Sie durch... Ich...«

Er hat sie gesehen... Nur wenige Armzüge, und er faßt sie. Er ist so mitgenommen, daß er sie zunächst an den Haaren packt und ihr wehtut. Noch ein bißchen, und sie würde schreien!

»Halten Sie sich an mir fest... Ich... Ich... Klammern Sie sich an mich...«

Red nur! Und wie ich mich festklammern werde! Lange habe ich auf diese Minute gewartet, aber jetzt...

Sie hält die Augen geschlossen. Sie muß im Mondlicht sehr blaß wirken... Doch ihre kleine Hand krallt sich an Maurices Schulter fest...

»Hängen Sie sich an mich.«

Um ihm noch mehr Angst zu machen, läßt sie den Kopf etwas ins Wasser tauchen, kneift die Nasenflügel zusammen ... eine richtige Wasserleiche...

Er hingegen sucht das Ufer zu erreichen. Er weiß nicht, wo sich die Steintreppe befindet. Er schwimmt. Er dreht sich im Kreis. Es ist unmöglich, diese steile Mauer zu erklimmen.

Wenn er nur nicht um Hilfe ruft! Dann wäre alles verdorben...

»Halten Sie sich fest... Haben Sie keine Angst...«

Es ist besser, einen Moment die Augen zu öffnen, ihm zuzuflüstern:

»Dort... Etwas nach links...«

Denn sie kennt den Hafen! Man merkt, daß er nicht aus La Rochelle ist und daß er als Kind nicht an den Quais gespielt hat!

Er schwimmt zur Treppe. Er schiebt sie. Er hebt sie vorsichtig hoch.

»Strengen Sie sich an... Versuchen Sie...«

Nein! Soll er damit fertig werden! Das ist seine Aufgabe. Sie, sie spielt die Tote, läßt sich leblos und mit geschlossenen Augen schieben. Infolge der Flut sind die Treppenstufen mit glitschigem Moos bedeckt, und Maurice rutscht aus, stößt sich das Knie an dem Stein und kann ein »Mist!« nicht unterdrücken.

Und ihr fällt es noch viel schwerer, nicht in Lachen auszubrechen. Wie zimperlich Männer doch sein können! Und manchmal linkisch! Da steht er nun, klitschnaß, und er sieht aus, als suche er um sich herum nach einer Eingebung. Er kniet nieder. Er hebt ihren Kopf an. Er ruft ganz leise:

»Annette...«

Zu sich selbst, zwischen den Zähnen, fügt er hinzu:

»Vorausgesetzt, daß sie nicht tot ist...«

Wenn die Mädchen dabei sein könnten! Das Café Français ist ganz in der Nähe, die Terrasse, auf der sie am Vortag...

Oh, und du hast den stolzen Mann gemimt, als du

mit deiner blonden, mittelalterlichen Dame aus dem Auto gestiegen bist!

»Annette... So sagen Sie doch was...«

Sie sollte nicht übertreiben, denn er wäre fähig, um Hilfe zu rufen. Sie blinzelt. Sie schlägt die Augen halb auf. Sie murmelt:

»Wo bin ich?«

»Haben Sie keine Angst... Sie sind gerettet... Wenn ich bedenke, daß Sie versucht haben, daß Sie... daß ich...«

Er hält noch immer ihren Kopf.

»Tut Ihnen was weh?«

Da kann sie trotz allem nicht umhin zu flüstern:

»Ich fühle mich wohl...«

Schritte. Eine Stimme aus dem Dunkel des Quais.

»Maurice... Wo sind Sie?«

Bravo, Maurice. Nie hast du Annette ein solches Vergnügen bereitet. So liebt sie dich, wutentbrannt, vor allem, wenn es nicht gegen sie geht, wenn du diese abscheuliche blonde Dame anschreist:

»Schon wieder Sie?... Oh, nein...«

»Aber, Maurice... Was ist denn?«

Schließlich findet er in dieser Situation das richtige Wort:

»Sehen Sie nicht, daß ich etwas anderes zu tun habe?«

Und sie, bevor sie sich entfernt:

»Schon gut... Ich besteh nicht darauf... Ich habe verstanden...«

Sie hat das Bedürfnis, mit aller Schärfe hinzuzufügen:

»Übrigens habe ich es geahnt...«

Sie gehen beide unter dem Tor der Grosse Horloge zurück, und der wachhabende Polizist starrt verdutzt auf die zwei triefenden Gestalten.

Sie nehmen ihn nicht einmal wahr.

»Ihnen ist kalt, nicht wahr?«

»Nicht sehr…«

»Als erstes gehen wir zu mir, und ich mache Ihnen einen heißen Grog…«

Da verspürt Annette, nachdem die großen Gemütsbewegungen vorüber sind, ein Unbehagen, gleichsam eine Leere in der Magengegend, und sie erwidert schlicht:

»Ich glaube, ich habe vor allem Hunger!«

Noch ein paar Schritte. In ihre Stirn gräbt sich eine Falte.

»Sagen Sie, Maurice… Was meinen Sie…«

Er erwartet denkwürdige Worte.

»Es ist doch Kaninchen oder nicht?«

Georges Simenon im Diogenes Verlag

Biographisches

Als ich alt war
Tagebücher 1960–1963
Deutsch von Linde Birk

Briefwechsel mit André Gide
Deutsch von Stefanie Weiss

Brief an meine Mutter
Deutsch von Trude Fein

Ein Mensch wie jeder andere
Mein Tonband und ich
Deutsch von Hans Jürgen Solbrig

Über Simenon
Zeugnisse und Essays von Patricia Highsmith bis Alfred Andersch. Mit einem Interview, mit Chronik und Bibliographie. Herausgegeben von Claudia Schmölders und Christian Strich. detebe 154

Sonderbände

Betty / Die Tür
Zwei Romane in einem Band
Deutsch von Raymond Regh und Linde Birk

Der Neger / Das blaue Zimmer
Zwei Romane in einem Band
Deutsch von Linde Birk und Angela von Hagen

Gesammelte Erzählungen
Deutsch von Wolfram Schäfer

Maigret hat Angst / Maigret erlebt eine Niederlage
Zwei Maigret-Romane in einem Band
Deutsch von Elfriede Riegler

Maigret gerät in Wut / Maigret verteidigt sich
Zwei Maigret-Romane in einem Band
Deutsch von Wolfram Schäfer

Maigret-Geschichten
Deutsch von Linde Birk, Angelika Essig, Hans Joachim Hartstein, Lislott Pfaff und Gisela Stadelmann

Romane in Erstausgaben

Die Unbekannten im eigenen Haus
Roman. Deutsch von Gerda Scheffel

Der Ausbrecher
Roman. Deutsch von Erika Tophoven-Schöningh

Wellenschlag
Roman. Deutsch von Eugen Helmlé

Zum Weißen Roß
Roman. Deutsch von Trude Fein

Der Tod des Auguste Mature
Roman. Deutsch von Anneliese Botond

Non-Maigret-Romane

Brief an meinen Richter
Roman. Deutsch von Hansjürgen Wille und Barbara Klau. detebe 135/1

Der Schnee war schmutzig
Roman. Deutsch von Willi A. Koch
detebe 135/2

Die grünen Fensterläden
Roman. Deutsch von Alfred Günther
detebe 135/3

Im Falle eines Unfalls
Roman. Deutsch von Hansjürgen Wille und Barbara Klau. detebe 135/4

Sonntag
Roman. Deutsch von Hansjürgen Wille und Barbara Klau. detebe 135/5

Bellas Tod
Roman. Deutsch von Elisabeth Serelmann-Küchler. detebe 135/6

Der Mann mit dem kleinen Hund
Roman. Deutsch von Stefanie Weiss
detebe 135/7

Drei Zimmer in Manhattan
Roman. Deutsch von Linde Birk
detebe 135/8

Die Großmutter
Roman. Deutsch von Linde Birk
detebe 135/9

Der kleine Mann von Archangelsk
Roman. Deutsch von Alfred Kuoni
detebe 135/10

Der große Bob
Roman. Deutsch von Linde Birk
detebe 135/11

Die Wahrheit über Bébé Donge
Roman. Deutsch von Renate Nickel
detebe 135/12

Tropenkoller
Roman. Deutsch von Annerose Melter
detebe 135/13

Ankunft Allerheiligen
Roman. Deutsch von Eugen Helmlé
detebe 135/14

Der Präsident
Roman. Deutsch von Renate Nickel
detebe 135/15

Der kleine Heilige
Roman. Deutsch von Trude Fein
detebe 135/16

Der Outlaw
Roman. Deutsch von Liselotte Julius
detebe 135/17

Die Glocken von Bicêtre
Roman. Deutsch von Hansjürgen Wille und Barbara Klau
detebe 135/18

Der Verdächtige
Roman. Deutsch von Eugen Helmlé
detebe 135/19

Die Verlobung des Monsieur Hire
Roman. Deutsch von Linde Birk
detebe 135/20

Der Mörder
Roman. Deutsch von Lothar Baier
detebe 135/21

Die Zeugen
Roman. Deutsch von Anneliese Botond
detebe 135/22

Die Komplizen
Roman. Deutsch von Stefanie Weiss
detebe 135/23

• Maigret-Romane

Maigrets erste Untersuchung
Roman. Deutsch von Roswitha Plancherel
detebe 155/1

Maigret und Pietr der Lette
Roman. Deutsch von Wolfram Schäfer
detebe 155/2

Maigret und die alte Dame
Roman. Deutsch von Renate Nickel
detebe 155/3

Maigret und der Mann auf der Bank
Roman. Deutsch von Annerose Melter
detebe 155/4

Maigret und der Minister
Roman. Deutsch von Annerose Melter
detebe 155/5

Mein Freund Maigret
Roman. Deutsch von Annerose Melter
detebe 155/6

Maigrets Memoiren
Roman. Deutsch von Roswitha Plancherel
detebe 155/7

Maigret und die junge Tote
Roman. Deutsch von Raymond Regh
detebe 155/8

Maigret amüsiert sich
Roman. Deutsch von Renate Nickel
detebe 155/9

Hier irrt Maigret
Roman. Deutsch von Elfriede Riegler
detebe 155/10

Maigret und der gelbe Hund
Roman. Deutsch von Raymond Regh
detebe 155/11

Maigret vor dem Schwurgericht
Roman. Deutsch von Wolfram Schäfer
detebe 155/12

Maigret als möblierter Herr
Roman. Deutsch von Wolfram Schäfer
detebe 155/13

Madame Maigrets Freundin
Roman. Deutsch von Roswitha Plancherel
detebe 155/14

Maigret kämpft um den Kopf eines Mannes
Roman. Deutsch von Roswitha Plancherel
detebe 155/15

Maigret und die kopflose Leiche
Roman. Deutsch von Wolfram Schäfer
detebe 155/16

Maigret und die widerspenstigen Zeugen
Roman. Deutsch von Wolfram Schäfer
detebe 155/17

Maigret am Treffen der Neufundlandfahrer
Roman. Deutsch von Annerose Melter
detebe 155/18

Maigret bei den Flamen
Roman. Deutsch von Claus Sprick
detebe 155/19

Maigret und die Bohnenstange
Roman. Deutsch von Guy Montag
detebe 155/20

Maigret und das Verbrechen in Holland
Roman. Deutsch von Renate Nickel
detebe 155/21